U0114238

麥　田　人　文

王德威／主編

Edited by David D. W. Wang,
Professor of Chinese Literature, Harvard University.
Published by Rye Field Publications, a division of Cité Publishing Ltd.
5F., No. 141, Sec. 2, Minsheng E. Rd., Zhongshan District, Taipei City 104, Taiwan.

麥田人文 32

德勒茲論傅柯
Foucauit

作　　者　吉勒・德勒茲（Giles Deleuze）
譯　　者　楊凱麟（Kai-Lin Yang）
主　　編　王德威（David D. W. Wang）

編輯總監　劉麗真
總 經 理　陳逸瑛
發 行 人　凃玉雲
出　　版　麥田出版
城邦文化事業股份有限公司
104台北市中山區民生東路二段141號5樓
電話：02-2500-7696　傳真：02-2500-1966
發　　行　英屬蓋曼群島商家庭傳媒股份有限公司城邦分公司
104台北市中山區民生東路二段141號2樓
客服服務專線：02-2500-7718　02-2500-7719
服務時間：週一至週五上午09:30~12:00；下午13:30~17:00
24小時傳真專線：02-2500-1990　02-2500-1991
讀者服務信箱：service@readingclub.com.tw
劃撥帳號：19863813　戶名：書虫股份有限公司
麥田部落格　http://blog.pixnet.net/ryefield
香港發行所　城邦（香港）出版集團有限公司
香港灣仔駱克道193號東超商業中心1樓
電話：（852）2508-6231　傳真：（852）2578-9337
電郵：hkcite@biznetvigator.com
馬新發行所　城邦（馬新）出版集團Cité（M）Sdn. Bhd.（458372U）
11, Jalan 30D/146, Desa Tasik, Sungai Besi, 57000 Kuala Lumpur, Malaysia
電話：（603）90563833　傳真：（603）90562833
印　　刷　宏玖國際有限公司
初版一刷　2000年1月1日
初版五刷　2010年12月2日

ISBN：978-957-708-942-7
售價：300元

城邦讀書花園
www.cite.com.tw

麥田人文 32

德勒茲論傅柯

Foucault

吉勒・德勒茲(Gilles Deleuze)◎著

楊凱麟◎譯

作者簡介

吉勒・德勒茲(Gilles Deleuze, 1925–1995)爲1960年代法國最重要的哲學家之一。他的哲學圍繞著一系列以「差異」爲基調、充滿原創能量的龐大概念，幾乎無法以任何形式或內容來完整重述他所曾創立的思想多樣性。德勒茲最重要代表作首推1968年的《差異與重複》及1969年的《意義的邏輯》。1972年，德勒茲與激進的左派精神分析師瓜達希(Félix Guattari, 1930–1992)出版了《反伊底帕斯》，如一聲悶雷擊進了以拉康爲首、聲勢如日中天的精神分析陣營。1980年，兩人再度攜手推出《千重台》，書中繁花迸現，如大江翻湧、騁馳古今的原創概念層出不窮，堪稱千古絶響。德勒茲哲學所涉獵與影響的領域遍及哲學、歷史學、人類學、文學批評、精神分析、語言學、電影評論、繪畫、戲劇……。在1991年他與瓜達希出版的《何謂哲學？》中，他爲哲學提出了相當簡潔有力的定義：「哲學就是創造概念的學科」，似乎正是他一生思想的最佳寫照。1995年底，他於巴黎寓所跳樓自殺。

譯者簡介

楊凱麟，1968年生，台灣大學心理系畢業。曾獲《中央日報》海外小說獎。現爲巴黎第八大學哲學場域與轉換研究所博士班學生。

目　錄

譯　序

從傅柯到德勒茲

傅柯機器

該怎麼閱讀德勒茲的這本書？以一種古典的校勘學方法，不斷迴返傅柯的文本，嵌合、比對、推敲甚至舉發德勒茲的觀點(預設：存在唯一且正典的傅柯)？或逆勢操作，傅柯曾怎麼閱讀德勒茲？德勒茲與傅柯之間如何互讀、誤讀(預設：哲學溝通與對話之可能)？或以一種大師軼聞的方式，從兩人戲劇性的友誼下手，旁及其他哲學家，拼湊出一幅大師群像(預設：軼聞〔anecdotes〕對哲學詮釋之必要)？或者應假設一種百科全書的閱讀法則，傅柯文本、德勒茲文本、傅柯對德勒茲與德勒茲對傅柯所有隱性顯性的影響、評論、時代精神、政治氛圍、哲學系譜……都必須博學地盡納眼底(預設：全知全能之讀者與同質和諧之宇宙)？或者反之，切割、汲取德勒茲在這本書中的概念並挪爲它用(預設：「六經」皆爲我註脚)？……

閱讀的方法當然不僅於此，但我們想提醒的是，這是一本

德勒茲的書。在無限地演繹延伸之前，眼光似乎得先拉回德勒茲本身的思考軸線上，試著追隨其思想的速度與概念的強度，探尋其書寫的必要性。簡言之，**德勒茲怎麼閱讀傅柯**？何以傅柯不再是傅柯，而變成另一個(l'autre)？就如德勒茲對柏格森、尼采、斯賓諾莎、萊布尼茲等哲學家的閱讀般，總是有一股由思想所匯集的強度之流貫穿與席捲了他對這些哲學家的論述，使他們不再是他們，變成另一個，變成了「他者」。在這些披著哲學史外貌的著作中，是否存在一種獨特且風格化的「德勒茲式閱讀」？在《千重台》中，德勒茲與瓜達希說：

> 在一本書想述説之物與它所被產生的方式間，不存在任何差異。因之，一本書作爲一種布置(agencement)，除了本身與其他布置連結，並與其他無器官的身體(corps sans organes)結成關係之外，並無多餘的目的。絶不要問一本書想説什麼，企圖去理解一本書中的意指或意符只是徒勞之舉，該質問的是它藉由什麼運作、它與什麼連結以通過其強度、它在哪種多樣性(multiplicité)中引進或轉變本身的多樣性、它的無器官身體與哪種無器官身體聚合？一本書只存在於域外或只因域外而存在。由是，每一本書本身就是一台小機器……①

①德勒茲與瓜達希，《千重台》(*Mille plateaux*, Minuit, 1980)，頁10。

作爲一種「布置」或「裝置」(dispositif)，本書達成什麼功能或連結哪些布置？傅柯如何成爲一個概念性人物或一台小機器，並被德勒茲安裝於他的內在性平面中(plan d'immanence)？簡言之，傅柯如何變成《傅柯》(本書的法文書名，底下皆同)，其決定性的轉換機制與過程是什麼？

每一台機器都由許多不同零件所拼裝而成，這些零件間的張力、咬合與布置都將影響機器的運轉。思想如果是一台抽象機器，其零件無疑的是概念，在這個觀點下，《傅柯》其實不再可能是傅柯，而是一份德勒茲思想的概念布置圖，其中分布著疊層、皺摺、特異性、多樣性、圖示、域外與域內、視—聽隔離、雙重性等。這些概念散置於《傅柯》的文字之中，並在句子與句子間以思想的強度凝聚成一塊平面、一個力場或一片超驗場域。或許我們該進一步熟悉德勒茲的獨特語彙，現在，《傅柯》這個「多樣性」以一種精巧繁複的方式舖展於我們眼前，這台「小機器」嘰哩呱啦地轉動著一些概念，時而輕緩靜謐，時而驚悚唐突，但它同時還連結著其他小機器：卡夫卡機器、尼采機器、布朗修機器、康德機器……，最後，在這台機器中關於「皺摺」的概念甚至啓動兩年後完成的萊布尼茲機器②。

②德勒茲在本書〈提及「皺摺」，除了回溯至海德格外，並進一步將傅柯(或德勒茲本身)對這個概念的原創性從海德格哲學中區辨出來。在兩年後出版的《皺摺：萊布尼茲與巴洛克》(*Le pli. Leibniz et le baroque*, Minuit, 1988)中，皺摺成爲橫貫這本書的核心概念，德勒茲哲學中皺摺與域外的關係及可能性在此被推演至底。

在許多訪談中，德勒茲一再提及寫作本書是出於「一種必要性」、「一種需要」，但不是爲了悼喪傅柯的猝死，不是爲了歌頌，也不是爲了捍衛，而是爲了記憶，爲了描摹一幅逝者的肖像，其中「線條與筆觸必然來自於我(德勒茲)，但卻只有在他(傅柯)纏祟畫像的前提下，它們才得以凝聚。」③

或許我們必須更正面與更思辨地理解德勒茲的這個「必要」，換言之，所謂的必要，其實是理論之必要，是思考活動在其運動軸線上所遭遇的驅迫與推移，也是對**當下**特定問題的舖陳及解決。我們認爲在《傅柯》中，這個急切必須被推衍、展示與答覆的問題，就是「域外」(dehors)。或者確切地說，《傅柯》的書寫其實回應了(至少對德勒茲本身而言)「何謂域外？」這個問題。因此，從本書一開始以動態對角線橫掃一切句子及命題的陳述(陳述永遠由域外所定義……)，到化身爲監獄、不定形且非形式化的權力(「首先，有作爲力量非定形元素的域外……」)，再到內外翻迭、遠近易位的皺摺(「傅柯所有作品中，似乎總是被域內這個主題所糾纏，其不過是域外的皺摺……」)，域外作爲一種捉摸不定的決定性因素，不斷地迴返、貫穿與纏祟整本書④。不瞭解德勒茲的「域外」，就不可能讀懂《傅柯》，因爲，這是一本關於域外之書。

---

③參閱《商談》(*Pourparlers*, Minuit, 1990)中關於傅柯的三篇訪談。引文在頁139-140。

④上述引文分別見本書，頁64-65，104，174。

何謂域外(dehors)？

Dehors的一般意思是「外在」或「外在於某個場域」，通常可使用於諸如「在共和黨之外」、「在台北以外」等日常話語中，以指稱一種寓含歐幾里德幾何的空間關係。換言之，在這種用法中，內外之分是可以確定且座標化的，它是一種距離的函數：由一個原點往四方延伸，直到越過某一界限之後便「外在於」以此原點所構成的場域(可能是一座公園、一個國家之疆域，或抽象的社交圈、儒家思想等)。於是，理論上，在幾何學座標中的任何場域永遠具有其外在，永遠可以找到外在於此場域之區塊，因爲每個場域(內在)都與其外在組合成一個整體。外在與內在只不過是抽象或具象空間中**同一形式**的不同位置，兩者透過某個共同的座標軸互相映射與共振。有外在一定有內在，反之亦然。內在—外在的區分因而意味著一種以距離、速度與時間三變數爲函數的古典物理學空間，在此，一切事物都已被充分定位：其從何而來，該畫出哪種軌跡，將消匿於何方，莫不早已決定。這就是dehors的第一層意義，可等同於「外在」(extérieur)。

然而，德勒茲的問題是：是否有一種絕對的外在，其既不指向任何內在(因而能粉碎潛在的座標)，也不符應既定的一切形式(形式的再現因而不再可能)？換言之，外在是否可能崩斷與內在的關係，成爲「域外」，成爲一種徹底化的外在，或**沒有內在的外在**，它不僅「外在於」所有體系、座標與定位法則，甚至外在於所有外在(「域外比所有外在世界更遙遠……」)⑤,也外在於所有我及我的思想？

這個「極外無內」的外在，超越了一切企圖評估與定位的系統或結構，也混亂了一切企圖預測與計算的邏輯，這就是dehors特屬於德勒茲的第二層意義：一種動態、無法定位、無法再現、不具形式、莫可名狀的「不可思考者」⑥，亦即域外。

德勒茲哲學中最吊詭然而也最驚心動魄的篇幅之一，便在於展現一切思想的核心如何就是作爲不可思考者的域外。「思考在自身中尋獲某種無法思考之物，它既是不可思考但也同時是必須被思考之物。既是不可思考之物也是只能被思考之物——這只有從常識或經驗觀點下才會無法理解。」⑦換言之，對德勒茲而言，啓動思想的不是思考(邏輯、觀念、思辨、知性、

⑤參閱本書，頁173。

⑥impensé，是海德格極重要的概念。簡言之，impensé指哲學家意圖述說但卻未能藉由文字說出之物。探尋此impensé正是海德格解讀哲學史主要的手法之一。然而，在海德格作品中，impensé並不必然不可思考或「非思想」(non-pensé)，而較是隱匿於哲學家字裡行間之物。由是，海德格對哲學家的解讀總是展現一種幾近暴力之直觀，哲學在此總是具有某種過量之特徵，亦即其包含某種基本的隱晦及曖昧，其總是展現出更多且有別於作者所構思之物。因此，欲理解一位哲學家，就是比他更佳地去理解他想理解之物。換言之，去揭露他的思想所藉以伸展之視域，回歸到他意圖述說但卻未說之物的原初根源。然而，我們認爲德勒茲以一種更一般與更接近字源的意思使用這個詞，即不屬於可以思考(以這個詞的廣義而言)之物，「不可思考者」。這裡採取後者的用法。而我們也可以指出德勒茲早期其實更傾向於使用「非思想」(non-pensé或non-pensant)這個詞，可參閱《差異與重複》(*Différence et*

認識、想像……)，而是外在於一切知性能力的不可思考者。在這層意義下，我們底下將看到，由思考到不可思考者再到思想的詭譎逆轉，由外在到域外再到思想核心的一整段翻騰斷裂，構成了德勒茲駁斥整個再現體制並建構其思想的最主要賭注。

那麼，我們似乎迴返到哲學最根本的問題，亦即：思考是什麼？從柏拉圖起，經笛卡兒、斯賓諾莎到康德、尼采，最後到海德格，莫不對這個問題全力以赴。然而，德勒茲的回答表面上極爲簡單，但卻吊詭無比：思考不是理性之運作，不是爲了溝通，也不是爲了解釋。思考，簡言之，是一陣「抽象風暴」，其風馳電掣、直貫腦脊，是「逼迫、肢解內在性的域外入侵」⑧。但，這是什麼意思？思考非關理性亦非關邏輯？我們似乎可能從此陷入一種草莽混沌、凡事皆可行的非理性深淵。如果在柏拉圖哲學中，理性思維代表一種不斷朝上攀升直至觀念(眞與善)的驅力，而如果非理性這個(根據傅柯)在古典時期發明的概念被連結到不知伊於胡底的瘋狂、妄想與放逐，那麼德勒茲在理性與非理性這個古典二分法之外，似乎提供了思考的第三條途徑，或第三種「邏輯」：一種超越無限上升或墜落的另類運動，「橫貫性」或對角線式的動態！

在德勒茲所使用的諸詞彙中，「邏輯」似乎是最耐人尋味的

---

répétition, PUF, 1968)，頁198，與德勒茲因「不可思考者」這個概念而稀罕至極的對海德格之讚揚，頁188。

⑦德勒茲，《差異與重複》，頁249。

⑧見本書，頁159。

一個。在文章中，德勒茲很少提及邏輯，因爲很顯然這不是他哲學的範疇。吊詭的是，他卻有兩本書冠上邏輯之名，其中之一是《意義的邏輯》，另一則是《感覺的邏輯》。無疑的，這裡的邏輯與形式邏輯毫無瓜葛，而且確切地說，後者正是德勒茲所批評或與之對立的。那麼這兩本書的書名是否僅是一種嘲諷或反話？德勒茲不曾直接回答，但我們認爲問題並不這麼單純，因爲在德勒茲作品中的一個恒常主題是：超驗場域與經驗現象間不可彌合的斷裂。「意義……正是無法透過經驗用法所說，而只能在超驗用法中被說之物。」⑨換言之，被經驗世界認定爲吊詭或不可能的一切事件，其所依循的正是超驗場域的邏輯或「非邏輯」。

於是，在本書中，我們將看到知識中看與說之關係成爲「非關係」；力量與力量交錯之場域成爲「非場域」；而思想則必須成爲跳脫文字、劈開事物狀態之「非邏輯」。這個闖進既定的事物與想法之中，迫使一切瞬間變色，成爲另類、成爲「非」(這裡無關否定，而是「有別於」，或更精確地說，「外在於」)的莫可名狀之物，正是域外。如果經驗與超驗間橫亙著無法逾越的鴻溝(對經驗而言是吊詭的，對超驗卻是規律的……)，這個鴻溝正是域外。

⑨類似的句子一再出現於德勒茲的書中，主要的段落可參考《差異與重複》，頁201之後。另外，本書的頁61亦有類似的句法：「那些在詞彙、句子及命題觀點下似乎是意外之物，在陳述觀點下只是規律。」似乎是同一「邏輯」之變奏。

在本書中，德勒茲已集中地分析域外的兩種主要狀態：「非關係」與「非場域」。簡言之，每個時代（德勒茲在本書中亦稱爲疊層或歷史建構）都有一種獨特的觀看與述說世界之方式，時代一改變，人們看與說的方式也同時轉變。或者確切地說，應該反過來，在看與說的方式還未變換之前，一個時代就還未結束。因此，每個時代都只能看其所能看、說其所能說之物，這是德勒茲對傅柯歷史觀最重要的總結⑩。每個時代的知識就是其看與說之間所組成的獨特關係，然而，兩者的關係並不如表面上那麼顯而易見，因爲在認識論層次上，當一件新的事物出現時，最先往往是可以看到但卻「筆墨難以形容」（比如十九世紀末印象派畫家眼中所見的世界；或傅柯在《臨床醫學的誕生》所描述的，十八世紀中被開膛破肚、以一種陌生方式展現於解剖學家眼前的屍體……⑪），或者往往是先形諸文字但仍有待視覺檢證（如十七世紀的醫學以非理性來定義瘋子，便是先有陳述，然後「瘋子」才突然作爲一種可見物大量出現）。因此，看與說的對應其實並非順理成章地形構成一種普同與和諧之關係。在屬於某一特定時代之知識形成之前、之時或之後，這兩者間都存在著永恒的緊張、隔離、衝突與鬥爭。「人們不述說他

⑩參考本書〈歷史疊層或建構〉，特別是頁109-111。

⑪能優先進入這種觀看或述說者位置的角色似乎隨每個時代而異，傅柯分析過的有古典時代的醫生、十八世紀的臨床醫師或解剖師；十九世紀之後則可能是畫家或作家，目前可能是資訊學家、量子物理學家、基因工程學家……。

們所看，看不見他們所說。」⑫而特屬於一個時代的知識就形成於看與說的這種高度僨張下，且隨時可能崩毀而被另一種看與說的方式（即屬於新時代的知識）所替換。

根據德勒茲對傅柯的解讀，這種幾近交戰狀態的看與說關係是因爲這兩者總是連接到域外，或者不如說，正是域外或來自域外的力量才使特定的看與說在一個時代中產生關聯。除了變化莫測的域外之力侵入外，看與說無法構成任何關係，而其所構成的關係也絕不是傳統的線性對應關係，而是極度複雜、變異與高度緊張的多樣性關係，即一種「非關係」，而域外之力活躍的場所也非關傳統幾何學可橫加定位與座標化的場域，而是一種寓意拓樸學的「非場域」。

知識的非關係（看與說之間的高張狀態）與權力的非場域（力量與力量間詭譎變幻之關係）在本書中精巧至極地被展現出來，至此，域外作爲致使一切斷裂、不連續、意外與偶然驟然降臨之「另類事物」似乎已無庸置疑。剩下的問題是：這個以偶然及不可預測性來定義的域外與思考的關係是什麼？思考如果不是一切知性能力之運作，那麼它將是什麼？爲什麼？我們似乎已位於德勒茲思想之核，本書把屬於域外之諸問題推演到極致，但關於域外與思想間的關係卻必須在德勒茲其他著作中才能找到最佳的展示。我們底下將論述的，就是這個貫穿德勒茲所有作品且不斷去而復返的恒常主題：**域外與思考間由偶然**

⑫德勒茲對傅柯「非關係」的精采分析，參考本書，頁130-137。

與機遇所形構的非邏輯之邏輯，或者更確切地說，此邏輯可拆分為二，即：感覺的邏輯與意義的邏輯。

域外之爪

思考並不啓動於追求眞理的「良善意志」(bonne volonté)，也不憑藉導向必然的既存邏輯，相反的，德勒茲說，思考源於一場充滿偶然與幾近暴力的相遇(rencontre)，在此，邏輯噤口，理性止步。

生命中與其他人、事、物、觀念……相遇的機會不計其數，在《哲學原理》中，笛卡兒曾追本溯源地指出：「如不與其他事物相遇，決計無任何事物改變。」⑬但德勒茲的相遇可能更接近柏拉圖式的：一種始於感官、直截且猝不及防的「震驚」(étonnement)。哲學肇始於震驚，柏拉圖如是說。無疑的，在德勒茲處這是對差異、改變，也是對一切流變之震驚。只有在與他者相遇的驚愕、錯亂、如雷殛頂的詫異中，才會瞬間從和諧與同一的表象中被擲入差異的現實世界。由是，思考機器被啓動，但不是啓動於「追求眞理的意志」，而是不由自主、在混亂中被迫開始思考。

因此，比思考更重要的，是迫使思考之物，它不是一般人所以為的思想，因為它總是在思想之外，而且也總是在一切假

⑬Descartes, *Les principes de la philosophie*，第二部，第37條。

設的思考程序(想像、認知……)之外；它是從域外伸來、撕巾裂帛的一隻爪子，抓碎了一切既有的思想命題、原則與結構。在此，我們看到了德勒茲對再現體制最徹底激進的一擊。思考不再是套用邏輯公式，也不再是苦心孤詣地重現眞理的完美形象；它既無關大寫眞與大寫善，也無需小心翼翼地建立一套祥和的普同法則，因爲這些都只不過是大寫超越性的再現或其分身。域外的爪子將撕爛這一切，因爲對德勒茲如同對尼采而言，思考只能是一場開天闢地的創造性暴力，其餘什麼都不是。就這層意義而言，思考不僅是對事件之思考，而且思考本身就是一場事件！理由如下：

㈠思考不起因於意志，也非對智慧之愛好，而是起因於與某物的相遇，在當下且非預期地被迫發生。思考永遠是被迫去思考。

㈡相遇充滿偶然性。就如擲一把骰子般，是一場滾動著機遇與巧合之賭。在點數已決之前，沒有人能企圖預測或評估。唯一的方法就是放膽去賭，一翻兩瞪眼。在相遇之前的偶然性與之後的必然性間，思考湧現其中。

㈢思考因而意味斷裂，不僅是思考之前與之後的斷裂，而且也是思想與思想間的斷裂。與域外的相遇標誌了思考最重要之特徵：來自域外之力迫使思考產生，也迫使思考從既存想法(常識、情理、陳腔濫調之意見……)中出走，創造出全新的思想。

思考啓動於它與域外之物(不可思考者)短兵相接的相遇中，後者的出現則全然是非預期、非邏輯、非理性、非關眞理……一種僨張著「非」的暴力，除了近身肉搏，沒有人能預知結局。於是思想與生死存亡之關係在此達到了最緊密的結合，思考不僅意味著去「發現、發明嶄新的生命可能性」，而且同時也經由敞開的域外直接連接了死亡，因爲「如果死亡不可避免，絕非因爲它可能已內在於存在模式中，而是反之，因爲**存在模式必然開敞於域外**。」⑭關於思考、域外與死亡，似乎沒有人曾比布朗修(Blanchot)更佳地描摹其關聯，他說：「……死亡必得是我的作品，但這部作品總是在我之外，它是我所無法闡明、我所無法抵達與我所無法掌控的我的一部分……。」⑮死亡是域外最卓越的例子！因爲死亡永遠蟄居生物體最深處，但卻也永遠在生物體最不可捉摸與最無可思考，換言之，距離最遠之處，這個問題已遠遠超出本文所討論的範圍，我們在此僅止於援引德勒茲在本書中盈溢詩意的一段話而暫不予討論：

〔域外之線〕是一條攪亂一切圖式、位於風暴本身上方的可怖之線；這是兩端都不受約束，將所有小艇包纏於其複雜曲折之中的梅爾維爾之線，時刻一到，它

⑭參閱德勒茲，《尼采與哲學》(*Nietzsche et la philosophie*, PUF, 1962)，頁115；《斯賓諾莎：實踐哲學》(*Spinoza - philosophie pratique*, Minuit, 1981)，頁137。

⑮布朗修，《文學空間》(*L'espace littéraire*, Folio, 1955)，頁160。

> 便投入可怕的曲扭之中，且當它奔脱之際，人總是有被捲走之險。或者這是以分子速度不斷提高「上千錯亂」的米修之線，一條「狂怒車夫的皮鞭」。然而，無論此線如何可怖，這是一條不能再由力量關係所量度的生命之線，而且它將人類帶離恐懼之外。因爲在裂痕所在之處，此線構成一個環圈，一個「旋風中心，這是可生養之處，也是絶佳的大寫生命」。⑯

感覺的邏輯，或無器官的身體

思考總是指向迫使思考之物，指向與不可思考者之相遇，因而思考首先所面對的就是最原初、未經任何知性加工修飾的感覺(sensation)。這裡所謂的感覺並未進入將其連結到某一特定對象的記憶、感知或想像的認知作用中，而僅是在相遇的第一時間中由感官所產生之物。就這層意義而言，它對一切認知作用仍然是「不可或無法感知的」，因爲認知作用無法將其嵌合到已知的對象也無法使其被其他知性能力所運用。以德勒茲的詞彙來說，這是只能被感覺之物，換言之，一種純粹的感覺。這是何以洪席耶(J. Rancière)會一針見血地指出：「在德勒茲處，眞理並不是位於感覺之後或之下的觀念，眞理就是純粹的感覺，一種對立於教條『觀念』、不受條件限定的感覺。」⑰

---

⑯見本書，頁207。

事實上，這種純粹、未具形且未分化的感覺只湧現於力量拍擊於身體的第一瞬間。在此，既沒有主體也沒有客體，既沒有「我」也沒有「我的思考」。因爲這一瞬間所有這些衍生物都還不及產生，只存在一具身體與一股外來力量所構成之組合，而身體只是沒有眼耳鼻舌口的身體，力量只是僅及辨識其強度大小的力量。或者更具體地說，這是一具浸入高張力場的無器官身體，在此，只存在感覺，或者不如說只存在被推至極限狀態的感覺，而「眼睛不再能承受觀看，肺不再能承受呼吸，嘴巴不再能承受吞嚥，舌頭不再能承受說話，大腦不再能承受思考……」⑱，一切能力(facultés)都在此極限狀態中糊成一團無從區別、運作，一切感官的界限都幾近泯滅，一切思考的後置作業也完全不及展開，而力量已貫穿全身，激起反應。由是，我們看到德勒茲對現象學知覺與意向性之拒斥，其激進姿態絕不亞於他自己在本書中對傅柯的描述⑲。重點在於(對德勒茲與傅柯都一樣)，不存在一種允許「主體意識」指向外在世界的自然知覺(perception naturelle)或野性經驗(ex-périence sauvage)。因爲在傅柯處，所有的知覺與經驗都已是歷史性的，換言之，都

⑰洪席耶，〈是否存在德勒茲式美學？〉(“Existe-t-il une esthétique deleuzienne?”)，收錄於《吉勒・德勒茲：哲學生涯》(*Gilles Deleuze. une vie philosophique*, Les empêcheurs de penser en rond, 1998)，頁530。

⑱關於無器官身體最主要的文本，參考德勒茲與瓜達希，《千重台》，第六章：〈1947年11月28日——如何製造一具無器官身體？〉，引文在頁187。

⑲見本書，頁188-192。

已預設了知識，而所有知識都已(相互)預設了權力。在知識之前不存在任何外在性(或野性)。在德勒茲處，如我們已看到的，顫動於力量之流的無器官身體取代了意向性，既無投射意識的主體亦無被指向與參照的客體，只存在一股物質之流，無名無姓而且不具人格(impersonnel)與尚未個體化(préindividuel)。

然而，如果力量是感覺被激起之條件，被感覺的卻不是力量，因爲感覺由力量出發將賦予有別於力量之物，即意義。那麼，我們必須解決的是，感覺如何賦予我們有別於力量之物？根據德勒茲，介入感覺與意義間的第三種元素是時間。只有通過時間，音樂才能使不具聲響之力量變得有聲響，繪畫才能使不可見之力量變得可見，而文學使無意義之力量變得有意義⑳。

自康德以降，時間的概念就從天體運行間距的古典定義中飛脫開來，成爲一種啓動「內在感官」的主觀先驗形式。簡言之，時間不是被思考的對象，因爲它是純粹的直觀，但所有的思考卻都離不開時間，因爲它就是內在狀態或內在感官之形式。由是，康德在《純粹理性批判》中對笛卡兒的「我思故我在」展開一系列批判。因爲從我思考到我存在的過程中，時間這個未定因素並未被笛卡兒引進，這句名言因而不過是同語反覆的空話，因爲我思考本來就意味著一種在時序上先於經驗但也連結到經驗的統覺(aperception)，我們絕不可能思考而不同時將自身置入「我」的位置，換言之，在「我思考」中永遠已存在

⑳德勒茲，《法蘭西斯·培根：意義的邏輯》(*Francis Bacon. Logique de la sensation*, La différence, 1981)，頁39。

了對我的意識或感知，但卻不是攸關「我存在」之認識，因爲後者永遠需要時間之介入。由是，從我思考到我存在之間，我必須穿越由空洞的純粹形式所構成的時間裂罅，於是，根據德勒茲，「我」永遠是一個分裂的我(Je fêlé)，在我之中開敞著空洞且連接域外的時間。我思考、穿過時間裂罅，我於是變成另一個，變成他者。

時間的空洞形式永遠連結到域外，成爲一股莫可知的力量，貫穿每一個「我」。總有那麼一刻，我們會瞥見或感到時間那扇巨門轟然開啓，至此「時間脫節了」，哈姆雷特說㉑。

德勒茲就如柏格森般，對時間的觀點決定了其哲學之基調。在德勒茲作品中，時間之形式甚至已預先決定了思考的對象將是存有與本質或流變與差異。這是一個龐大無比的哲學賭注，一整部哲學史或許都將捲入其中。我們底下將僅止於既定問題之內，即感覺與時間之關係。

柏格森有一句名言：「時間是阻止整體在一瞬間被給予之物。」㉒換言之，所謂的整體或本質絕不是一開始就被給予且從此固著不動之物，因爲它總是碎裂於時間空洞的形式之中。時

㉑關於康德對笛卡兒的評論，參閱《純粹理性批判》，〈先驗分析〉，§16-25；關於「分裂的我」，德勒茲曾在《差異與重複》中的許多段落反覆討論，特別是頁117之後；另外，德勒茲對哈姆雷特這句名言有極精采的分析，主要見〈論總結康德哲學的四句詩意表達〉（"Sur quatre formules poétiques qui pourraient résumer la philosophie kantienne"），收錄於《批評與臨床》（*Critique et clinique*, Minuit, 1993）。

㉒柏格森，《思想與動態》(*La penseé et le mouvant*, PUF, 1985)，頁102。

間的介入使整體永遠蘊涵開放與持續變動的因子。整體只存在時間之中，且隨時間推移慢慢集結於後。於是我們得出一個弔詭的結論：本質只能形成於時間的持續發展中。確切地說，本質不是事物中一成不變的部分，**本質就是流變**。哲學家徒然地奠立預先且普同的法則，因爲眞理只存在於時間之中。這正是普魯斯特在《追憶逝水年華》中所展現的。小說中一開始，泡軟於茶水中的瑪德蓮那蛋糕激起了敍述者莫可言喻的強烈感覺，他終夜輾轉卻不得其解，「所有知性的努力完全徒勞」。然而，在某個不經意瞬間，一個不自主的回憶如霹靂般讓一切驀然閃現，於是整個敍述者童年待過的貢布雷，其周遭，整個城鎮與花園驚心動魄地從茶碗中飛旋而出，小說由是揭開序幕。

透過對一小塊蛋糕的不自主感覺，敍述者如江河流瀉般地傾述了其年輕歲月。但這裡的重點並不在於記憶，也不是爲了憑弔及悔恨敍述者所浪擲的光陰，重點在於「追尋」。如果時光已逝、年華不再，那麼我們在時間之流逝中到底學到什麼？我們總是一再地虛度光陰，縱情於空無的社交活動與自我的怠惰及逃避中，但反過來說，這些時光其實從不曾眞正「逝去」，因爲我們總是在時間中追尋，在一段漫漫的時間之旅眞正結束之前，沒有人能預估將發生什麼事件與將產生什麼意義，因爲一切的知性、眞理、意義與解釋都只能「集結於後」。從不存在所謂的「浪擲光陰」，因爲時間永遠連結不可測的域外，其空洞與斷裂的形式永遠只能在肉身與其盲目且不自主的碰撞與纏扭後，才會浮現意義。沒有「逝去的時光」就不會有「尋獲的時光」(temps retrouvé)，在時間中所展現的一切符號也就不具任何意義。因此，所謂的追尋從不曾是按圖索驥、對號入座式的緝捕，追尋的對象也絕不是精心構思下完美無瑕的第一原理，對普魯斯特而言，追尋非關理性、知性或一切理型(logos)，追尋意味一種不自主行動：生命中總是一再出現幾近暴力的符號或感覺，在與其相遇中，我們失去了寧靜，且被迫去追尋其意義，而意義只存在於時間之中。一切由知性所形成的既有眞理及法則，在時間之前都只是過於廉價與武斷的產物，「追尋」這個詞在普魯斯特的作品中取得了最暴烈之意：即在時間中被迫思考。

我們剛才曾說，德勒茲所謂的感覺彷若來自一具浸入高張力場的無器官身體，關於此，德勒茲自己其實曾提供一幅更鮮明的思想圖像，在《普魯斯特與符號》最後，他說：蜘蛛蟄伏蛛網中心，無眼無耳也不寢不食，唯一的感知來自脚下之振動。牠完全聽任振動行事：天生的絕佳無器官身體！至於蛛網是否振動，何時與如何振動則完全非其意志所及。無器官身體只是僵著、倔著、等待著。邏輯在於，只有強度夠大的振動才能啓動這台機器，使其撲向振動來源㉓。

通過時間，每個個體以各自方式鑄造其無器官身體。德勒茲進一步指出：「無器官身體並非器官的反面。它的敵人不是器官(organes)，敵人是組織體(organisme)。無器官身體並不對立

㉓德勒茲，《普魯斯特與符號》(*Marcel Proust et les signes*, PUF, 1970)，頁218。

於器官，而是對立於被稱爲組織體的器官組織狀態。阿爾拓引領其對器官的鬥爭，但同時他所具有與意欲的鬥爭對象卻是組織體：**身體就是身體，它是單獨的，而且不需要器官。身體從不曾是組織體，組織體是身體的敵人。**」㉔由是，在感覺的邏輯裡，蟄居著一具無器官身體。

意義的邏輯

瑪德蓮那小蛋糕在《追憶逝水年華》中激起強烈的感覺，但敍述者在書中卻沒有撿拾免費的常識大放厥辭，也沒有假借情理大肆催淚，因爲在這碗茶水中含納了既非常識(sens commun，共同的意義或感受)也非情理(bon sens，良善的意義)所可解釋之物。事實上，敍述者在這一瞬間只是一具無器官的身體，或者只剩下一抹消散殆盡但卻又強烈無比的味覺，這抹味覺被推至極限，在此，所有對單一主體所假設的「同」與道德化的「善」都不復存在，唯一將出現但卻又盈溢曖昧的，是個體穿越時空所攫獲的獨特「意義」，純粹而差異化的特異性(singularité)。

我們已經指出，思考總是被迫思考，是在力量的強度下所產生的無器官身體。在此，一切理型都失去作用，一切眞理(意義)都還待創造，只有感覺存在，思考只能「跟著感覺走」。然

㉔德勒茲與瓜達希，《千重台》，頁196。

而，這並不意味「凡事皆可行」，因爲所謂意義，思考所追尋的對象，建構了一個超驗的場域。它並非現象學的意向性或語言學的意指，既非詞彙也非事物，更不可與任何企圖連結詞彙與事物的意指作用(signification)混爲一談。用德勒茲自己的話來說，意義從一切事物與文字之上方飛掠而過，在其上建構了一個網絡、一塊平面或一片場域。一切經驗界中所感知的事物現象在此止步，經驗界中通行無阻的邏輯也不再可行，因爲意義只能是超驗的(對經驗是弔詭的，對超驗卻是規律的……)。

那麼，超驗意味什麼？或者必須更精確地問，德勒茲的超驗意味什麼？我們從剛才的篇幅中已經看到，德勒茲爲了徹底截斷思考與再現體制間的關聯，摒棄了一切既定的思考模式(眞理尋覓、邏輯運作、普同原理……)，鑄造了眼盲耳聾、只聽任感覺行事的無器官身體。思考由此啓動，但卻非止於此，因爲思考追尋共振於一切事件之後的意義，思考必須創造解決所思索問題的概念。但這如何可能不重新跌回眞理、邏輯與原則的既有模式呢？

無疑的，在我們這個擬像(simulacre)的時代中，一切古典的再現體制都摧枯拉朽地傾頹於流變的力量之下。確切地說，大寫觀念或範型不是摧毀於沒有摹本(copie)或摹本太少，而是反之，毀於其摹本太多、癱瘓於摹本過度飽和(sursaturé)與超穩定(métastable)的高張狀態。在每個摹本之間都以不可測的些微差異彼此歧出，由是，每個摹本都自成一個多樣性，一個以差異而非同一來定義的複合物，而摹本的系列與系列間則不斷交疊、衝突、衍異、穿越、橫貫……

然而，我們已不滿足於一再簡單地重述與歌頌再現體制之覆滅與終結，因爲究極而言，這種論調不僅了無新意，而且其實跟哲學一樣古老，它不過是古希臘詭辯學派(Sophisme)在當代的變奏。因爲「再現體制」雖然在種種原因中(諸如，李歐塔的「大敍述崩解」、英美學界所謂「後現代主義摹本的橫行」；或更基本可見的，藝術領域中美學概念的轉變……)不再能遂行其絕對的決定作用，但「再現」的諸問題仍然停待原地，其機制仍有待進一步釐清。從另一個角度與換另一組語彙來說，哲學思維(如果人們認爲哲學已死、歷史已終結，那當然一切都不再成爲問題，但，這句口號到底想說什麼？)永遠必須面對的問題之一是：介於概念與事物現象間所形構的關係。在柏拉圖那裡，這是範型與摹本或觀念與影像的關係；在康德那裡，是超驗與經驗間由不悖反原則所搭建的往來；在黑格爾、尼采、胡塞爾、海德格……等也都各自不同，不僅每個時代所用的詞彙大相逕庭，所欲建構的關係也各擅勝場。我們的問題是：什麼是特屬於我們現代的概念—事物關係？更確切地問，如果再現體制已不適合於當代，而柏拉圖、康德、黑格爾等哲學家所曾提出的原創模式也不再能直接套用於我們的時代，什麼是我們所能思考的模式？而作爲一個當代哲學家，德勒茲提供了哪種原創的思考可能性？可以肯定的是，介於哲學與詭辯間、介於井然的再現體制與不知伊於胡底的混沌失序間，德勒茲不一定得非此即彼，他所思考的結果也不會跟柏拉圖、康德、尼采或海德格一樣，因爲時代已經不同，由時代所激起的問題意識也不再可能一樣。每個哲學家，如同傅柯在他著名的文章中所說的，都必須答覆什麼是特屬於他本身的當代性(actualité)㉕。

簡言之，當德勒茲使用超驗、意義、事件、虛擬、內在性、單義性……來指稱概念及其相關場域之特性時，我們如何能避開一切再現體制之誘惑來理解這些詞彙？思考馳騁於超驗之場域，但同時也必須拒斥重新引進一切超越性(神、眞理、善……)，換言之，思想必須超驗而內在(transcendentale et immanente)，這是德勒茲關於思考的一般性原則。由是，我們是否必須援引康德來作爲德勒茲的註脚？答案是否定的。

嚴格來說，康德是將超驗概念引進哲學的第一人。在此，超驗對立於經驗而且是經驗預先與普同之條件，康德以「不悖反原則」來連結兩者，亦即兩者都必須服膺「可能性」這個判準。超驗必須是可能且內在於經驗的，否則一逾越此界限就具有超越性，這是康德對超驗與超越所提出的區辨之一㉖。然而在德勒茲處卻大異其趣。首先，奠基於經驗的「可能性」並不是一個足夠精確的概念，因爲從可能到必然之間總是還欠缺某種因素或力量，可能發生之事總是需要臨門一脚才會眞正實現，變成「現實的」(réel)。質言之，可能性無法解釋某一事件何以最終能由諸可能中脫穎而出成爲必然。可能性在此只是一個憑

㉕關於哲學的當代性，參閱傅柯，〈何謂啓蒙？〉(“Qu'est-ce que les Lumières?”)，收錄於《說與寫》(*Dits et écrits*, Gallimard, 1994)，卷四，特別是頁679-682。

藉不悖反原則存在的消極而粗糙之條件，是一個缺角的概念，它對一切必然事件永遠是馬後炮式的解釋，欠缺一種現實性。進一步來說，由邏輯推論演算而出的可能性正是再現體制的概念之一，當人們說「這是不可能發生的事」，其實正是在常識與情理的層面重現「理型」，一種陳腔濫調化的大寫推理。在這兩個理由下，德勒茲的超驗概念非關可能性之範疇，它既非可能的也非不可能的，而是吊詭的。因爲超驗場域之邏輯來自域外，一種非邏輯之邏輯。

思想來自域外卻不具超越性，思考永遠超驗而內在，這兩者構成德勒茲對哲學最重要的觀點。然而，我們剛才在描述域外的同時，似乎也絕未少用諸超越性字眼，諸如：不可思考者、非理性、捉摸不定……等，德勒茲哲學是否只是古典超越性的分身，只是一種「域外之宗教」？當然不是，但如何解釋域外不是另一種超越性呢？在此，德勒茲自己的回答便極爲重要了：

> 某種能力(faculté)之超驗形式就是它所具有的隔

㉖我們無意簡化超驗這個重要的概念，也無意忽略它與超越在康德哲學中交疊的曖昧性，特別是當康德指稱「超驗用途」(usage transcendental)之時(德勒茲在死前的最後一篇短文〈內在性：一種生命……〉(“L’ immanence: une vie...”，收錄於《哲學》期刊，第47期，1995年9月)中曾再度強調超越與超驗之不同，但在我們底下對德勒茲的引文中，「超越運作」卻顯然指稱具超驗性之運作，這是一種康德式的用法)。關於康德的超驗概念，主要可參考《純粹理性批判》的「超驗辯證」這一部分。

> 離、高階及超越運作。超越絲毫不意味指向外在於世界之事物的能力，而是反之，此能力被攫取於唯一涉及此能力的世界之中，而且正是這個世界使其誕生。如果超越之運作不應直接複印(décalquer)於經驗運作中，那是因爲它領悟了常識觀點下所無從掌握之物〔……〕必須將每種能力都提升到令其錯亂(déréglement)的極限之點，在此每種能力都如同三重暴力之獵物，即：迫使它運作之暴力，迫使它去攫取某物之暴力與使它是唯一能去攫取，但卻又無可攫取(由經驗觀點而言)之暴力㉗。

我們由三個主要論點來切入這段話。首先，德勒茲相當清楚地指出超驗場域並不在世界之外，相反的，它就內在於世界之中，超驗是現實的一部分，雖然它不是立即可見、可感的事物狀態或現象。超驗是虛擬的，換言之，它位於可感現象之外但卻仍屬於現實的一部分。由是，第二點，德勒茲所謂的超越性便相當清楚可解了，它是一切企圖加諸這個世界但卻不屬於現實之物：眞理、神、主體……。最後，要達到所謂的超驗場域只有一種方法，即逼近一切感官之極限、經驗之極限、身體之極限、思想之極限。在此，「所有能力皆錯亂」，所有官能的界限都暫時泯滅，思考不再是思考，變成不可思考者；身體也

㉗德勒茲，《差異與重複》，頁186。

不再是身體，變成無器官的身體，意識則變成精神分裂之意識。

由是，超驗、內在與極限三位一體，域外由此暴長而出。換言之，必須逼近極限，逼近這個同時是存有最深處核心與絕對外在的不可能之點，在未知的某一瞬間，才能乾坤挪移、內外翻轉。哲學誕生在極限之處，只有在此，思考才成為可能，但卻是一種不可能之可能！德勒茲自己或許說得更好，他說：哲學最高超的姿態也許不是去思考那不可思考者，而是指出它在那裡㉘！域外這個無法被思考但卻不得不思考之物，一切的生命開啓於此，一切的可能也開啓於此。「它在那裡！」如是，哲學最後的箴言。

我們無意在此跨越到另一個更為龐大與重要的主題，即何謂德勒茲的超驗場域？因為欲進入這個由德勒茲所有作品形構的概念群，似乎需要更多目前中文所欠缺的語彙及氛圍，我們無意過度簡化這些概念的思辨強度，但更避免過度誇大膨風德勒茲的哲學。總之，我們止於域外與超驗間最初步的關係之中，也期待未來有人能更深入探勘後者之特性。最後關於域外，生命中強度最強也是令一切變色的那一不可能之點，它在亞夏船長眼中可能就是那頭如白山般聳立的巨鯨，梅爾維爾這麼形容，貼切極了：

> 巨鯨是世上唯一無法描摹之物，某些畫像可能會較

㉘德勒茲與瓜達希，《何謂哲學？》，頁59。

> 肖似另一些，但從沒有一張畫像能眞正捕捉其神韻。因此毫不可能正確知悉鯨魚肖似什麼，唯一能獲知其鮮活形體之法，是隻身前往獵捕。只是你可能無法避免地成爲引誘牠之餌，永遠葬身深海之中㉙。

結論

事實上，批判永遠比創造容易，就如摧毀永遠比建構來得輕鬆一樣。如果所謂的法國後結構主義一代：傅柯、德勒茲、李歐塔、德希達……一致展現了對再現體制的激進批判姿態，德勒茲與其他人最大的不同，正在於他的哲學中總是僨張著一股永恒的生機，他不只去摧毀既存的一切建制、法則與束縛，而且總是意圖去**建構**一塊讓思想暢其所能、感覺暢其所快的場域，而這正是德勒茲最饒富趣味之處。儘管「哲學已死」，儘管(或應該說，特別)這塊新的場域已不再是原來犁滿眞理意符與僵斃想法的那塊……

由是，德勒茲哲學展現在兩個層次上，首先，是對鉗制思想、謀殺創造力的再現體制之拒斥與批判，其次，是對意義的超驗場域之創造與建構。確切地說，這其實是同一件事的兩面：批判而不創造是虛無的，建構而不批判則是盲目的。定義德勒茲的方式因而是批判加上建構，建構加上批判。尼采所作的也

㉙梅爾維爾，《白鯨記》，§55。

不外如此，這正是隱含在德勒茲思想中最深邃的尼采主義。

荷內‧謝黑(René Schérer)曾將尼采對叔本華的讚譽用諸德勒茲身上：他給予許多人思考的簡單可能性，使他們不再對自己會思考感到羞恥㉚。

如是，德勒茲的建構主義(constructivisme)……

楊凱麟

1999年10月25日

㉚謝黑，《凝視德勒茲》(*Regards sur Deleuze*, Kimé, 1998)，頁7。

譯者前言

㈠本書譯自Gilles Deleuze, *Foucault* (Les Editions de Minuit, 1986)。

㈡譯文中以中文黑體字替代法文斜體字，以示強調。

㈢原文中德勒茲特意首字大寫的名詞，譯文中皆在該詞前加上「大寫」二字，以強調其作爲抽象概念的功能，有別於一般名詞。

㈣正文中❶❷❸……標示原註，①②③……標示譯註；註釋中則以〔 〕標示譯註。

㈤爲符應行文脈絡及考慮譯文的一致性，書中凡引用傅柯著作之處皆由譯者重譯。但傅柯作品有中譯本者，在原註頁碼後以( )標示中譯本頁碼。底下爲現有傅柯作品的中譯版本：

《古典時代瘋狂史》(*Histoire de la folie à l'âge classique*)，林志明譯，台北：時報出版公司，1998。

《臨床醫學的誕生》(*Naissance de la clinique*)，劉絮愷譯，

台北：時報出版公司，1994。

《知識的考掘》(*L'archéologie du savoir*)，王德威譯，台北：麥田出版公司，1993。基於本書法文標題中的archéologie原意「考古學」是目前較通用的譯法，在文章脈絡考量下，底下凡提及此書，皆譯爲《知識考古學》。

〈這不是一根煙斗〉("Ceci n'est pas une pipe")，陳傳興譯，《雄師美術》，1989年11月號。

《規訓與懲罰》(*Surveiller et punir*)，劉北成、楊遠嬰譯，台北：桂冠出版公司，1992。中譯本書名直譯於英譯本*Discipline and Punish*。但根據法文標題應譯爲《監視與懲罰》，底下凡提及此書，皆從法文譯名。

《性意識史第一卷：導論》(*La volonté de savoir*〔*Histoire de la sexualité I*〕)，尚衡譯，台北：桂冠出版公司，1990。根據本書法文標題應譯爲《性特質史，卷一：知識的意志》，底下凡提及此書，皆從法文譯名。

《性史第二卷》，張廷琛、林莉、范千紅等譯，上海：科學技術文獻出版社，1989。根據本書法文標題應譯爲《性特質史，卷二：快感的享用》(*L'usage des plaisirs*〔*Histoire de la sexualité II*〕)，底下凡提及此書，皆從法文譯名。

另外，德勒茲引用不少德雷福斯與拉比諾在1983年4月對傅柯的訪談記錄，該文收錄於*Michel Foucault. Beyond structuralism and hermeneutics*, Chicago University Press, 1983。德勒茲引用

的是法譯本《米歇‧傅柯，哲學的旅程》(*Michel Foucault. Un parcours philosophique*, Gallimard, 1984)。中譯本則爲《傅柯：超越結構主義與詮釋學》，台北：桂冠出版公司，1992。底下凡提及此書，也以( )標註中譯本頁碼。

獻給丹尼爾·德費①

①Daniel Defert，1968年學生運動的積極參與者之一，傅柯的長期伴侶。傅柯病逝後，成立AIDES，是法國最主要的對抗愛滋病協會之一。

前　言

這是六篇相對獨立的文章。

首兩篇曾先刊於《批評》(*Critique*)雜誌第274期及第343期，經潤飾及擴增後，收錄於此。

書中所引用的米歇•傅柯文本，以底下縮寫表示：

HF　《古典時代瘋狂史》(*Histoire de la folieà l'âge classique*)，Plon出版社，1961，後由Gallimard出版(我們採用後者的版本)。

RR　《黑蒙•胡塞》(*Raymond Roussel*)，Gallimard出版社，1963。

NC　《臨床醫學的誕生》(*Naissance de la clinique*)，PUF (PUF)，1963。

MC　《詞與物》(*Les mots et les choses*)，Gallimard出版社，1966 (譯按：台灣常根據其英文版書名*The Order of Things*譯爲《事物的秩序》。本書對文藝復興時期進行博學而宏觀的分析，目前尚未有中譯本。底下凡提及此書皆從法文譯名）。

PDD 〈域外思想〉（“La pensée du dehors”），《批評》，1966年6月。

QA 〈何謂作者？〉（“Qu’est-ce qu’un auteur?”），《法國哲學社會學報》（*Bulletin de la société française de philosophie*），1969。

AS 《知識考古學》（*L’archéologie du savoir*），Gallimard出版社，1969。

GL 尚─皮耶‧布希瑟（Jean-Pierre Brisset）的《邏輯文法》（*La grammaire logique*）序文，Tchou出版社，1970。

OD 《言說的秩序》（*L’ordre du discours*），Gallimard出版社，1971。

NGH 〈尼采，系譜學，歷史〉（“Nietzsche, la généalogie, l’histoire”），收錄於《向尚‧易波利致敬》（*Hommage à Jean Hyppolite*），PUF，1971。

CNP 《這不是一支煙斗》（*Ceci n’est pas une pipe*），Fata Morgana出版社，1973。

MPR 《我，皮耶‧希米耶……》（*Moi Pierre Riviére...*），Gallimard-Julliard出版社，系列叢書，1973。

SP 《監視與懲罰》（*Surveiller et punir*），Gallimard出版社，1975。

VS 《知識的意志：性特質史，卷一》（*La volonté de savoir*

〔*Histoire de la sexualité I*〕)，Gallimard出版社，1976。

VHI　〈不名譽者的生活〉("La vie des hommes infâmes")，《途徑筆記》(*Les cahiers du chemin*)，1977。

UP　《快感的享用：性特質史，卷二》(*L'usage des plaisirs*〔*Histoire de la sexualité II*〕)，Gallimard出版社，1984。

SS　《自我的憂慮：性特質史，卷三》(*Le souci de soi*〔*Histoire de la sexualité* III〕)，Gallimard出版社，1984。

麥田人文 32

德勒茲論傅柯

Foucault

輯一

從檔案到圖式

一位新的檔案學者①

《知識考古學》

一位新的檔案學者已在城裡被任命。然而確切地說，他是被任命的嗎？他從事的難道不是他自己的指令嗎？憎恨者說他是某種技術或結構化的技術官僚新代理。另一些則援引其愚蠢以為風趣，說他是希特勒走狗；或者，至少他冒犯了人權(他們絕不寬貸他曾宣稱「人之死」)❶。另一些則說他是個不能以任何神聖經典為據，也很少摭引大哲學家的裝模作樣者。相反的，有些人則感到某種嶄新的、徹底翻新的事物已在哲學中誕生，而且這部作品擁有一種自身想迴避的美感：節慶的曙色。

總之，一切就像開始於果戈理②的故事中（而較不是卡夫卡③的）。這位新的檔案學者宣稱他只考慮陳述(énoncé)，而毫

---

①本文原題〈一位新的檔案學者〉（"Un nouvel archiviste"），發表於《批評》，第274期，1970年3月。這是德勒茲對傅柯新作《知識考古學》(1969)的評論。

❶《詞與物》出版後，一位精神分析師進行一場冗長分析，將這本書對照於*Mein Kampf*〔希特勒的《我的奮鬥》〕。最近，則由將人權對立於傅柯的人接手。

不在意往昔檔案學者以成千方式關注之物：命題與句子。他不管那些層層交疊命題的垂直位階，也不理那些似乎相互回應的句子之邊側特性(latéralité)。他置身於某種動態對角線中，使別處無法掌握之物(即陳述)變得清晰可讀。這是無調性之邏輯嗎？如果感到憂慮，應屬正常。因爲這位檔案學者蓄意不舉任何例子，他認爲不久前他曾不停舉例，即使當時他自己仍不知這就是例子。目前，唯一由他分析過的形式化例子就是蓄意要引人憂慮的：即我隨機標出或依序從打字機鍵盤抄下的一列字母。「打字機鍵盤並非陳述，但同樣這列字母A，Z，E，R，T④列舉在打字教學手冊上，卻是被法文打字機採用字母序之陳述。」❷這種**多樣性**(multiplicités)不具任何規律的語言學構造，然而，這就是陳述。Azert？其他檔案學者仍習於尋思在這些條件下如何能產生陳述。

---

②Nikolaï Vassilievitch Gogol(1809-1852)，俄國作家。生於烏克蘭，早期作品中以一種盈溢幽默及狂想的風格述說鄉野傳奇。《死靈魂》(1842)爲其代表作。

③Franz Kafka(1883-1924)，捷克德語作家。卡夫卡出生於捷克奧匈帝國轄區的德裔猶太商人家庭，身處希伯來語、德語及斯拉夫語三大文化的爭逐力場之中。其作品企圖透過一整個非現實的世界(極度僵化的官僚結構、無所不在的司法體系、人蟲間的變形……)來呈現一種日常生活中的莫名焦慮狀態。人與世界裂解於卡夫卡的小說中，強烈的荒謬、不安、罪惡感、異化與僵固塡塞其間。人在這個超越性前束手無策。代表作品爲《城堡》、《審判》、《蛻變》、《中國的長城》……。

④A、Z、E、R、T爲法文鍵盤第一列左起前五個字母。

❷《知識考古學》，頁114(中譯本，頁185)。

據傅柯解釋，陳述基本上是**稀有的**(rares)，不只事實上是，而且理論上亦是：陳述離不開稀有性法則及效果。這也是陳述對立於命題及句子的特徵之一。因爲只要願意，只要能根據不同類型將一道命題表達「在」另一道上，總是能構思出命題；而這種形式化作用(formalisation)並不該去區別可能及現實之差別，因爲它促使可能命題的大量滋生。至於實際被說之物，其稀有性其實來自一句句子對其他句子所否定、阻絕、駁斥或抑制之物；因而每句句子都懷有它所沒說的一切事物(虛擬或潛在之內容)，它們滋生意義，提供解釋，形成在理論上眞正豐富的「潛在言說」。句子的辯證法總是服膺於僅爲了超越或深化句子的矛盾原則，命題的類型學則服膺於使每個層級元素都對應於一個較高範型的抽象原則。然而，矛盾原則與抽象原則都是促使句子及命題滋生的程序，其使得一句句子總是能對立於一句句子，一道命題總是能形成於一道命題之上。相反的，陳述基於一種節約或甚至短缺原則，離不開它所散布的稀有空間。在陳述領域中既沒有可能也無虛擬之物，所有都是現實的，且所有現實性都顯露於陳述中：只有曾在特定時、空且伴隨特定空隙或特定空白而被表達之物才是其重點。然而，陳述確實也能相互對立或分層排序，但傅柯在兩章中嚴格指出，陳述之矛盾僅在稀有空間可測的實證距離中才存在，而陳述之比較則涉及此空間的一種動態對角線，其允許不同層級中的同一組合直接對照，也允許直接在同層級中選取某些組合而不需考慮其他構成部分(意味另一條對角線)❸。只有稀有化空間才允許這些運動、這些轉換、這些罕用面向及劃分。陳述的這種「空隙與碎裂形式」，使人訝異於不僅只有極少事物被說，而且「只有極少事物**能**被說」❹。究竟什麼將是這種在稀有性或離散性元素中的邏輯登錄結果(在這裡無關否定，且相反的，形構了特屬陳述之「肯定〔實證〕性」)？

這是何以傅柯變得較令人放心了：如果陳述眞是稀有的，且本質上地稀有，生產陳述便毫不需原創性。每句陳述總是展現某種分布於對應空間之特異性(singularités)或特異點(points singuliers)放射。我們將會看到，這些空間本身的建構及轉換產生極難用創造、啓始或根基等詞彙闡述的拓樸學問題。更進一步的理由是，在被審視空間中，某種放射的首次產生或其反覆與再生毫不重要。重點在於陳述的**規則性**(régularité)：它不是一種平均數而是一條曲線。事實上，陳述不可與它所假設之特異性放射混爲一談，它是通過特異性之鄰近區域(voisinage)的曲線形狀，或更普遍地，它是特異性被分配或被再生場域的規則。這便是陳述的規則性。「原創與平庸的對立因而並不適切：在原始的表達方式與千百年後或多或少重複它的句子間，〔考古學描述〕並未建立任何價値位階；它並不制定根本差異，它只尋

❸《知識考古學》，第四部，第三章與第四章。傅柯在《詞與物》中指出他感興趣的三種同一層級建構：大寫 自然史、大寫 財富分析與 大寫 一般文法學。但他也可以考慮其他建構(如聖經批評、修辭學、史學……)，只是卻可能因而發現「一種不與前者交疊，而只在某些點與其交會的言說交互網絡」，頁208(中譯本，頁290)。

❹《知識考古學》，頁157(中譯本，頁236)。

找建立陳述的規則性。」❺由於起源問題都不被考慮，原創性就更不成爲問題。生產陳述並不須成爲特定的人，而且陳述既不指向任何我思(cogito)，不指向任何使其成爲可能的超驗主體，不指向首次(或再次)宣稱陳述的大寫自我，也不指向保存、推廣、印證陳述的「大寫時代精神」❻。每句陳述都備有主體「位子」，且差異極大。然而，確切地說，由於不同個體都能進入主體位子，所以陳述在所有狀況下都是某種合併的特定對象，它據此而被保存、轉換或重複。合併就像建立某種儲備，它並不對立於稀有性，而是此稀有性的效果。這是何以它取代了起源與回歸起源之概念：就如柏格森哲學中的記憶，陳述在它的空間中自我保存，且因此空間的延續或重建而存在。

環繞著陳述，我們應該區辨三種圈子如同三種不同的空間。**首先**，由同一組合中的不同陳述所形成，相連或毗鄰的**側面空間**(espace collatéral)。追問是由空間定義組合，還是反之，由陳述組合定義空間並無多大意義。既沒有無視陳述存在的同質空間，也不存在未定位的陳述，這兩者在建構規則之層次合而爲一。重點在於，這些建構規則不該被化約爲命題之公設，或句子之脈絡。命題總是垂直指向決定內在常數與定義同質系統的較高階公設，它甚至是語言學或建立這種同質系統的條件之一。

❺《知識考古學》，頁188(中譯本，頁269)(與論陳述—曲線之段落類似，頁109〔中譯本，頁180〕)。

❻《知識考古學》，頁207(中譯本，頁290)(特別是對Weltanschauung〔世界觀〕的批評)。

至於句子，則可以擁有一個屬於某系統之成員，與屬於另一系統的另一成員，完全依外在變數而定。另外便是陳述：它與某種恒常的變異不可分，由是我們從未置身於任何系統，且永無止境地由一系統到另一系統(即使在同一語言內部)。陳述既非旁側亦非垂直的，它是橫貫的(transversal)，而且陳述的規則與陳述位於同一層級。或許，傅柯與拉博夫(Labov)相當接近，當後者指出年輕黑人在界定規則性(而非同質性)的**變動或隨意**規則下，不斷由「黑人英語」系統到「標準美語」系統，且反之時，他與傅柯特別地接近❼。即使似乎在同一語言中進行，位於言說建構中的陳述也會由描述成爲觀察、計算、建制(institution)或指示，就如同經由許多系統或語言般❽。「構成」陳述組合或語族的，因而是同層級中使這種「語族」如同一種射散及異質(同質性的相反)環境的穿越或變異規則。這便是相連或毗鄰空間：每句陳述都離不開它藉由穿越規則(向量規則)所連結

❼參閱拉博夫，《社會語言學》(*Sociolinguistique*)，Minuit出版社，頁262-265。既不恒常亦不同質之規則是拉博夫作品中的基本觀念。我們能舉出更接近傅柯最後研究的另一個例子：當克拉夫愛賓(Richard von Krafft-Ebing〔1840-1902〕，德國醫學家)編纂他偉大的性變態著作《性心理病理學》(*Psychopathia sexualis*)時，陳述對象還太過於生疏，因此德文句子中包含了拉丁文片段。然而，由一個系統到另一系統永遠存在雙向的往來，人們會說這是由於環境或外在變數之故(羞恥或審查制度)。由句子觀點而言確實如此，然而由陳述觀點來看，克拉夫愛賓著作中的性特質陳述總是離不開一種獨特的恒常性變異。而且並不難指出所有陳述都在這種情況下。

❽《知識考古學》，頁48(中譯本，頁111)(十九世紀醫學陳述的例子)。

的異質陳述。而且，不只每句陳述都離不開同時是「稀有」及規則的多樣性，且每句陳述就是一種多樣性：它是多樣性而非結構或系統。陳述之拓樸學對立於命題之類型學與句子之辯證法。根據傅柯，我們認爲一句陳述、一個陳述語族或言說建構，首先是由散布於相連空間中的恒常變異線或向量場所定義：這是作爲**原初功能**的陳述，或「規則性」之第一層意義。

第二種空間是不可與相連空間混淆的**相關空間**(l'espace corrélatif)。這裡不再涉及與其他陳述之關係，而是與陳述主體、客體及概念的關係。此處可以趁機發現陳述與詞彙、句子或命題之間新的不同。句子實際上指向一個似乎有權啓動言說的所謂陳述主體：它涉及語言學人稱中不可化約爲大寫他的大寫我，即使「大寫我」在此只作爲連接或自我參照之角色並未被明白說出。句子因此透過一種內在常數(大寫我的形式)及外在變數(前來填補此形式並說出大寫我的人)的雙重觀點被分析。陳述則迥然不同：其不指向一種單一形式，而指向構成陳述本身一部分且變異遽烈之內在位置。例如，如果「文學」陳述指向一位作者，則一封匿名信亦指向一位作者，但意義卻大相逕庭；而一封尋常的信指向一位署名者，一張契約指向一位擔保人，一張海報指向一位撰文者，一本文選指向一位編纂者……❾。然而，這些都構成陳述的一部分，即使它們並不成爲句子：這是原初功能的**衍生功能**(即陳述之衍生功能)。陳述與不同主體的關係

❾〈何謂作者？〉，頁89，與《知識考古學》，頁121-126(中譯本，頁195-200)(特別是科學陳述的例子)。

本身便構成陳述的內在變數之一。「在很長一段時間裡，我都是早早就躺下了……」同樣這句句子，根據其連結到任一個主體，或一位以此揭開《追憶逝水年華》並將其授予書中敘述者的作者普魯斯特，作爲陳述卻大不相同。不僅如此，同一陳述也可以佔有許多主體位置或位子：比如作者與敘述者，或署名者與作者，就如在謝宓琰夫人⑤某封信中的例子（在前面這兩例中的收信者不同）；或者報告者與被報告對象，就如在間接言說中的情況（特別是主體的兩種位置相互滲透之間接自由言說）⑥。然而，所有這些位置都不是衍生陳述的大寫原初我之諸形象：相反的，這些位置由陳述本身所衍生，因此是一種「非人稱」、「大寫它」或「大寫人們」的模式，是一種根據陳述語族所特化的「它說」或「人們說」⑦。傅柯在此銜接了舉發語言學人稱、並

⑤Marie de Rabutin-Chantal Sévigné（1626-1696），法國書簡作家。死後出版《書簡集》（*Lettres*）。

⑥間接言說（discours indirect）與間接自由言說（discours indirect libre）是小說中引述他人言說的兩種不同方法，相對於直接言說（discours direct）。例如，他抗議的大喊：「我父親恨你」（直接言說）；或，他抗議的大喊他父親恨他（間接言說）；或，他抗議道：「他父親，他大喊，恨他」（間接自由言說）。後者是法語、德語或俄語等語言中較特別的引述方式。以上的例子請參考巴赫汀（Mikhail Bakhtine）的《馬克思主義與語言哲學》（*Le marxisme et la philosophie du langage*, Minuit, 1977），第十一章。巴赫汀認爲間接自由言說是「絕佳的想像形式……，使拉封登（La Fontaine）、巴爾札克，特別是福婁拜能完全沈浸與隱匿於其想像力所創造的世界中。」（頁204）

⑦on parle 。on爲法文中**非限定**、中性的第三人稱，其區別於il（第三人稱單數陽性或中性），勉強可譯爲「（不確定且最一般化的）人們」。

將主體位子置入無名無姓之嗡嗡聲浪中的布朗修⑧。正是在這種無始無終的嗡嗡聲中，傅柯將就座於陳述所指定給他的一個位置⑩，而這可能正是傅柯最動人心弦之陳述。

同樣地，陳述的對象與概念也應被提及。一道命題總被認爲有其意指對象，亦即意指或意向性是命題的內在常數，而前來塡補命題(與否)的事物狀態則是外在變數。但陳述則迥然不同：它擁有一個「言說客體」，其不含括任何被指向的事物狀態，而且相反的，它衍生自陳述本身。這是一種衍生客體，由作爲原初功能的陳述變異線之極限所界定。這是何以它並不被用來辨別不同類型之意向性(其中，有些可能被事物狀態塡滿，而有些則保持空無狀態，成爲一般而言是虛構或想像的〔如，我遇見一隻獨角獸〕，或一般而言是荒謬的〔如，方形的圓〕)。沙特曾

⑧Maurice Blanchot(1907-)，法國小說家與文學評論者。早期曾是法國極右派運動分子，但戰後作風陡變。對於文學體驗及作品的本質建構了極爲獨特的觀點。他認爲在文學空間中的書寫行動本身是一種癱瘓狀態(désœuvrement)，是將口語削弱並定著於作品。因此就某種意義而言，死亡總是作爲一種基調纏祟著文學，文學空間就是死亡空間。對「極限經驗」的思索貫穿布朗修所有作品，書寫者「什麼都不該說」，而「只該說空無」。布朗修對文學的想法影響傅柯甚巨。主要著作有《文學空間》(*L'espace littéraire*, 1955)、《無盡的訪談》(*L'entretien infini*, 1969)、《友誼》(*L'amitié*, 1971)等。

⑩在《言說的秩序》開頭如是說。在傅柯作品中，「人們說」在《詞與物》中以一種「語言的存有」出現，在《知識考古學》中則以「存有語言」出現。可參照布朗修論「它」的文章(特別是《隔離火場》〔*La part du feu*, Gallimard〕，頁29)與論「人們」的文章(特別是《文學空間》〔*L'espace littéraire*, Gallimard〕，頁160-161)。

說，催眠的恒常元素與清醒的共同世界之差異，在於每個夢境，每個夢境影像，都自有一個與衆不同的世界⓫。傅柯的陳述彷若就是夢境：每個陳述都擁有獨特對象，或都圍繞著一個世界。因此，「金山在加州」就是一句陳述：它全無意指對象，而且，在此援引一種一切皆可行的空洞意向性（即一般性虛構）是不夠的。「金山……」這句陳述確實有一個言說客體，即「允許類似地質學與地理學幻想與否」的確切想像世界（如果援引「一顆『麗池』般大的鑽石」⑨便能較清楚理解，因爲它並不指涉一般性虛構，而是在與構成費茲傑羅「語族」的其他陳述之關係中，指向圍繞同一作者某句陳述的獨特世界）⓬。最後，同一結論對陳述的概念也有效：每個詞彙都根據其意符（內在常數）連結到作爲意指（外在變數）的概念。然而，陳述又再次與此不同，它擁有自己的概念，或確切地說，擁有在異質系統間相互交疊的獨特言說「模式」⑩，由此，陳述成爲原初功能：比如，在任何時代或任何言說建構中，醫學陳述中對徵候的不同歸類及區分（如十七世紀的躁症〔manie〕，然後十九世紀單一躁症

⓫沙特（Sartre），《想像》（*L'imaginaire*, Gallimard），頁322-323。

⑨"The diamond as big as the Ritz"，費茲傑羅短篇小說名。

⓬《知識考古學》，頁118（中譯本，頁191），金山……。

⑩schèmes，康德主要概念之一。每個概念（知性的產物）都具有其模式，亦即使概念內容可以在經驗界放諸四海皆準的運作過程。模式並非一種圖像（image），而是一種規則，所有的概念都必須被模式化，因爲模式作爲一種第三者連接了感性的現象及知性的範疇（純粹概念），使兩者間產生關聯。如果沒有模式，範疇將無法描述任何對象。因此，康德認爲模式論是「潛藏人類靈魂深處的藝術」。

〔monomanie〕的出現……)⑬。

如果陳述有別於詞彙、句子或命題，那是因爲陳述自己就包含了作爲其「衍生物」的主體功能、客體功能與概念功能。確切地說，主體、客體及概念都僅是原初功能或陳述功能的衍生功能。因此，相關空間就是主體、客體及概念在陳述語族中的位子或位置之言說次序。這便是「規則性」的第二層意義：這些不同位子再現了特異點。因此，由內在常數與外在變數運作的詞彙、句子與命題系統對立於以恒常變異與內在變數運作的陳述多樣性。那些在詞彙、句子及命題觀點下似乎是意外之物，在陳述觀點下只是規律。傅柯因之奠立一種嶄新的實效研究(pragmatique)⑪。

剩下的第三種空間是外在的：它是**互補空間**(espace complémentaire)，或非言說建構之空間(即「建制、政治事件、經濟的實踐與過程」)。傅柯在此草擬政治哲學的概念。一個建制本

⑬關於「前概念模式」，《知識考古學》，頁80-81(中譯本，頁147-149)。關於瘋病的例子，其在十七世紀之分類，參閱《瘋狂史》，第二部；關於十九世紀單一躁症的出現，參閱《我，皮耶•希米耶……》。

⑪pragmatique(一般譯爲「語用學」)廣泛地指稱當代語言邏輯的研究方式，其標誌著自十九世紀來語言科學所著重的歷史與結構研究之轉向，朝向一種語言用法的情境、脈絡或行動研究。語用學必須與pragmatisme(實用主義)區辨開來，後者指的是由杜威(J. Dewey, 1859-1952)，威廉•詹姆斯(W. James, 1842-1910)與皮爾斯(S. Peirce,1839-1914)所引領的北美思潮，其主張眞實即有用，有用即眞實。這是一種奠基於理性，關於行動主體的經驗哲學。但語用學則涉及符號系統的意義生產機制，其考量的是溝通的脈絡及情境。語言的使用有其語義效力，

身總是含括諸如憲法、憲章、契約、銘文與記錄等陳述，反之，陳述則總是指向一種建制環境，如果沒有此環境就不能形成出現於陳述場域之客體，也不會有以此位子發言之主體（比如在某個時代中，作家在社會的位置，醫生在醫院或其診所的位置，以及新客體之出現等）。然而，再次的，在建制的非言說建構與陳述的言說建構中，最大的誘惑在意圖建立兩種互爲象徵的表達間之垂直平行關係（即表達之原初關係），或意圖建立一種水平因果關係，使事件及建制能夠將人確立爲陳述之假想作者（即思維〔réflexion〕的次級關係）。不過，對角線強行成爲第三條途逕：即**與非言說環境之言說關係**，其本身既不內在也不外在於陳述群組，但它建構了剛才我們提及的極限，即確切的境域（horizon），陳述客體缺它便不可能出現，且在陳述本身中也就不會有位子被指定。「當然，並不是自十九世紀初起政治運作便將組織病變或解剖—病理關聯等全新客體強加於醫學；然而它卻開啓醫學客體全新的定位場域（……以行政方式圍繞及監督

就此意義而言，維根斯坦爲語用學奠立了其概念平面。而語用學研究至今仍方興未艾，主要代表人物則有R. Montagne, Bar-Hillel, J. Searle……等。傅柯的《知識考古學》，在某種意義上亦是一種語用學研究。但正如德勒茲在本書「歷史疊層或建構」一章的開頭所指出的，傅柯從事的研究與分析哲學有本質上的不同（請參考該章節）。在本書中，德勒茲兩次使用pragmatique來指稱傅柯的研究（另一次在頁115），確切地說，這個詞（源自希臘字根*πραγματιχος*，*πραγμα*指「行動」或「事物」）可能必須以康德哲學的意涵來理解，亦即其指涉一種**在現實與生命中的行動**，對立於理論或思辨的知識，也對立於道德的強制（可參考由傅柯翻譯的康德《實效觀點人類學》〔*Anthropologie du*

的人口群集……大規模的民兵……配合時代經濟需求及社會階層相對位置的醫療支援體制等)。政治運作對醫學言說的這種關係，也同樣能由醫生被賦予的地位中看到……。」⓮

既然原創—平庸之區分不適切，陳述因此必須能被**重複**。一句句子能重新被講或重新被提及，一道命題能重新被現實化，但只有「陳述自己擁有被重複之能力」⓯。然而，重複的實際條件卻似乎極為嚴苛，必須具備相同的分配空間、相同的特異點分布、相同的地點及位子次序、相同的建制環境關係：所有這些條件構成使陳述可被重複的「物質性」。在十八世紀的博物學及十九世紀的生物學中所謂的「物種變異」並不是同一句陳述。同樣的，從達爾文到辛普森⑫，根據其描述中所強調的度量單位(即距離與分布)與建制的大相逕庭，很難確定其是否仍保持同一陳述。同樣一句口號：「瘋子到瘋人院去！」可歸到全然不同的言說建構中：在十八世紀時，這是抗議囚犯與瘋子的混淆；

---

point de vue pramatique〕；而傅柯的國家哲學博士副論文《康德人類學的起源及結構》〔*Genès et structure de l'anthroplogie de Kant*，1960，收藏於巴黎索邦大學圖書館〕則是對此書的評論)。我們在這裡將這個詞暫譯為「實效」或「實效研究」(以區辨於由威廉•詹姆斯領軍的「實用主義」)。康德說：「實效歷史(histoire pragmatique)絕不可能成為一門科學」，因為「實效」永遠指涉現實、效力用處，對立於純粹口語與無用。康德也把基於行動需要而對某個提案(即使此提案出於偶然)的接納行為稱為實效信仰(croyance pragmatique)，比如醫生必得對疾病作出診斷與治療，即使他對此症束手無策。

⓮《知識考古學》，頁212-214(中譯本，頁296-298)，與頁62-63(中譯本，頁126-128)。

或者相反的，在十九世紀則爲了要求建立療養院，使瘋子能區隔於囚犯；在今天，又被高舉爲反對收容環境的演變⑯。持反對意見者認爲，傅柯只不過進一步精鍊極爲古典的**脈絡**分析。但這可能低估了他所奠立判準中的新意，確切地說，此判準指出，說一句句子或表達一道命題可以不需一再位於所對應陳述中的同樣位子，也可以不需一再重現同樣的特異性。然而，如果要藉由對陳述所屬言說建構的確認來舉發僞重複，那麼將反而會發現在不同建構之間的同構關係⑬或同位素⑭現象⑰。至於文本脈絡根本什麼都沒解釋，因爲它的性質根據被審視的言說建構或陳述語族而異⑱。

如果陳述之重複具有如此嚴苛的條件，絕不是因爲外在條件，而是因爲使重複本身成爲陳述獨特力量的這種內在物質性。這是由於陳述永遠由它與同層級**另類事物**(autre chose)的特定關係所定義，換言之，由涉及陳述本身(但並非其意義或元素)

⑮《知識考古學》，頁138(中譯本，頁213-214)。

⑫George Gaylord Simpson(1902-)，美國古生物及哺乳類動物專家。結合新達爾文主義、數學、基因理論及生物物理學等提出一套演化理論。

⑯《瘋狂史》，頁417-418(中譯本，頁484-486)。

⑬isomorphisme，化學中用以指兩種或兩種以上化合物在化學構造上具有相近結晶形式之關係；語言學上則指擁有相同結構的兩種不同語言間關係；或，在數學上，指在類似結構下由不同元素組成的兩組集合，其中之一產生改變，則可在另一中得到對應的改變結果。

⑭isotopie，指具同樣原子數之元素，它們在週期表中佔據同一位子，但原子量卻不同。如碳12、碳13與碳14。

⑰《知識考古學》，頁210(中譯本，頁293)。

的其他事物所定義。這個「另類事物」可以是一句陳述，在這種狀況下，陳述則公開被重複。但究極而言，它應是有別於陳述之物：即大寫域外(Dehors)。它是特異性(作爲不確定點)之純粹放射，因爲後者尚未被將其連結且在其鄰近區域中取得特定形式的陳述曲線所決定及特化。傅柯因此指出曲線、圖表、金字塔形都是陳述，但它們所呈現的內容卻非陳述。就如同我抄下的字母AZERT是一句陳述，即使同樣這列字母在鍵盤上並不是⑲。由上面這些例子中，會看到一種神秘的重複驅動著陳述；而且讀者會發現關於「由細微差異所吊詭歸納出的同一性(identité)」這個主題啓發了《黑蒙·胡塞》⑮中最精采的段落。陳述本身便是重複，即使它重複的是「另類事物」，卻也能「怪異地相似與幾近同一於它」。因此，對傅柯而言，最大的問題便是釐清什麼是陳述必須以爲前提的這種特異性。然而，《知識考古學》卻戢止於此，它還不該去處理這個跨越「知識」界限的問題。但傅柯的讀者能夠臆測已跨入一個全新領域，即作爲與

---

⑱《知識考古學》，頁129(中譯本，頁203-204)，文本脈絡之拒斥。

⑲《知識考古學》，頁114-117(中譯本，頁185-191)，與頁109(中譯本，頁180-181)。

⑮Raymond Roussel(1877-1933)，法國作家。他的經歷及作品充滿了幽黯與讖語，至今讀之仍彷若身置迷宮。其創作方式(如，文字遊戲式的文學探索)曾影響許多超現實主義者的作品。1933年，胡塞謎樣般地服食過量巴比妥鹽致死。1989年，法國印行他生前未出版的一萬餘頁著作。著有《襯裏》(*La doublure*, 1897)、《非洲印象》(*Impressions d'Afrique*, 1910)、《太陽之塵》(*La poussière de soleils*, 1927)等。傅柯在1963年出版的《黑蒙·胡塞》中極讚揚胡塞作品中的風格機轉。

知識結合的權力領域，這將是後續作品所要探索的。但我們已預感鍵盤上的AZERT是一個權力集中聚點，一種介於法文字母(根據其出現頻率)與手指(根據其間距)間的力量關係體。

在《詞與物》中，根據傅柯的解釋，既不涉及物也無關乎詞，更無涉於客體或主體，亦非句子或命題(文法、邏輯或語義分析)。遠非陳述是詞與物之綜合，也遠非陳述是句子與命題之組合，而毋寧相反，陳述是句子或命題必須以之爲前提且不需言明之先決條件，它是詞彙及客體的形構者。傅柯曾兩次坦承後悔：在《瘋狂史》中，他太常召喚一種仍屬於野性事物狀態及命題的二元瘋狂「經驗」；在《臨床醫學的誕生》中，他則援引一種「醫學凝視」，其仍然以(相對於客體場域)過於固著的假設主體單一形式爲前提。儘管如此，這些悔恨可能只是裝裝樣子。爲了一種新實證主義而放棄構成《瘋狂史》中出色的浪漫主義，並不需感到悔恨。這種被稀有化且自身盈溢詩意的實證主義，或許就是爲了達到兩種再活化的效果，即瘋狂在言說形構或陳述散布中的一般性經驗；以及在這些建構深處的位置變異中，文明化(無涉於一切Weltanschauung⑯)醫生(臨床醫師、診斷醫師與症狀分析師)的動態位子。而《知識考古學》的結論，不正是想召喚一種使行動「言說」無視我的生死而形構於「域外」元素中且必然融合革命實踐的一般生產理論嗎？因爲言說

⑯德文，指關於世界的概念，世界觀。

建構就是實際的實踐，而其語言並非一種普同的理型(logos)，而是適於推動、偶爾也適於闡述變化、註定會消失之語言。

一組陳述，或一句單獨的陳述便如上所述，它們都是一種多樣性。黎曼⑰形塑了適於物理及數學的多樣性與多樣性類型概念。此概念在哲學的重要性隨後便呈現於胡塞爾的《形式邏輯與超驗邏輯》(*Logique formelle et Logique transcendantale*)與柏格森的《論文選》(*Essai*)中(當柏格森致力於將時延〔durée〕⑱定義爲對立於空間多樣性的另一種多樣性時，有點類似黎曼對離散及連續多樣性的區分)。然而，這個概念在這兩個方向上都流產了，也許因爲類型的區分停駐於簡單二元論中而蒙蔽了此概念，也許因爲這種區分以公理體系(système axiomatique)的法規爲目的之故。然而，這個概念的重點在於建立「多樣」這個名詞，使其不再是對立於大寫單一的述詞，也不再是被歸因於標誌爲一的主體之述詞。多樣性完全無視於多與一的傳統問題，特別無視於作爲約制、思考與使多樣性自起源中衍生等的主體問題。既沒有一也沒有多，因爲無論如何，這些都僅是指向重新開始於其一，並發展於另一的意識。只存在稀有化之多

⑰Bernhard Riemann(1826-1866)，德國數學家。他對平面與函數複合變數的研究引出拓樸學理論——一種非歐幾里德幾何學。黎曼對空間的概念則哺育了相對論的理論背景。著有《論幾何學的基本假設》(*Sur les hypothèses qui servent de fondement à la géométrie*, 1868)等。

⑱「時延」是柏格森極重要的概念。簡言之，時延這個詞強調時間的持續狀態，柏格森常用另一個複合詞來說明時間的這種持續與不可分割性：眞實時間(temps rél)，其相對於數學與抽象的時間。

樣性，以及特異點、爲了運作臨時主體的空位子，與可合併、重複及自我保存的規則性。多樣性既非公理的也非類型的，而是拓樸學的。由是，在多樣性的理論—實踐中，傅柯作品展現了最關鍵的一步，而就另一方面而言，這也是布朗修構思文學生產邏輯的同一途徑：即透過對意識或主體形式以及對無差異之無底深淵的共同拒斥，在單數、複數、中性及重複間所產生的最嚴格關係。傅柯對他與布朗修在這觀點的相近感受並未隱藏。而且他指出今日論爭的重點不在於結構主義，不在於被稱爲結構的現實或模型是否存在，重點在於重返主體中的位子或地位(其被認爲仍處於未完全結構化的向度中)。因而，只要將歷史直接對照於結構，便會認爲主體仍保留作爲建構、集中及聯合作用之義，然而，當歷史「斷代」或建構被視同多樣性時便大異其趣了。後者已逸出主體的支配及結構的統治。結構是命題的，它擁有指向某個確定層級公理之特徵，且形成一個同質的系統；然而，陳述是跨越不同層級之多樣性，它「橫跨結構與可能的統一性領域，並促使它們以具體內容顯現於時間及空間中。」[20]主體是句子或辯證的，它具有使言說開始的第一人稱特徵，然而陳述卻是匿名的原初功能，並使主體只以第三人稱及作爲衍生功能存在。

考古學完全對立於兩種迄今仍被「檔案學者」使用的主要技術：形構法(formalisation)與詮釋法(interprétation)。檔案學

[20]《知識考古學》，頁115，259-266(中譯本，頁186-187，345-352)。

者過去經常雙管齊下，從這些技術之一跳到另一。他們時而自句子中抽取作爲其外顯意義的邏輯命題：這樣便能超越被「登錄」(inscrit)之物，朝向一種智性形式(無疑地，它也能被登錄於符號面，但它本身卻有不同於登錄的秩序)。時而反過來，他們超越一句子朝暗中回應它的另一句子：他們添加另一登錄於被登錄之物上，前者無疑構成一種隱藏意義，但無論如何，與後者卻非同一事物也非同一內容。確切地說，這兩種極端態度標誌了詮釋法及形構法擺盪其間的兩極(例如，在精神分析中便可看到在功能—形式假設及「雙重登錄」的共同地域假設⑲間之游移)。其中之一指出句子多說之處(sur-dit)，另一則指出句子沒說之處(non-dit)。在這之中，對邏輯之偏好指出必須區辨諸如朝向同一句子的兩道命題；而對詮釋學之偏好則指出句子包含必須被填滿的空隙。因此，堅持停待於實際被說之物中(即**被說之物的唯一登錄**)，就方法論而言似乎困難重重。即使(尤其)語言學也不堅持於此，其單位從未與被說之物位於同一層級。

傅柯要求一種不同規劃之權利：即，使這個被說之物的簡單登錄能如同字詞(dictum)的實證性(即陳述)一樣。考古學「並

⑲hypothèse topique。topique源自希臘文，意指地域或場所。這是精神分析的重要理論之一，其假設在某些不同運作系統間，心理機制的差異可以一種心理場域的隱喻經由空間化的動態形象再現出來。佛洛伊德有兩個主要的共同地域假設，其中之一是潛意識、前意識與意識(《夢的解析》，第七章)；另一個則是本我、自我與超我。請參閱 J. Laplanche與J.-B. Pontalis的《精神分析語彙》(*Vocabulaire de la psychanalyse*, PUF, 1967)，484。

不試圖繞過字面上的表現以期發現其後或其表象表面下的隱藏元素或神秘意義(它埋藏其中,或不需明說就能透過字面顯露);然而,陳述也絕非立即可見,它並不藉由諸如文法或邏輯結構這種明顯方式被給予(即使後者並非全然清楚或極難釐淸)。**陳述同時是不可見及非隱藏的。**」㉑而且,傅柯在最重要的篇幅中指出,沒有任何陳述可以潛伏地存在,因爲它涉及實際被說之物;即使有缺失或空白出現於陳述中,也不該與秘而不宣的意義混爲一談,因爲這只標誌陳述位於構成「語族」的散射空間中。然而,反過來說,如果要達到與被說之物同一層級的登錄如此困難,那是因爲陳述並非立即可被感知的,它總是被句子及命題所掩蓋。必須在其中發現「基石」(socle),將其磨光、甚至加工並創造出來。必須創造且切割此基石的三重空間;而只有在建構性的多樣性中,才可能產生作爲被說之物**簡單**登錄的陳述。隨之而來的問題是,詮釋法與形構法是否尚未設想這種作爲其先決條件的簡單登錄?事實上,難道這不是陳述之登錄(陳述作爲一種登錄)因某些條件而在另一登錄中一分爲二,或投射到一道命題中?所有在登錄之上(suscription)或登錄之下(souscription)之物都指向陳述在其言說建構中的唯一登錄:一座檔案的古跡(而非文獻)。「爲了使語言能被視同客體掌握、能被拆解於不同層次,能被描述及分析,就必須存在一種永遠已

㉑《知識考古學》,頁143(中譯本,頁219)。例如,蓋胡勒(Guéroult)所認爲的哲學史便局限於這種不可視卻非隱藏的唯一登錄之中,而既不訴諸形構法亦不訴諸詮釋法。

經確定且絕非無窮的陳述資料：即，對語言之分析永遠在口語及文本的**彙編**(corpus)中進行；對潛伏意義之詮釋與揭露永遠奠基於限定的句子群組中；對系統之邏輯分析則涉及在形式化語言與重新書寫中所被給予的命題集合。」㉒

這才是具體的方法重點。我們總是被迫要由詞彙、句子及命題出發，只不過根據所面對的不同問題，將其組織於確定的彙編之中。這曾是布魯菲爾⑳或哈里斯㉑等「分配學派」(l'école distributionaliste)的要求。然而，傅柯的原創性卻表現在他決定彙編的方式：既非根據頻率或語言學常數，也不憑藉言說或書寫者的個人特質(如大思想家、名政治家……等)。艾瓦德很正確地指出，傅柯的彙編就是「無參考點之言說」，而且這位檔案學者極力避免去摘引名人之言㉓。因爲他所選取的基礎詞彙、句子及命題並非根據發出它們的結構或作者—主體，而是根據它們在某一整體中所發揮的簡單功能：例如，療養院或監獄的拘禁規則；軍隊或學校的規訓法則。如果我們堅持要追問傅柯

㉒《知識考古學》，頁146(中譯本，頁223-224)。

⑳Leonard Bloomfield(1887-1949)，美國語言學家。他在1933年出版的《論語言》(*Language*)很快便成爲美國描述及功能語言學派的經典著作。他反對「心靈主義」，代之以研究行爲目的的實證語言學。

㉑Zellig Sabbetai Harris(1909-)，俄裔美國語言學家。1913年移居美國後，歸於布魯菲爾學派，建構一套極爲嚴格並取決於「環境整體」的敍述分析理論。1950年代後，受學生杭姆斯基影響，由分配分析朝向一種轉換分析之語言學。

㉓艾瓦德(François Ewald)，〈解剖學與政治身體〉("Anatomie et corps politiques")，《批判》(*Critique*)，第343期，1975年12月，頁1229-1230。

所使用的判準，明確答案要等到《知識考古學》的後續作品中才會出現：彙編中所留置的詞彙，句子及命題必須在被特定問題所發動的權力(與反抗)播散點附近選取。例如，關於十九世紀「性特質」(sexualité)的彙編：應去搜尋在告解亭周遭所交換的詞彙及句子，與在決疑手冊(manuel de casuistique)中所堆疊的命題，而且還要考慮諸如學校、出生或結婚率統計機構等其他聚點㉔。儘管理論要到後續的書中才出來，這個判準已經被應用在《知識考古學》中。因此，(未預設任何陳述的)彙編一旦被建構出來，語言被集中於此彙編或「跌落」此彙編的方式便能確定：這便是在《詞與物》中提及的「語言的存有」(l'être du langage)，在《知識考古學》中引述的「有語言」(Il y a du langage)，其隨集合不同而變動㉕。這就是「大寫人們說」，根據被審視彙編的不同而採取特定態勢的匿名嗡嗡聲。因此，自詞彙、句子及命題中才能被提取出的陳述，並不致與前三者混淆。陳述不是詞彙、句子亦非命題。當句子主體、命題客體及詞彙意指藉由在「大寫人們說」中取得位子、藉由在語言稠密處分配及散射而改變性質時，陳述就是唯一能由它們的彙編中得出之建構。依照傅柯作品中的一個恒常吊詭，語言只有爲了成爲陳述的分配或散射中心時，才會聚集於彙編中。這是自然散

㉔參考《知識的意志》，〈鼓勵言說〉〔中譯本，第二章，第一節〕。事實上，從《監視與懲罰》起，判準本身才開始被研究。但它卻能提前被運用而不需任何預設的理由(pétition de principe)。

㉕《知識考古學》，頁145-148(中譯本，頁221-226)。

射「語族」的規則。這整個方法是極爲嚴格的，它透過程度互異的不同解釋而被運用於傅柯所有著作之中。

當果戈理書寫他關於死靈魂之登錄傑作時，他將他的小說解釋爲詩，並指出何以在某些點上，小說必得是詩。傅柯在這種考古學上似乎較不發表關於他方法的論述，而是譜出他先前著作之詩，並達到哲學必然是詩，而且是被說之物撼人詩篇的境界；同時，哲學也將是擁有最深邃意義的無意義詩歌。就某方面而言，傅柯可以宣稱除了虛構外他從未書寫：正如我們所見，這是由於陳述彷若夢幻，且隨著被審視彙編與所畫出對角線之變動，一切都如萬花筒般變化。但另一方面，他也能說除了現實，除了跟隨現實外，他從未書寫，因爲在陳述中一切都是現實的，且所有現實性都在其中顯現。

多樣性何其之多，不僅有言說及非言說多樣性的鉅型二元論，而且，在言說多樣性中，所有陳述語族或建構(其名單是開放且隨每個時代變異的)也都是多樣性。此外還有由某些「門檻」(seuil)所標定的陳述類型：同一語族能跨越許多類型，而同一類型也能標定許多語族。例如，科學意味著某些門檻，陳述在這些門檻之上便達到「知識性」(épistémologisation)、「科學性」(scientificité)或「形構性」(formalisation)。但從未有一種科學能吸納構成它的語族或建構：精神醫學的科學地位及意圖並不能廢除構成相關言說建構整體的法律條文、文學表達、哲學思索、政治決策或公衆意見㉖。科學充其量只能導引建構，系統化或形式化它的某些領域，而且還可能接受一種被誤認爲肇因於單純的科學不完美的意識形態功能。簡言之，科學局限於它所無法完全吸納的知識領域之中，也局限於本身作爲知識客體（而非科學客體）的建構中。知識既非科學，也非認識力（connaissance），它的對象是先前定義的多樣性，或者不如說，多樣性使知識能以其特異點、其位子及其功能來確切描述自身。「言說實踐與它所導致的科學生產不必若合符節，而它所形構的知識既非被建構科學之粗略草圖，亦非其日常副產品。」㉗而且我們也能想像某些多樣性或某些建構對於纏祟它們往知識論門檻的知識並未加以導引。它們以其他門檻將知識導向其他方向。這並不只意味除非重新分配或眞正發生轉變，否則某些語族絕「不能」成爲科學（如同精神醫學在十七及十八世紀時的前身）；較應被質問的是，是否根本沒有一種門檻，比如美學門檻，能在不同於科學的方向上調動知識，並允許在某些多樣性或形構所屬的言說實踐中定義文學文本或繪畫作品？或者同樣地，對倫理學門檻與政治門檻亦然：應指出禁制、驅逐、限制、自由及越界如何在對應的非言說環境中與在逼近革命門檻的遠近程度下，被「連結到限定的言說實踐中」㉘。因此，在所有多樣性的記錄上，也在對應於事件、建制及所有其他實踐的被說之物唯一登錄上，形成了考古學—詩。重點並不在超越使巴舍拉㉒作品難以負荷的詩歌—科學二元性，也不是去發現一種以科學去探討文

㉖《知識考古學》，頁234（中譯本，頁319）。
㉗《知識考古學》，頁240（中譯本，頁326）。
㉘《知識考古學》，頁251-255（中譯本，頁338-342）。

學文本的方法，而是去發現與量測這塊未知的土地，在此，文學形式、科學命題、日常語句、精神分裂無意義話語等一視同仁地被視爲陳述，但其中並無共通的度量，也無任何言說上的化約或等同。正是這一點從未被邏輯學者、形構學者或詮釋學者所達到。科學及詩歌都無分軒輊地成爲知識。

然而，是什麼限制了語族及言說建構？如何思考裂罅(coupure)？這是迴然不同於門檻的問題。但再次地，公理方法，或正確地說，結構方法在此都不適用。因爲由一建構到另一建構之更替並不必然發生於最普遍或最佳形式化的陳述層級中。只有如目前歷史學者所使用的系列法(méthode sérielle)，才能構成特異點鄰近區域之系列，並容許在其他特異點的層級中尋覓使它能往其他方向延伸的另一系列。總會在某些時刻、某些地點，系列會開始分歧，並在一個全新空間中被分配：裂罅正由此通過。系列法奠基於特異性及曲線上。傅柯指出它似乎擁有兩種對立的效果，因爲它導引歷史學者在悠長時距中造成龐大與廣闊的裂罅，卻導引認識論學者增生偶爾是簡短時距中的裂罅[29]。我們將會再遇到這個問題，但無論如何，重點在於：

---

[22] Gaston Bachelard(1884-1962)，法國科學哲學家。認爲科學知識的進步只有在克服某種知識論障礙後才成爲可能。而由自然所引發的詩歌想像及符號則作爲科學理性的一個補充世界。著有《水與夢》(*L'eau et les rêves*, 1941)、《空間詩學》(*La poétique de l'espace*, 1957)、《夢的詩學》(*La poétique de la rêverie*, 1960)等。

[29]《知識考古學》，頁15-16(中譯本，頁75-76)。關於史學系列法，參閱布勞岱(Braudel)，《史論》(*Ecrits sur l'histoire*, Flammarion)。

系列在未定多樣性中之建構使所有連續順序(séquence)的開展(即爲了哲學家所想像大寫主體榮耀史的利益)不再可能(「使歷史分析成爲連續言說，與使人類意識成爲所有流變〔devenir〕及實踐的原始主體，這是同一思想體系的兩種面貌：在此，時間以總體化的字眼被思考，而革命則只不過是種覺醒〔prises de conscience〕……」)[30]。對於那些總是訴諸大寫歷史並反對概念不確定性(如「變異」概念)的人，必須提醒他們當資本主義何以在某時某地崛起之詮釋對照於其他時代、其他場合中似乎也有足以使其可能崛起之諸因素時，實際歷史學家所產生的困惑。「將系列問題架構化(problématiser)……。」無論是言說與否，建構、語族及多樣性都是歷史性的。它們不只是共存的組合物，也與「衍生作用的時間向量」(vecteurs temporels de dérivation)不可分；而且，當新的建構伴隨新規則及新系列出現時，絕不是突然出現在一句句子或一次創作之中，而是「堆疊磚塊般地」(en brique)伴隨著新規則下所殘存的舊元素殘遺、參差及再活化。除了同構關係或同位素之外，沒有任何建構是其他建構的模型。因此，裂罅理論是此系統最基本的組件[31]。必須追隨系列，穿越層級，跨越門檻，絕勿自滿於水平或垂直面向的現象及陳述開展，而是去形塑一種使考古學—檔案學者必須游移其

[30]《知識考古學》，頁22(中譯本，頁82)。

[31]這裡有兩個問題，一個是實踐的，亦即在確切例子中裂罅將安插於何處；另一個是理論的而且取決於第一個，即裂罅概念本身(在這個觀點下，必須將阿圖塞的結構概念對立於傅柯的系列概念)。

間的橫貫性與動態對角線面向。布雷㉓對魏本㉔稀有性宇宙的評斷也許同時適用於傅柯(及其風格)上:「他創建一種我們可稱爲對角線面向之全新面向,某種不再於平面,而是在空間中的點、塊或形象分布。」㉜

㉓Pierre Boulez(1925-),法國作曲家與指揮家。

㉔Anton von Webern(1883-1945),奧地利作曲家。作品展現出簡約明快的驚人風格。受荀白克(Arnold Schönberg, 1874-1951)極深遠的影響,意圖在作品中呈現一種全新的音樂性,追求一種高度和諧及結構化的終極可能。

㉜布雷,《學徒的記錄》(*Relevé d'apprenti*, Ed. du Seuil),頁372。

一位新的地圖繪製學者[1]

《監視與懲罰》

傅柯從未將書寫視為目的或終點，正因此他能成為偉大的書寫者，而且在書寫中所夾帶的歡愉愈來愈巨大，歡笑也愈來愈明顯。這是一齣關於懲罰的神聖喜劇：在如此多的變態發明、如此多的犬儒言辭、如此多窮究細節的恐怖之前，被深深著迷而至不可抑遏的狂笑遂成為一種基本權利。由防止小孩手淫的機器直到為成人設置的監獄機制，如一道鎖鏈般展開，令人不自主地爆出大笑，即使羞愧、折磨或死亡都無法使人閉嘴。而劊子手卻很少笑，或者他的笑是另一種。瓦列②曾在恐怖中召喚一種特屬於革命家的歡樂，這迥然不同於劊子手的恐怖歡樂。只要仇恨足夠強烈，便足以自其中提取某種東西：一種巨大的

①本文原題〈非書寫者：一位新的地圖繪製學者〉（“Ecrivain non: un nouveau cartographe”），發表於《批評》，第343期，1975年12月。這是德勒茲對傅柯新作《監視與懲罰》的評論。

②Jules Vallès (1832-1885)，法國作家與記者。著有《人民的呼喊》(*Le cri du peuple*, 1871)、《路途》(*La rue*, 1866)等。

歡愉。但這並不是矛盾的情緒也非以仇恨爲樂，而是想摧毀損毀生命之物的歡愉。傅柯的書中盈溢歡愉與狂喜，混合著書寫風格的丰采及書寫內容的策略。它是由愛戀與殘酷描述所擊成的節奏：對達米安③的偉大酷刑及其失敗；鼠疫橫行的城邦及其分區控制(quadrillage)；穿越城市並與民衆交談的流刑犯行列；加上相反的，見證另一種「懲罰藝術感受性」的新型隔離機器：監獄與囚車。傅柯總是懂得在他分析的背景上描繪美妙的畫面。在此，分析變得愈來愈微物理學(microphysique)，而畫面則愈來愈物理學並表現出分析之「效果」(不是因果意義上的，而是視覺、光線或顏色上的)：從酷刑裡腥紅上的腥紅，到監獄裡灰黯中的灰黯。分析與畫面相輔相成；權力的微—物理學與對身體的政治包圍。生動的畫面舖展在毫米比例的地圖上。這本書可視爲傅柯先前作品的延長來讀，但也標誌一個決定性的嶄新躍進。

從某種寬鬆甚至含混的方式來定義左派，由理論角度來看，它是對權力問題的不斷追索，表現於對馬克思主義與資產階級概念的同樣抵制；而從實踐角度來看，它是某種局部且特化的鬥爭形式，其相互關係與必要單位不再來自整體化或中心化的過程，而是如瓜達希④所言，來自一種橫貫性(transversalité)過程。實踐與理論這兩個面向緊密連結，然而，左派過去卻不斷保存與重整馬克思主義中最粗淺簡化的片斷，沈浸其間以迴避

③Damien，1757年3月2日在巴黎被處極刑。傅柯以其處刑的殘酷場面與處刑時發生的一些意外揭開《監視與懲罰》一書的序幕。

更新，就如同要回復到古早實踐方式中(史達林主義包括其中)的團體式中央集權。或許在1971至1973年間，由傅柯與德費⑤大力推動運作的G.I.P.(監獄資訊團體)⑥，便深知如何避免蹈此覆轍，並保持一種監獄鬥爭與其他鬥爭間的創新關係。因此，當傅柯在1975年重返理論著述時，他似乎是第一位發明這種在過去不知如何發現與描述的嶄新權力概念的人。

這正是《監視與懲罰》所涉及的重點，雖然傅柯僅在書中開頭幾頁指出。僅僅數頁，因爲他以迥然不同於「正命題」⑦的另一方法來開展這個重點。他僅建議放棄某些用來定位傳統左派位置的公設❶，而要等到《知識的意志》時才會有更細緻的展示。

所有物公設：權力是奪得權力階級的「所有物」。傅柯指出結果既非如是，方法也非如此。權力發展如下：它是一種策略而非所有物，其效果並不能被分派佔有，「而只是一些配置(disposition)、操練、戰術、技術、運作」；「它被運作而非被擁有，它不是統治階級獲取或保有的特權，而是其策略位置的整體效

④Félix Guattari(1930–1992)，法國精神分析師。其個人著作中展現一種Jean Oury所創的建制精神分析(psychiatrie institutionnelle)思想，思想極爲左傾，並對精神分析採取極嚴厲的批判態度。著有《分子式革命》(*La révolution moléculaire*, 1977)、《機械潛意識》(*L'inconscient machinique*, 1979)、《精神分裂製圖學》(*Cartographies schizoanalytique*, 1989)等。1972年後與德勒茲展開長期合作關係，兩人一起出版了《反伊底帕斯》(*L'anti-Oepide*, 1972)、《千層台》(*Mille plateaux*, 1975)、《何謂哲學》(*Qu'est-ce que la philosophie*, 1991)等哲學著作。

⑤Daniel Defert，參閱卷首譯註。

應。」當然，這種新功能論(fonctionalisme)或這種功能分析並不否認階級及其鬥爭之存在，而是豎立與我們習慣的傳統史觀(即使是馬克思史觀)截然不同的另一種畫面，另一種風景，另一種人物角色與另一種程序：「無數的對抗點、不穩定聚集，各個都包含衝突、鬥爭及至少是力量關係暫時顛倒之危機」，既毫無類似性也毫無同質性，不具任何單義性(univocité)，只有一種可能的連續原創類型。簡言之，權力不具同質性，只被特異性，被權力所通過的特異點所定義。

定位公設：權力就是國家之權力，它本身定位於國家機器(appareil d'Etat)，以致即使有「私有」權力也僅是一種表面散布，且仍然是國家機器的特化。相反的，傅柯指出國家本身不過是一種整體效果，或構成「權力微物理學」中不同層級齒輪及聚點的多樣性結果。不僅私有體系，而且國家機器的明確元件，都具有一個由國家批准、控制或覆蓋，且遠超過它所建構數目的源頭、程序及運作。《監視與懲罰》最基本的概念之一便

⑥Group d'Information sur les Prisons，1970年代初由傅柯創設，德勒茲、德費、《精神》期刊主編鐸默那(J-M Domenach)等法國知識分子皆聯手參與的監獄人權組織。主張「不只要搜羅與揭露監獄令人忍無可忍的一面，而且要激起這種忍無可忍的情緒」(與沙特當時主張的「人民法庭」運動對立)。1972年，G.I.P.因故結束，但它在當時及後續所挑起的行動，如廢除死刑，影響深遠。其運動模式並啓發後來無數抗爭團體。

⑦thèse，爲辯證法中的第一步驟，相對於第二步驟的反命題(antithèse)，最後是調和正反命題的統合(synthèse)。

❶《監視與懲罰》，頁31-33(中譯本，頁25-27)。

是現代社會可以定義成「規訓」社會(société 'disciplinaire')；但規訓不可等同於任何建制或機構，因爲它實際上是一種權力或技術，其貫穿所有機構與建制，並使其以新的模式串連、延展、匯合及運作。即使是如警察或監獄這種明顯屬於國家的特化元件或齒輪:「如果警察確實如一種建制般在國家機器的形式下被組織，且如果它確實被連結到政治的權力中樞，則它所操作的權力形式、所活化的機制與機制所應用其上的元素都是特化的」，都是爲了使規訓穿透到社會場域瞬息萬變的細節中，並由此顯示與司法及政治機構間的高度獨立性❷。更進一步的理由是，監獄的根源並不是「社會的司法—政治結構」：將監獄附屬於法律(即使是刑法)的演進是一項錯誤。作爲對懲罰的管理，監獄本身配備一種必要的自主性，且表現爲一種超越國家機器(即使仍服務於它)的「規訓附加物」❸。簡言之，傅柯的功能論回應了一種不再指定任何地點作爲權力來源與不再接受點狀定位的現代拓樸學(在此，如同剛才提及的連續性概念一樣，也有一種與當前物理學及數學空間概念同樣新穎的社會空間概念)。必須指出「區域的」這個詞有兩種極不同的意義：權力總是區域的，因爲它從不是總體的；但它同時也不是區域或可定位的，因爲它總是散射的。

從屬公設：具體化於國家機器的權力從屬於作爲下層結構的生產模式。無疑地，在大規模的懲罰體制與生產體系間是可

❷《監視與懲罰》，頁215-217(中譯本，頁212-215)。

❸《監視與懲罰》，頁223、249、251(中譯本，頁220、245-246、247-248)。

能有對應的：規訓機制當然與十八世紀的人口增長，也與力圖提高產量、凝聚力量、搾取人體可用力量的生產成長不可分離。但即使我們賦予上層結構一種反應(réaction)或反向作用(action en retour)的能力，要從中看出一種作爲「最後階段」的經濟決定論還是困難重重的。一切都是經濟學，都是諸如已預設這些權力機制的工作坊或工廠，其權力機制由內部作用於身體及靈魂上，也由經濟場域內部作用於生產力及生產關係上。「權力關係並不處於其他類型關係的外部……〔它〕不在上層結構的位置……它在所有它扮演直接生產角色之處。」❹相對於馬克思主義仍停留的金字塔意象，功能論的微分析代之以一種嚴格的內在性(immanence)，權力聚合點與規訓技術在此形成互相接合的環節，群體中的個體(身體與靈魂)則由這些環節中經過或駐留(如家庭、學校、軍營、工廠；必要時，監獄)。「權力」以其場域的內在性爲特徵，而不具超越的統一性(unification transcendante)；以其線狀的連續性爲特徵，而非整體的中央化；以其環節的毗連性爲特徵，而非各自區隔的整體化：權力是一種系列空間❺。

本質或屬性公設：權力有其本質，而且是一種屬性，它賦予權力擁有者(統治者)一種資格，使其區隔於被權力行使的人(被統治者)。權力沒有本質，權力是操作的；它也不是一種屬

❹《知識的意志》，頁124(中譯本，頁81)。

❺《監視與懲罰》，頁148(中譯本，頁146)。當然，金字塔形象仍然存在，只是它所有的表面都帶有一種散射及分派功能。

性，而是關係：權力關係就是力量關係的整體，它通過被統治力量並不比統治力量少，這兩者同樣都構成特異性。「權力包圍〔被統治者〕，通過並穿透他們，權力靠他們支撐，就如同當他們要反抗權力時，也輪到他們要透過權力對他們的運作點來發動一樣。」在分析密函⑧時，傅柯指出「國王的專橫」並不像他超驗權力的屬性般由上往下發出，而是由那些地位最低賤的人，如親戚、鄰人或同事發起，想藉此囚禁某個微不足道的動亂煽動家，並利用專制帝王作爲調理家族、夫婦、村落或事業衝突的內在「公共服務」❻。密函在這裡就如精神醫學中我們稱爲「自願住院」⑨的始祖。這是因爲權力關係並不是運作在一般或合宜的範圍中，而是無所不在地嵌合於所有具特異性（即使微乎其微）之處，如「街坊的爭執、父母與小孩的口角、家居的不和、酗酒與濫交、公衆吵架，與神秘的激情」等力量關係。

模態（modalité）公設：權力藉由暴力或意識形態施行。它不是用鎮壓，便是用誑騙或使人信仰；不是警察，便是宣傳。再次地，這種非此即彼的分類並不恰當（很顯然地，這只發生在政黨議會中：暴力偶爾會發生於室內或甚至街頭，但意識形態則總是在講壇上；但組織性問題，即權力之組織，則在隔壁房裡

---

⑧lettre de cachet，法國國王命令監禁或放逐某人的信，上有皇室的封印。參閱《監視與懲罰》，頁216（中譯本，頁213-214）。

❻〈不名譽者的生活〉，頁22-26。

⑨placement volontaire，指在個人意識及能力尚能維持清醒的狀態下，自己請求進入精神療養院。相對於因他人舉發或要求而被迫進入。

便被解決）。權力的進行並不藉由意識形態，即使當它被放置於靈魂之上；而當它壓在身體上時，也不必然靠暴力或鎮壓⑩來運作。或者確切地說，暴力極適於表達一股力量加諸**某物**（物品或存有）的效果，但它卻無法表達權力關係，即**力與力之間的關係**（即，「行動施諸行動」）❼。力量關係是一種「煽動、激起、結合……」等形態的運作。在規訓社會的情況下，則可說成分布、系列化、組合與標準化。隨著情況不同，這個清單是不固定的。在鎮壓之前，權力便已「生產現實」；同理，在意識形態化之前，在抽象化及掩飾之前，權力便已生產眞理❽。《知識的意志》以性特質作爲一個極優異的例子揭示了：如果局限於詞彙及句子，會如何地相信在語言中的性壓抑作用；但如果我們抽取支配性的陳述，特別是施行於教堂、學校、醫院中企圖搜羅性現實與性眞理的告白過程，則未必如是。壓抑及意識形態什麼都沒解釋，且總是意味一種它們運作其中（而非相反）的布置（agencement）或「裝置」（dispositif）。傅柯並非無視壓抑或意識形態的存在，但就如尼釆早已看到的，它們並不構成力量的搏鬥，它們僅是搏鬥所激起的塵埃。

合法性公設：國家的權力表現在法律上，後者不是被視爲一種在粗暴力量所強置下的和平狀態，就是被視爲在戰爭或鬥

---

⑩répression有鎮壓及壓抑兩義，底下將依上下文擇其適者。

❼傅柯的文章，收錄於德雷福斯與拉比諾，《米歇·傅柯，哲學的旅程》，頁313（中譯本，頁281-282）。

❽《監視與懲罰》，頁196（中譯本，頁192）。

爭中較強者的勝利結果(但這兩例中,法律都定義為戰爭的強制或自願中止,而且對立於由驅逐所界定的非法性〔illégalité〕;因此,革命者只有藉由奪取權力且重置國家機器後,才能另立合法性)。傅柯作品中最深邃的主題之一,便是以**法條—非法行為**(illégalismes-lois)的精微關聯,取代非法—法律(loi-illégalité)過度粗糙的對立。法律永遠由非法行為所建構,它透過對非法行為的模塑來區分非法行為。只要由商業社會的法規中,便足已看出法律並不盡然對立於非法,而是很明顯地一方以倒轉另一方的方式組織起來。法律是對非法行為的一種管理:其中有些非法行為由法律所允許、並使其成為可能或創造成統治階級之特權;另一些非法行為則被法律所容忍,視為對被統治階級的補償,或視為對統治者的服務;最後,有些非法行為則被法律禁止、隔離並視為對象與統治手段。如是,法律在十八世紀時的改變產生非法行為徹底的全新分配,不僅因為違法(infraction)的性質有愈來愈朝財產而非人身的變化趨勢,而且因為規訓權力另外切割與形塑了違法,定義了一種叫作「犯行」⑪的獨創形式,使對非法行為的全新區辨與控制成為可能❾。因此,在1789年的法國大革命中,某些人民抗爭可以很明確地獲得說明,因為被舊政權容忍與治理的非法行為在共和政權中變得無

⑪délinquance,指(一再)觸犯法律的輕罪行為(如嗑藥、打砸偷搶、酗酒、鬥毆……,但不包括殺人、結夥搶劫等重罪),暫譯為「犯行」;délinquant則指觸犯前者行為而被以刑法起訴的人,暫譯為「犯行者」。參閱《監視與懲罰》,頁269-299(中譯本,頁266-294)。

法被忍受了。但共和政體與西方君主政體的共通處，在於都必須豎立一套原則上以權力爲前提的大寫法律實體，以達成一種同質的司法再現：即「司法形式」將重新覆蓋策略地圖⑩。然而，非法行爲的地圖也將繼續在合法形式下運作。且傅柯指出，法律並不比打贏戰爭的結局更具和平狀態：它其實就是戰爭本身以及運作中的戰爭策略，正如權力不是統治階級取得的所有物，而是其策略的實際運作。

總之，這似乎是自馬克思之後首次出現的全新事物，某種圍繞著國家的共犯關係(complicité)似乎被打破了。傅柯不只指出某些概念必須被重新思索，他甚至也不曾這麼說就直接去做，並提供一座嶄新的實踐坐標。一場戰爭咆哮於最深沉之處，伴隨其區域戰術與整體策略，以接力、連結、聚合、延長，而非集中化的方式進行。問題在於：**要做什麼**？國家在理論上被賦予作爲權力機器之特權，就某種意義而言，這在國家權力的獲取過程中導致集權領導政黨的實踐性概念；反過來說，政黨組織的概念則被這種權力理論合理化。然而，另一種理論、另一

⑨《監視與懲罰》，頁84，278(中譯本，頁79-80，274-275)。1975年2月21日的《世界報》(*Le Monde*)訪談：「非法行爲不是一種幾乎不能被排除的意外或不完美……極端而言，我可能會說法律並不是被作來阻止某一類型行爲的，而是用來區分倒轉法律本身的方法。」

⑩《知識的意志》，頁114-120，135(中譯本，頁75-79，87-88)。傅柯從未加入對「法治國家」的崇拜，對他而言，法規條文(légaliste)概念並不比鎮壓概念強。這其實是同一權力概念在兩種不同例子的展現：在其中之一，法律僅作爲對慾望的外在反應而出現，就如在另一例中，法律則作爲慾望的內在條件：《知識的意志》，頁109(中譯本，頁71-72)。

種鬥爭實踐、另一種策略性組織才是傅柯著作中的眞正賭注。

《監視與懲罰》這本書的前一本爲《知識考古學》。然而，它展現多大的進展呢？考古學並不只是一本沈思與論述一般方法的書，它是一種全新的方向，並如一張新的摺頁般反過來影響先前的作品。考古學建議區分兩種實際的建構，其一是「言說的」或陳述的，另一則是「非言說的」或環境(milieux)的。例如，十八世紀末的臨床醫學便是一種言說建構；但它同時又必須符應於依附另一建構，且蘊涵非言說環境(如「建制、政治事件、經濟實踐及過程」)的人民大衆。當然，環境也會產生陳述，而陳述亦會決定環境。但無論如何，即使其相互嵌合，這兩種建構卻是異質的：兩者旣無符應之處，也非同構物；且旣無直接因果關係，也非象徵作用⓫。《知識考古學》因此扮演一種轉折的角色：它提出兩種形式間的確切區隔，但就如它對陳述形式所提供的定義一樣，它僅止於以否定方式指出作爲「非言說建構」的另一形式。

《監視與懲罰》則邁出新的一步，它探討監獄這種「事物」：它旣是一種環境建構(「監獄」環境)，亦是一種**內容形式**(內容就是囚犯)。但這種事物或形式並不指向意味它們的「詞彙」，也不指向以它們作爲意指的意符。它們指向完全不同的詞彙及概念，即犯行或犯行者，它們表達一種論述違法、刑罰及其主

⓫《知識考古學》，頁212-213(中譯本，頁295-297)。

體的新方法。我們稱這種陳述建構爲**表現形式**。只是這兩種形式徒然地同時出現於十八世紀，它們仍然是異質的。刑法歷經一場演化，使其以捍衛社會(而不再是復仇或修復君權)的作用來陳述犯罪與懲罰：符號指向靈魂或精神，且在違法與懲罰(法條)間建立觀念的連結。但監獄卻是作用於身體的全新方式，且來自與刑法完全不同的境域：「監獄，所有規訓中最嚴厲與最集中的形象，並不是刑罰體系在十八與十九世紀間大變革的內在元素。」⓬因爲刑法只涉及犯罪的可述部分：它是分類及翻譯違法行爲並計算刑罰的語言體制(régime de langage)；它是一組陳述語族，而且同時也是一道門檻。而在監獄這方面則涉及可視部分：它不只試圖使罪行與罪犯被看到，而且本身也構成一種可視性⑫。它在成爲石砌的形象前，便已是一種光線體制(régime de lumière)。它由「全景敞視理論」⑬所定義，換言之，

⓬《監視與懲罰》，第二部，第一章(關於刑罰改革運動與其陳述)與第二章(監獄如何未構成此體系的一部分，反而指向另一種模型)。

⑫visibilité，本字指「能被看見的」(visible)之特性，但亦指涉日常生活中對某事或某種狀態的「能見度」。關於德勒茲進一步的討論請參閱本書第三章〈歷史疊層或建構：可視與可述〉。

⑬Panoptisme，傅柯創造的新字，指由英國哲學家邊沁(Jeremy Bentham, 1748-1832)發展出來，關於監獄建築形式的理論。根據這種理論，囚犯分別被監禁於環形建築的外圍小室中，中央則豎立一座監控塔樓。透過光線及建築的設計，犯人總是處於被監看卻看不到監視者的狀態，而監視者則反之，監看犯人卻不虞被看見。當然，看而不虞被看，與被全面監看卻又看不到，是傅柯這個詞的重點之一，中文暫譯爲「全景敞視論」，可參閱《監視與懲罰》，第三部，第三章。

藉由視覺布置與光線環境，監視者可以一覽無遺卻不虞被看到，而囚犯本身則無時無刻不被凝視卻又什麼都看不到（中央塔與周邊囚室）⓭。光線體制及語言體制並非同一形式，也不具同一建構。我們終於恍然大悟，傅柯其實已在先前作品中不斷探討這兩種形式了：在《臨床醫學的誕生》中，是可視及可述⑭；在《瘋狂史》中，是在收容總所⑮看到的瘋子，與在醫學陳述中的非理性（這在十七世紀時還未由醫院治療）。在《知識考古學》中已被確認但仍以否定形式稱爲非言說環境之物，在《監視與懲罰》中便以肯定的方式找到這種纏祟傅柯所有作品的形式：即與可述形式大異其趣的可視形式。例如，在十九世紀初，人民大衆變得可被看見了，它們進入光線中，同一時間，醫學陳述也獲致新的可陳述物（如組織病變、解剖—生理關聯性等）⓮。

當然，監獄本身作爲一種內容形式也擁有陳述或規則，而刑法作爲一種表現形式（犯行陳述），當然也有其內容：犯行僅是一種新型的違法行爲，觸及所有物而不攻擊人身⓯。而且這兩種形式不斷地進行接觸、相互滲透也不斷地由對方抽取片段：刑法不斷導向監獄也不斷塡充囚犯，而監獄則不斷再現犯行、

⓭《監視與懲罰》，第三部，第三章（對「全景敞視監獄」的描述）。

⑭visible，能被看見的。énonçable，能被說出來的。這兩個詞都以形容詞作爲抽象名詞。可參閱本書第三章對這些詞彙的詳細分析。

⑮hôpital général，可參閱傅柯在《瘋狂史》第二章〈大禁閉〉的解釋。

⓮《知識考古學》，頁214（中譯本，頁296-297）。

⓯《監視與懲罰》，頁77-80（中譯本，頁73-76）（關於違法概念的演變與改變）。

不斷地使其成爲「對象」，而且實現有別於刑法所構想的目標（捍衛社會、改造犯人、懲罰分化與個體化）⑯。在這兩種形式間存在相互預設，但卻不存在共同形式，它們既無形性之雷同（conformité）也不對應。正是在這點上，《監視與懲罰》提出兩個《知識考古學》（仍停留於大寫知識與知識中的陳述優位性）所無法質問的問題。問題之一是，內在於社會場域中，是否存在一般且非關形式的共同原因？問題之二是，兩種形式的調整及布置，它們間的相互穿透，如何在每種具體情況中透過不同方式確定？

形式以兩種涵意被使用：它形成或組織材料；它形成或目的化（finalise）功能、賦予其目標。不只監獄，而且醫院、學校、軍營、工作坊都是被定形材料。懲罰則是一種形式化功能，治療、教育、訓練與驅使勞動也都是。事實上，這兩種形式雖然互不可化約，卻存在某種對應性（其實十七世紀時，在治療與收容總所間並無關聯；而十八世紀的刑法基本上也不涉及監獄）。因而，要如何解釋其間的相互調適呢？由於我們能設想純粹的材料及純粹的功能而不需考慮它們所具體化的形式，因此當傅柯定義全景敞視理論時，他時而具體地將它限定爲監獄特徵中的光學或光線布置，時而抽象地將它限定爲一種機器，它不僅普遍地被應用於可視材料（如工作坊、軍營、學校、醫院與監獄），

⑯《監視與懲罰》，第四部，第一章與第二章：關於監獄如何在稍後成爲必要，且與刑法體系發生關聯以「生產」犯行或建構一種「犯行—對象」。

且普遍貫穿所有可述功能。全景敞視理論的抽象公式因而不再是「看而不被看」，而是**在任意一個人類多樣性中強加任意一種教化**(conduite)。唯一該清楚說明的是，被審視的多樣性必須放置與掌握於限制空間中，且教化的強加藉由空間的分布、時間的安排與編序，與時—空中的組合而完成……⑰。這不是一張確定不變的清單，但它總是與非定形、非組織化的材料以及非形式化、未目的化的功能有關，這兩項變數牢不可分地聯繫在一起。要如何稱呼這個全新的非形式面向呢？傅柯有一次曾賦予它最精確名稱：它是一種「圖式」(diagramme)，換言之，是一種「排除所有障礙或摩擦之運作……而且應移開所有特殊用途」⑱。**圖式**不再是聽覺或視覺之檔案，而是與所有社會場域共同延展的地圖及地圖繪製術。它是一具抽象機器，由非形式化功能及材料所定義，且無視一切介於內容及表達、言說建構及非言說建構間的形式區分。這是一具幾乎眼盲耳聾的機器，即使必須透過它我們才能看、才能說。

如果存在許多圖式化的功能及材料，那是因爲所有圖式都是一種時—空多樣性，而且也因爲在歷史上有多少社會場域就

⑰對這些細節的精確說明在《知識的意志》發現另一組純粹的材料—功能配對後，就更顯得必要了：在後者，有許多任意多樣性且在開放空間中，而功能不再是強加一種教化，而是「治理生命」。《知識的意志》面對了二組配對，頁182-185(中譯本，頁118-120)；我們將回頭再談這個問題。

⑱《監視與懲罰》，頁207(中譯本，頁205)。在這點上傅柯明確指出，僅將全景敞視視爲「建築與光學之系統」是一個不夠周延的定義。

有多少圖式。當傅柯使用圖式這個概念時，指涉的是我們現代的規訓社會，在此，權力對所有場域進行分區控制(quadrillage)：如果它有形式，就是「瘟疫」形式，它在罹病的城市中實行分區控制，且將其發展到最末微之細節。但如果考慮的是古代君權社會，它也不欠缺圖式，即使它是另一種材料與另一種功能：當然，這裡也是一股**力量**作用於其他力量，但卻是爲了提取而非聯合或組合；爲了瓜分總體而非切分細節；爲了驅逐而非分區控制(這是「痲瘋」形式)[19]。這是另一種圖式，另一種機器，比較接近劇場而非工廠：完全是另一種力量關係。此外，由於圖式極端的不穩定及流動，且不停地以產生轉變來攪拌材料及功能，因此也要考慮作爲一個社會過渡到另一個社會的中介圖式：如拿破崙圖式，規訓功能便是在此與君權功能結合，「處於君權的君主及儀式運作，與非限定規訓的層級及持續運作之接合點」[20]。總之，所有圖式都是跨社會且不斷流變的(devenir)。圖式絕非先前世界之再現，它產生新的現實及新的眞理形式。它並不是歷史的主體，也不凸顯於歷史之中。它以拆除先前的現實及意義來寫史，並建構無數的湧現點、創生點、意外接合點與可能性微乎其微的連續點。它以流變的方式複製歷史。

所有社會都擁有一個或數個屬於它的圖式。由於傅柯擔心

[19] 關於這兩種類型的對照，《知識的意志》，頁178-179(中譯本，頁115-116)；與關於痲瘋與瘟疫的絕佳對照，《監視與懲罰》，頁197-201(中譯本，頁195-199)。

[20] 《監視與懲罰》，頁219(中譯本，頁216)。

處理太確定的系列，因此他從未直接對所謂的原初社會感到興趣。但後者仍是一個極優越的例子，而且可能還太優越了。因爲原初社會並不是沒有政治或歷史的，它擁有不能被推論爲親屬結構或化約爲血緣團體交易關係的結盟網絡。這種結盟在小型的區域團體間進行，而且建構一種力量關係(贈與及反贈與)並導引權力。結盟織構了一張柔軟與橫貫性的網絡，直角交會於垂直的結構，也界定一種與所有〔排列〕組合(combinatoire)大異其趣的實踐、程序或策略，並形塑一種不穩定且永遠失衡的物理系統(而非封閉的交換循環)。在此，圖式展現出它與結構的差異(這正是李區⑯與李維史陀的論戰所在，或是布爾迪鄂⑰所展示的策略社會學)。結論並非傅柯的權力概念特別適用於他未提及的原初社會；而是他所提及的現代社會發展出一種顯示

⑯Edmund Ronald Leach(1910-1989)，英國人類學家。曾長期任教於劍橋大學，以「語言分類法」進行人類學研究。其理論對立於英國人類學家雷克里夫—布朗(Radcliffe-Brown)與法國人類學家李維史陀。著有《文化與溝通：象徵藉以連結之邏輯——社會人類學的結構主義分析方法導論》(*Culture and communication: The logic by which symbols are connected: An introduction to the use of structuralist analysis in social anthropology*)等。

⑰Pierre Bourdieu(1930-)，法國社會學家。法蘭西學院教授。承繼馬克思、韋伯與涂爾幹的社會學傳統，對於社會動力、合法性及信仰等問題從事理論建構。他對符號資本及慣習(habitus)等概念的創見，使其成爲戰後最富創造力的社會學家。著有《區分：判斷的社會學批判》(*La distinction. Critique sociale du jugement*, 1979)、《學院人》(*Homo academicus*, 1984)、《實踐理性：論行動理論》(*Raison pratiques. Sur la théorie de l'action*, 1994)、《男性宰制》(*La domination masculine*, 1998)等。

其力量關係或獨特策略的圖式。事實上，總是有必要在居民群落(grands ensembles)(原初社會的家族〔lignages〕或現代社會的建制)之下，去搜尋不是源自於它且反而是構成它的微關係(micro-rapports)。當蓋博希耶·塔德⑱奠立微觀社會學時，完成的其實是：他不以個體解釋社會事務，而是透過對無限細小關係的確定來理解居民群落；其中，「擬仿」被視爲慾望(量子)或信仰之流的蔓延；「發明」被視爲兩股擬仿之流的會合……。這才是眞正超越簡單暴力的力量關係。

什麼是圖式？根據上述分析的特性，它展示了建構權力的力量關係。「全景敞視裝置並不只是權力機制與功能的結合樞紐或交流點，它還是促使權力關係在某種功能中發揮作用，並使某種功能能藉由這些權力關係發揮作用的方法。」㉑我們已明白力量或權力關係是微物理學、策略、多點且散射的，它決定特異性且構建純粹的功能。圖式或抽象機器則是力量關係的地圖(密度與強度的地圖)，它由無法限定位置的原初結合所運作，且在每一瞬間穿越每一點,「或者穿越所有由一點到另一點的關係」㉒。當然，這裡非關超越的大寫觀念(Idée transcendante)，亦非關意識形態的上層結構；更無關於被其物質所指稱，且被

---

⑱Gabriel Tarde(1843-1904)，法國社會學家。以心理社會學途徑研究犯罪問題。著有《擬仿的法則》(*Les lois de l'imitation*, 1890)、《社會心理學研究》(*Etudes de psychologie sociale*, 1898)等。

㉑《監視與懲罰》，頁208(中譯本，頁206)。

㉒《知識的意志》，頁122(中譯本，頁80)。「權力無所不在，但這並不是它包含了一切，而是它來自所有地方」。

其形式及用途所定義的經濟下層結構。圖式總是作爲一種同步展延於所有社會場域的非統一內在原因(une cause immanente non-unifiante)而運作：抽象機器就如同是具體布置的原因，實現了力量關係；而這些力量關係並不是經由它們所產生的布置組織「上方」，而是就在組織之中。

這裡所謂的內在原因是什麼？它是在結果中被實現，在結果中被整合，且在結果中被分化的原因。或者確切地說，內在原因是被結果所實現、整合及分化的原因。這是何以在原因與結果之間，以及在抽象機器與具體布置(傅柯常常將後者稱爲「裝置」)之間存在一種相關或相互的預設。如果我們說結果實現原因，那是因爲力量或權力關係僅是虛擬(virtuels)、潛伏(potentiels)、不穩、易逝(évanouissants)與分子化(moléculaires)的，它僅由相互作用的可能性或或然性來界定，以致並未組成足以賦予流動材料及散射功能某種形式的宏觀總體。況且實現作用是一種整合(intégration)，一種透過力量關係的整齊化、同質化及總和性操作，它首先在區域間，然後成爲全面或意圖全面的漸進整合總體：法律就如同對非法行爲的整合。學校、工作坊、軍隊等具體布置對於規格化物質(如小孩、工人、軍人)與目的化功能(如教育等)進行整合，最後，除非置身全球市場，否則便一直達到企圖全面整合的國家㉓。最後，實現—整合是

㉓關於整合體，特別是國家，它並不說明權力，但卻意味著權力關係，它只限於導引及穩定這些關係，參閱《知識的意志》，頁122-124(中譯本，頁80-81)，與1984年6月30日傅柯在《解放報》的文章。

一種差異化作用：並非由於實現中的原因是一種最高的大寫統一體，而是反之，因爲只有投身於歧異的途徑、分配於二元論述及追隨差異化之線，圖式多樣性才能被實現，力量的差異才能被整合⑲，否則將一直停滯於無從實現的原因散射中。所有實現作用都僅能(透過產生不同形式的切分)由拆分或分解來完成㉔。這裡因之出現階級或統治者一被統治者、公衆一私人等大型二元性。但進一步來說，**正是在此處歧出或分化兩種實現之形式**，即表達形式及內容形式、言說形式及非言說形式、可視形式及可述形式。這是因爲內在原因在其材料及功能中都無視形式的存在，它根據一種中心差異化的作用而被實現，其一方面定形可視材料，一方面形式化可述功能。在可視及可述之間，有一道開口或隔離，但這道在形式之間的隔離卻是湧入非定形圖式，使必然分歧、差異且互不化約的兩大方向具體化之場域(傅柯稱爲「非場域」〔non-lieu〕)。具體的布置於是被抽象機器藉以實現的縫隙所劈開。

因之，這就是對《監視與懲罰》提出的兩個問題之答覆。

⑲le différentiel des forces ne peut s'intégrer que..., 原文指涉數學的微積分運算，直譯爲「力量的微分只能藉由……所積分」，但s'intégrer除了積分之外，亦有整合之意，différentiel則除了微分之外，同時有差異之意。在德勒茲思想中，微積分是哲學形構「概念」與概念具化爲現實事物極重要的模式，中文無法兼顧德勒茲行文的雙重指涉，故譯文中直譯爲較易理解的「整合」及「差異」。

㉔權力關係就如「差異化之內在條件」：《知識的意志》，頁124(中譯本，頁81)。虛擬(virtuel)的實現總是一種差異化作用，這個主題可以在諸如柏格森的著作中找到深入的分析。

一方面，形式或建構的二元性並不排斥以非形式進行的共同內在原因；另一方面，即使兩種形式都是且都保留於互不可化約且形態互異的狀態，這個在各個情境或各個具體裝置中都必須面對的共同原因則不斷調控由這兩種形式的元素或片段所達成的混合、攫取或阻斷。如果說所有裝置都是混合可視及可述的一團爛糊(bouillie)也不爲過：「監獄系統使言說及建築」、程序及機制，「結合成同一形象」㉕。《監視與懲罰》是傅柯明確克服先前著作中的明顯兩元論之作(這個二元論早就企圖邁向一種多樣性理論)。如果知識是由可視及可述交織而成，權力則是其預設的原因，然而，反過來說，權力早就含括了作爲分歧及差異化作用的知識，如果不是這樣，權力也無法成爲行動。「絕沒有不具相關知識場域建構的權力關係，也沒有不同時意味及建構權力關係的知識。」㉖認爲知識僅出現於力量關係被擱置處，只是一種錯誤及虛僞。絕沒有一種眞理模型不指向某種形式的權力，也絕沒有一種知識或科學在行動上不展現或含括某種操作中的權力。所有知識都由可視邁向可述，且反之亦然；然而，並不存在整體化的共同形式，也不具一對一式(bi-univoque)的雷同或對應，僅有以橫貫作用並在形式的二元性中找到它自身行動及實現條件的力量關係。如果在這兩種形式間能相互調適，則是由於它們(在強迫狀態下)的「相遇」(rencontre)，反之則不然：「相遇只有在它所建立的新需要下才具正當性」。這便是

㉕《監視與懲罰》，頁276(中譯本，頁273)。
㉖《監視與懲罰》，頁32(中譯本，頁26)。

監獄可視性及刑法陳述之相遇。

什麼是傅柯所謂的抽象或具體機器(他提過「監獄機器」,然而也存在學校機器、醫院機器……)㉗?具體機器就是一些布置或雙重形式(biformes)之裝置;抽象機器則是非形式化之圖式。簡言之,機器在成爲技術之前就已是社會性的,或者確切地說,在物質的技術之前,便已先存在人的技術。當然,後者在所有社會場域中發展其效果,但爲了使其成爲可能,就必須有工具,必須有首先由圖式挑選,並由布置承擔的物質機器。史學家經常必須面對底下這種需求:被編入希臘方陣布置中的所謂重裝步兵刀械;被選入封建圖式中的犁托;掘地棍、鋤、犁絕不構成一種線性進步,而是分別指向某種集體性機器,其跟隨人口密度及農閒時間而變異㉘。在這個觀點下,傅柯指出槍械只有在「機器裝備的原則不再是移動或不動之團塊,而是可分割及組合的片段幾何學時」,才可能成爲工具㉙。因之,技術學在轉成爲技術之前就已是社會性的。「相較於高壓鍋爐及蒸汽機,全景敞視理論在過去極少受人讚揚……,但把規訓程序

㉗參閱《監視與懲罰》,頁237(中譯本,頁235)。

㉘這是傅柯與當代史家的關聯之一:關於掘地棍等,布勞岱說:「工具是結果,而非原因。」(《物質文明與資本主義》(*Civilisation matérielle et capitalisme*),卷一,頁128)。關於重裝步兵刀械(des armes hoplitiques),德提彥(Detienne)說:「技術幾乎就內在於社會及心靈之中。」(《古希臘的戰爭問題》〔*Problèmes de la guerre en Grèce ancienne*, Mouton〕,頁134)。

㉙《監視與懲罰》,頁165(中譯本,頁161)。

拿來與蒸汽機這種發明比較是不公平的……它遠遠不如，但就某些意義，卻又遠遠超過。」[30]而且，如果這些技術(以這個詞的狹義來看)在布置中被利用，那是因爲布置本身及其技術都是由圖式所挑選的：例如，監獄在君權社會(密函)中可能只擁有一種邊緣的存在，要一直到新圖式(即規訓圖式)使其跨過「技術門檻」後，它才作爲一種裝置而存在[31]。

這就彷如抽象機器與具體布置構成了兩極，由一端不知不覺地渡到另一端。布置時而被分配於堅硬、壓縮，且被形式上的隔絕、封閉與不連續所完全分離的片段(如學校、軍隊、工作坊，也可能是監獄。當我們入伍時，我們被告知：「你已不在學校了」……)。時而相反地，布置在抽象機器(它賦予前者靈活與散射的微片段性質(micro-segmentarité)中互通往來，就彷如諸布置都互相類似，而且監獄擴展貫穿其餘，好像同一個不具形函數或連續函數之變數(如學校、軍營、工作坊都已經是監獄……)[32]。如果由一端不斷地渡到另一端，那是因爲每個布置都實現了抽象機器，但程度各有不同：這就彷如圖式的實現係數，程度愈高，布置就愈散布到其他布置中，也愈充分存在於所有社會場域。傅柯的方法在這裡獲得它最大的靈活性。因爲由一個布置到另一個時，係數首先發生變異：例如，海軍醫院坐落於路徑的交會點，且意圖作爲所有方向過濾及交流的樞紐並控

---

[30]《監視與懲罰》，頁226(中譯本，頁223)。

[31]參閱《監視與懲罰》，頁225(中譯本，頁222)。

[32]最基本段落，《監視與懲罰》，頁306(中譯本，頁306-307)。

制所有形式的機動性，使其成爲一個極高度的會合點，一個完全符應整體圖式的醫學空間[33]。此外，自一個社會場域到另一個社會場域，或在同一個社會場域中，同一布置的係數也會變異。監獄因而歷經三種階段：在君權社會中，它遠離其他的懲罰布置，因爲它僅低度地實現君權圖式。相反的，因爲它高度實現規訓圖式的需求，而開始散射於所有方向，不只擔負刑法的目標，也全面滲透於其他布置之中（它仍然必須先克服來自過去角色中的「壞名聲」）。最後，如果規訓社會透過演變而找到實現其刑罰目的，且能在所有範圍實行其圖式的其他方法時，很難保證它還能任監獄保持這個高度係數：獄政改革的主題愈來愈縈繞著社會場域，極端而言，可能會裁撤監獄的典範性，使它再落回區域化、限定及各別的布置狀態[34]。監獄就像在規訓圖式的實現刻度中升降的浮沉子（ludion）。於是有一種關於布置的歷史，就如圖式的流變及轉變。

這不只是傅柯方法最獨特之處，而且是他所有思想的偉大結論。傅柯在過去常被優先視爲一位關於禁閉（l'enferment）的思想家（如《瘋狂史》中的收容總所，《監視與懲罰》中的監獄）；然而，事實絕非如此，而且這個誤解將使我們無法掌握他的整

---

[33]《監視與懲罰》，頁145-146（中譯本，頁143-144）（「醫學監視在此與所有一系列的其他控制是密不可分的：如對逃兵的軍事控制，對商品的財政控制，對藥物、藥量、失蹤、康復、死亡、裝病的行政控制……」）。

[34]關於刑罰改革的潮流與監獄不再具教化形式（forme prégnante）的理由，參考《監視與懲罰》，頁312-313（中譯本，頁313-314）。

體計劃。例如，當米希里歐⑳強調現代社會的問題(即「治安」〔police〕問題)不在於禁閉，而在於開放空間中的「公路網」(voirie)、速度或加速度、速度的主宰及控制、循環及分區控制時，他認爲自己對立於傅柯。然而，傅柯所談論的其實從不曾迥異於他，這就如兩位作者書中都不約而同地對國家監獄堡(forteresse)的分析，或傅柯書中對海軍醫院的分析中所展示的。在米希里歐的情況中誤解還不算嚴重，因爲由他本身步驟中的力量及原創性可證明獨立思考者總是在盲目地帶中相遇。反之，較嚴重的卻是當那些較沒才氣的作者摭拾現成的批評，謾罵傅柯仍停駐於禁閉觀念，或擊節讚賞他精采地分析此形式時。事實上，禁閉觀念對傅柯而言一直是由原初功能所衍生且隨情況而異的次要論據：十七世紀收容總所或療養院禁閉瘋子的方法，與十八、十九世紀監獄禁閉犯行者的方法絕不相同。瘋子的禁閉產生於「驅逐」模式及痲瘋病人模型；但犯行者的禁閉則產生於「分區控制」模式及瘟疫病人模型㉟。這個分析構成傅柯著作中最漂亮的篇幅。但是，驅逐、分區控制首先都是具外在性的功能，它們只能由禁閉圖式所實現、定型及組織。監獄作爲堅硬的片段性(即囚室)，指向一種靈活及動態的功能，

⑳Paul Virilio(1932-)，法國哲學家。其著作對「速度」、「虛擬」、「失序」等理論有極原創的思考。著有《速度與政治》(*Vitesse et politique*, 1977)、《消逸美學》(*Esthétique de la disparition*, 1989)、《資訊炸彈》(*Bombe informatique*, 1998)等。

㉟《監視與懲罰》，頁197-201(中譯本，頁195-199)(與《瘋狂史》第一章)。

也指向一種被控制的循環與一整片同樣穿過自由環境、已習於不需監獄的網絡。這有點類似卡夫卡小說中的「無限期緩付」(l'atermoiement illimité)，它不再需要逮捕或判刑。就如布朗修提及傅柯時所言，禁閉指向域外，而且被禁閉的，正是域外[36]。正是「在」域外或藉由驅逐，布置才能禁閉，而且就如對肉體的禁閉般，它也內在於精神之中。傅柯常提及言說形式及非言說形式，但這些形式既不禁閉也不內化任何事物，它們都是陳述或可視藉以**散射**的「外在性形式」。通常，這涉及方法學上的問題：不需由明顯的外在性走向基本的「內在之核」，而必須去除虛幻的內在性以歸還詞與物所建構的外在性[37]。

我們也必須區辨數種相關的層級(instance)，至少有三種。首先，作為力量非定形元素的**域外**：力量來自域外，取決於域外，域外翻攪力量關係並提出其圖式。其次是作為具體布置環境且實現力量關係的**外在**(l'extérieur)。最後是**外在性形式**(les formes d'extériorité)，因為實現作用發生於切分布置的兩個差異化且互為外在的形式分裂及隔離中(禁閉及內在化〔intériorisations〕只是在這些形式表面的過渡形象)。今後我們將嘗試去分析這個展現在「域外思想」中的整體。但無疑地，在傅柯著作中已解釋了沒有什麼是眞的封閉的。形式的歷史(檔案)被力量的流變(圖式)所倍增。因為力量出現於「所有從一點到另一

[36] 布朗修，《無盡的訪談》(*L'entretien infini*, Gallimard)，頁292。
[37] 關於歷史及「外在性之系統化形式」，參閱《監視與懲罰》，頁158-161(中譯本，頁155-158)。

點的關係」中：一份圖式就是一張地圖，或更確切地說是地圖的疊合。而且自一份圖式到另一份時，新的地圖便又被提出。這是何以相較於它所連結的點，絕沒有一份圖式不包含相對自由或鬆脫的點(創造、轉變及反抗之點)；如果想理解整體，可能正需要由這些點出發。正是由每個時代的「鬥爭」或其鬥爭風格中，圖式之承續或它們超越不連續性之重新串連才可能被理解㊳。因爲每種圖式都見證梅爾維爾㉑所謂**域外之線**的扭動方式，既無啓始也無終結，海洋之線通過所有反抗之點，而且永遠使圖式以最新的功能翻滾及相互碰撞。1968年是多麼奇特的線之絞扭，一條數以千計脫軌之線！由是，書寫的三重定義：書寫就是鬥爭、反抗；書寫就是流變；書寫就是繪製地圖，「我是一個地圖繪製學者……」㊴。

㊳《監視與懲罰》突兀地中斷在關於「戰鬥的廝殺聲」之引述。(「我將在這裡中斷這本書……」，頁315〔中譯本，頁316〕)。要到《知識的意志》中才會引出「反抗點」這個主題(頁126-127〔中譯本，頁82-83〕)，而接下來的文章則將分析符應於力量圖式的鬥爭類型(參閱德雷福斯及拉比諾，頁301-304〔中譯本，頁270-274〕)。

㉑Herman Melville(1819-1891)，美國小說家與詩人。他的一生與他的作品幾乎都模刻著海洋與神秘氛圍。《白鯨記》(*Moby Dick*, 1851)爲其代表作。

㊴《文訊》(*Nouvelles littéraires*)的訪談，1975年3月17日。

輯二

拓樸學：另類思考

歷史疊層或建構

可視與可述(知識)

疊層①就是實證性或經驗性的歷史建構。這些「沉積層」由物與詞、看與說、可視與可說(dicible)、可視性平面與可讀性場域、內容與表達所構成。我們向耶姆斯列夫②借取最後這幾個詞，但完全以另一種意義應用在傅柯上，因爲內容並不再與意指，表達也不再與意符相混淆。這裡涉及一種極爲嚴格的全新分派作用(répartition)。內容具有某種形式與實體(substance)：比如監獄，與被監禁的人—囚犯(是誰？爲什麼？如

①strate，地質學上用以描述構成地表的物質沉積層。這裡有層級、堆疊、沉積等意涵。底下一律譯爲「疊層」。

②Louis Hjelmslev(1899-1965)，丹麥語言學家。1931年與Viggo Brøndal創立哥本哈根學派。他藉由表達平面與內容平面的對立深化及延展了索緒爾的語言學理論。這兩者由形式組成並經由語言中的抽象結構(即模式)、用途及可見表徵所區辨。耶姆斯列夫最終改寫了索緒爾及布拉格結構學派的理論，可視爲後來科學符號學的先驅。著有《一般文法學原理》(*Principes de grammaire générale*, 1928)、《語言理論緒論》(*Prolégomènes à une théorie du langage*, 1943)、《語言學文選》(*Essais linguistiques*, 1959)等。

何？）❶。表達也具有某種形式與實體：比如刑法，與作爲陳述對象的「犯行」。監獄作爲內容形式，界定了一個可視性場所（即「全景敞視論」，意指一個隨時可以縱覽一切卻不虞被看到之場所），正如刑法作爲表達形式，界定了一個可說性場域（即關於犯行之陳述）。這個例子指向傅柯最近在《監視與懲罰》中對疊層所從事的偉大分析。然而，早在《瘋狂史》中，情況便已如是：在古典時期，醫學發表關於「非理性」（déraison）的基本陳述時，療養院則作爲瘋狂的可視性場所同時出現。介於這兩本書之間，則有同時寫就的《黑蒙•胡塞》與《臨床醫學的誕生》。其中之一展示胡塞的作品如何一分爲二，一部分成爲根據奇特機器所衍生的可視性發明，另一部分則成爲根據奇異「程序」所導致的陳述生產。另一本書則在完全不同的領域中展示臨床醫學與病理解剖學如何在「可視與可述」之間，驅動不同的分配。

一個時代既不預先存在於表達它的陳述之前，也不預先存在於填塞它的可視性之前，這是兩個最基本觀點：一方面，每片疊層或每個歷史建構都意味一種可視與可述的分派作用形成於上；另一方面，由一片疊層至另一片，都會產生分派作用的變異，因爲可視性本身已改變模式，而陳述自己也已改變體制。比如，「在古典時代」，療養院以一種觀看與促使觀看瘋子的嶄新方式出現，這是與中世紀或文藝復興時期極不相同的方式；

❶關於「監獄形式」與同一時期表達形式（即刑法）之差別，參閱《監視與懲罰》，頁233（中譯本，頁231）。

而在醫學與法律、規章、文學等方面則都發明一種陳述體制，將非理性視若全新的概念。如果十七世紀的陳述將瘋狂銘刻爲非理性(關鍵概念)的極致，那麼療養院或拘留所則將其包裝在一個整體之中，瘋子在此被撮合於流浪漢、貧民、遊手好閒者與所有種類的道德敗壞者之流：正是在此，有種不下於言說體制且屬於歷史知覺或感受性的「自明性」(évidence)❷。稍後，在其他條件下，則將是監獄成爲觀看與促使觀看犯罪的新方法，而犯行則如同一種新的述說方式。述說方式與觀看方法、言說性與自明性，每片疊層都由此二者的結合所構成，而且由一片疊層至另一片，這二者及其結合物都會產生變化。傅柯自大寫歷史中所等待的，正是每個時代中可視及可述的確定作用(détermination)，它超越行爲與精神面貌(mentalité)、觀念，因爲正是它才使後者成爲可能。然而，也只因傅柯懂得發明一種特屬於哲學(當然，符應於史學家的新概念)的質問，經由其新穎與重新發動大寫歷史的方式，大寫歷史才有所回應。

正是在《知識考古學》中，傅柯才得出方法學的結論，並且爲疊層作用中的兩種元素(即，可述與可視、言說建構與非言說建構、表達形式與內容形式)完成一般性理論。然而，這本書似乎賦予陳述徹底的優位性，可視性平面只以一種否定方式(「非言說建構」)才被指出，並被置放於僅是補充陳述場域的空

---

❷關於十七世紀收容總所的「自明性」，似乎意味一種後來消失的「社會感受性」。參閱《瘋狂史》，頁66(中譯本，頁79-80)。同樣的，關於「監獄的自明性」，《監視與懲罰》，頁234(中譯本，頁232)。

間之中。傅柯表示，在言說陳述與非言說之間存在言說之關係，但他從不曾說非言說可化約爲陳述，或只是一種殘餘或幻想。優位性的問題其實相當重要：陳述擁有優位性，我們將看到爲什麼。但優位性從不意味一種化約，在傅柯所有著作中，可視性總是保持與陳述間的不可化約性，而且它越是看似與陳述行爲產生某種激情的關係，越是不可化約。《臨床醫學的誕生》的副標題曾是「觀看的考古學」。如果我們把傅柯剔除這個副標題的行爲解釋成他總是一再修訂先前的著作，而不去深究爲什麼與根據哪種理由，那就太草率了。剔除的理由很顯然是優位性，傅柯愈來愈覺得他先前的作品不夠強調陳述體制對觀看或感知方式的優位性，這是他對現象學的反彈。然而，對他而言，陳述的優位性並不妨礙可視在歷史中的不可化約性，而且恰好相反，只有在可視擁有其獨特法則，擁有使其與支配者(陳述的自我準則③)產生關聯的自主性時，陳述才具有優位性。這是因爲對立於可述所具有的優位性，可視有被決定但卻不被化約的獨特形式。在傅柯作品中，可視性場所從不曾與陳述場域擁有相

---

③héautonomie，源自希臘文héautou(自我)與nomos(法律)。在康德哲學中指稱一種對於自然的主觀判斷能力。在《康德的批判哲學》(PUF, 1994)中，德勒茲解釋：「美學判斷不只總是獨特的，比如像是『這朵玫瑰很美』(如果是「這些玫瑰普遍很美」這種命題，意味著一種邏輯的比較及判斷)，而且它不對它的獨特對象訂立法則，因爲它完全無視後者之存在。康德因之拒絕使用『自主性』這個詞來意指在美學判斷的至高形式下之感覺能力：判斷沒有能力對對象訂立法則，只能有一種自我準則，換言之，只能對自我訂立法則。」頁67-70。也可參閱康德，《判斷力批判》，導論IV、V。

同的節奏，相同的歷史與相同的形式，且陳述的優位性也只有表現於某種不可化約物上才有其價值。如果忽略可視性理論，就等於折損傅柯對歷史所形構的概念，而且也同時折損其思想與他對思想所形構的概念，那麼傅柯的思想就會被視同當前分析哲學的一個變種。但他其實與分析哲學並無多大共鳴（或許維根斯坦除外，如果我們能自維根斯坦中提取一種可視與可述的原創關係）。傅柯總是一再著迷於他所看與所聽所讀之事，而且他所構思的考古學其實就是（啓始於科學史的）**視聽**檔案。只有在同時基於對觀看的熱情，傅柯才會感到陳述及發現他人陳述時所帶來的樂趣：定義傅柯自己的首要之物是聲音，再加上眼睛。眼睛，加上聲音。在以一種新型陳述凸顯哲學的同時，傅柯一直是個觀看者（voyant），這兩者各有不同步伐，隨著雙重節奏。

被層疊之物並不是後來出現的知識之間接對象，而是直接建構了知識（即對事物**與**文法的教學④），這是何以疊層是屬於考古學的事務。確切地說，因爲考古學不必然指向過去，存在著一種對現在的考古學。但無論是現在或過去，可視都如同可述：它們都是對象，但不是現象學的對象，而是認識論的。傅柯對《瘋狂史》的指責正是它仍然援引一種現象學式的野性生活經驗，或巴舍拉式的想像的永恆價值。然而事實上，在知識出現之前什麼也沒有，因爲依照傅柯所構想的新概念，知識由

④la leçon de choses，指以實物訓練兒童熟悉日常用品及自然事物的教學法，直譯爲「事物教學」，但亦譯爲「直觀教學」或「直接法教學」。

特屬於每片疊層、每個歷史建構的可視及可述組合所界定，知識是一種實際的布置，一種陳述與可視性的「裝置」，因此，在知識底下一無所有(即使我們將看到仍有外在於知識之物)。這意味知識只有根據變異極大的「門檻」才能存在，後者凸顯了被審視疊層所具有的層紋、剖面紋理與方位。就此觀點而言，只提「認識論門檻」是不夠的：因爲它已朝科學的方向定位，而這個定位仍然得跨過「科學性」的獨特門檻或「形式化門檻」。然而，疊層中亦不乏其他不同定位的門檻：倫理化門檻、美學化門檻、政治化門檻等❸。知識並不等同於科學，而且與採用它的特定門檻不可分離(知覺經驗、想像的價值、時代觀念或通俗意見的材料當然也不例外)。知識是疊層中的基本單位，它分配於不同門檻中，而疊層本身只不過是這些方位(科學僅是其中之一)互異的門檻堆疊。只存在知識的構成實踐或實證性：即陳述的言說實踐與可視性的非言說實踐。但這些實踐總是存在於考古學的門檻之下，而這些門檻的動態分布則在各層疊間構成歷史之差異，這便是傅柯的實證主義或實用主義；而在科學與文學、想像事物與科學根據、或知道與實際經驗間之關係根本從不成爲問題，因爲在(作爲歷史建構的)疊層產生變化之時，知識的概念化作用已滲透且動員了所有門檻。

當然，用事物與詞彙這兩個詞來表示知識的兩極仍過於模糊，而且傅柯曾說《詞與物》這個標題必須當成反話來理解。

❸《知識考古學》，頁236-255(中譯本，頁322-342)。

考古學的首先任務便是去發現真正的表達形式，其不可與任何語言學單位(意符、詞彙、句子、命題、語言行動……不管為何)混為一談。傅柯特別地非難大寫意符，「在遵從意符的秩序下，言說相互抵銷於其現實之中」❹。我們已經見識傅柯如何在「陳述」這個極富原創力的概念中發現表達形式：陳述作為一種使各式單位交錯穿插的功能，畫出一條較接近音樂而非意符系統的橫切線。因此，就像黑蒙•胡塞透過發明他的「程序」所達成的，必須劈開或打開詞彙、句子或命題才能萃取陳述。類似的操作對於內容形式也同樣必要；因為就如表達不是意符，內容也非意指，而且更非事物狀態或詞彙所指涉之對象(référent)。可視性不可與視覺元素或更一般化的感覺元素、性質、事物、物體、物體的組成物等混為一談。在這點上，傅柯建構了一個原創性不下於陳述的功能。必須劈開事物，擊碎事物，因為可視性既非物體的形式，甚至也非光線與事物接觸時所顯露的形式，它表現為一種明晰性(luminosité)之形式，由光線本身所創造，而且只讓事物或物體如閃電、閃光或閃爍之光線般暫存❺。這是傅柯自黑蒙•胡塞作品中汲取的第二個觀點，或者，可能也是他想自馬內⑤作品中汲取的。而如果陳述之概念讓我們感到一種似乎較接近魏本的音樂而非語言學的啓發，可視概念則似

❹《言說的秩序》，頁51。

❺《黑蒙•胡塞》，頁140-141。

⑤Edouard Manet(1832-1883)，法國畫家。代表作有「草地午餐」、「奧林匹亞」等。

乎是一種接近德婁內⑥的圖畫式啓發，對後者而言，光線是一種形式，它創造它自己的形式與它自己的運動。德婁內曾說：塞尙⑦已擊碎了靜物畫中的高脚盤，絕不要學立體派畫家般想再把它黏補回來。**打開**詞彙、句子與命題，**打開**性質、事物與物體：就如胡塞所從事的事業一樣，考古學的任務是雙重的，必須自詞彙及語言中汲取對應於每片疊層與其門檻之陳述，也必須自事物及被視物中汲取特屬於每片疊層之可視性與「自明性」。

爲什麼這種汲取是必要的？我們就由陳述開始談吧：陳述從不曾是隱藏的，但卻也不是直接就淸晰可讀或甚至可說的。或許可以認爲陳述往往是隱藏的，因爲它可能是被僞裝、壓抑⑧或潛抑⑨的對象。然而，這個想法除了隱含一個關於大寫權力

⑥Robert Delaunay(1885-1941)，法國畫家。法國抽象畫派的先鋒之一。

⑦Paul Cézanne(1839-1906)，法國畫家。

⑧répression，指個體企圖使不快或不宜之內容(想法、情感等)消失於意識層次的作用。在這個觀點下，「潛抑」只是壓抑作用的一種。根據 J. Laplanche與 J.-B. Pontalis的《精神分析詞彙》指出，狹義而言(區辨於潛抑)，壓抑可能經由一種有意識的作用而單純地將被抑制內容留置於前意識(而非潛意識)狀態中；但也可能僅特指情感之壓抑，其並未轉換到潛意識層面，只是對情感的一種禁制或去除，頁419。

⑨refoulement，指個體企圖將某些想法、意象或回憶等再現作用推延或留滯於潛意識之作用。當對某個衝動的滿足將導致對另一需求的不快時，潛抑作用即產生。潛抑作用在歇斯底里患者身上尤其明顯，但在一般人的心理機制中亦扮演相當重要的角色。根據《精神分析詞彙》指出，潛抑「可視爲一種普同的心理過程，由此潛意識被建構成有別於其他心理機轉的領域」，頁392。

的錯誤概念外，就只有當仍然停留於詞彙、句子與命題時才有價值。這正是傅柯在《知識的意志》一開頭提及性特質時所展示的：人們自然可以認爲在維多利亞時期有一整套詞彙都被禁止，而且句子被隱喻化，語言被淨化，以至於性特質被視爲最根本的秘密來建構，一直到佛洛伊德驟然出現之前，只有經由某些大膽與被詛咒的踰越者它才會被顯露出來……。然而，事實根本不然，因爲從來沒有一片疊層或歷史建構曾透過對陳述條件、體制、場所、場合、對話者之確定(精神分析將在這些中添上屬於它的)而繁衍如此衆多的性特質陳述。如果不尾隨性言說激增的這條思路，恐怕就很難理解教會在特宏特大公會議⑩之後所扮演的角色。「在人們小心翼翼地淨化語言(透過不再直接提及的方式)並以此爲藉口下，性背負起全盤的責任，而且在一種毫不放鬆也不留任何曖昧的言說下被圍剿……現代社會之特性並非其允諾性可以停待在陰影之中，反而是以一種開採秘密的心態專心致志地一再談性。」簡言之，如果不提升至可被汲取之條件，陳述總是保持隱藏的：相反的，一旦達到條件，它就在那裡，而且毫無保留。在政治上也如出一轍：即使政治的每種陳述體制都假設某種詞彙、句子與命題的交錯方式，但不管有多高深，只要懂得讀取，政治在外交、立法、規章、政府

⑩Concil de Trente，義大利城市名。特宏特大公會議由教宗保羅三世召開，共分三個會期：1545-49，1551-52，1562-63，主要爲因應新教的宗教改革運動。在會議中，所有天主教的基本教義都被重新提出來審視。可參閱傅柯的《知識的意志》，頁27(中譯本，頁16-17)。

等領域其實什麼都未隱藏。秘密只爲了被洩漏或自行暴露而存在。每個時代都會以完美的方式說明它最犬儒的政治，就像會以完美的方式說明它最露骨粗俗的性特質一樣，以使得逾越行爲無利可圖。每個時代都根據其陳述之條件說出所有它能說的，傅柯自《瘋狂史》起，便分析慈善家(philanthrope)的言說，他們將瘋子自鎖鏈中解放出來，且毫不掩飾地爲他們備製了更有效的另一條鎖鏈關係❻。在每個時代中，所有事物總是都已被說出，這可能是傅柯最重要的歷史原則：在帷幕之後，已一無可看；但更因爲在其後或其下什麼都不存在，所以每次對這片帷幕或基底的描述就益發重要。所有主張存在著隱藏陳述之異議，都只是指出根據體制或條件變化的說話者與接聽者而已，但說話者與接聽者只不過是陳述的變數之一，他們密切地取決於將陳述界定爲函數⑪之條件。簡言之，陳述只有連結到使它如此之條件、而且此條件將陳述的唯一銘刻建立於「陳述基底」時，才變得可讀與可說(我們已經知道，並不存在明顯與隱藏兩種銘刻)。唯一的銘刻(即表達形式)是由陳述及其條件(即帷幕

❻關於突克(Tuke)與匹奈(Pinel)對瘋子之解放，參考《瘋狂史》，「療養院的誕生」：重點在於使瘋子屈服於一種永恒的「凝視」及「審判」(可視性及陳述)中。同理，關於十八世紀刑罰的「人性化」：參考《監視與懲罰》，「普及化的處罰」。另外，關於死刑廢除之趨勢，《知識的意志》，頁181(中譯本，頁118)：重點在於將懲罰調和到大寫權力中，通常它已不再企圖決定生死，而是「管理與控制」生命。

⑪fonction，指功能，作用，但亦指數學的函數，在原文中一語雙關，當與variable(作名詞時指函數中的變數，但作形容詞時則指可變的、不穩定的)一起出現時，譯爲函數，否則爲功能。

或基底)所構成。由是,顯示傅柯對陳述劇場或可述雕塑之喜好,它是「古蹟」而非「文獻」。

陳述或言說建構最一般性之條件是什麼?傅柯的答覆因預先排除陳述主體而益形重要。主體是一個變數,或者確切地說,是陳述的變數集合,它是自原初函數或自陳述本身所衍生的函數。《知識考古學》曾對這個主體函數(fonction-sujet)從事分析:主體是一個根據類型或根據陳述門檻大幅變異的位子或位置,而「作者」本身只不過是某些情況下的可能位置之一。同一陳述甚至可以有許多位置,因此,最首要的是**人們說**,一種無名無姓的嗡嗡低語,而可能的主體場所就在此被整治出來:「一種言說中無止境且失序的巨大嗡嗡聲浪。」傅柯曾多次引述這個他自己希望佔有一席之地的巨大嗡嗡聲浪❼。傅柯反對三種致使語言開始的方法:即,透過個人的方法,即使僅是透過語言學的人稱或啓動器(embrayeurs)(這是語言的人稱學〔personnologie linguistique〕,即「我說」,傅柯總是以第三人稱的非個人預先存在與其對立);或者,透過意指作爲語言所指向的內部組織或首要方向之方法(這是語言的結構主義,即「它說」,傅柯以確定的陳述彙編或已知集合的預先存在與其對立);或者,透過一種原初經驗的方法,亦即透過與某一特定世界(其爲我們奠立述說可能性且使可視成爲可述基礎)所達成的原始共謀關係(這是現象學,即「大寫世界說」,彷彿可視早已嗡嗡低語著一

---

❼關於陳述之主體,《知識考古學》,頁121-126(中譯本,頁195-200)。而關於巨大的嗡嗡低語,《言說的秩序》開頭與〈何謂作者?〉結尾。

種意義，只待我們的語言上前揭露，或彷彿語言的背後倚靠著一種滿溢表情之沉默。傅柯以一種介於看與說之間的差異與其對立❽）。

語言不是被整個給予，不然就什麼都不給。那麼，什麼是陳述的條件？就是「有語言」（Il y a du langage），「語言的存有」或語言存有（l'être-langage），亦即語言被給予之面向，但這不可與語言所映射的任何方向混爲一談。「必須忽略語言所具備的指稱、命名、顯示、顯現以及作爲意義或眞理所在之權力，而且反過來，駐留於決定其獨特與限定存在之片刻（此一片刻將瞬即被凝聚，瞬即被抓進意符與意指遊戲之中）。」❾然而，確切地說，是什麼賦予傅柯這個論點的具體意義？是什麼使其不致跌進現象學或語言學所領軍的一般性？又是什麼使其能引用一種獨特與限定之存在？傅柯相當接近一種「分配論」（distributionalisme），而且總是跟隨考古學的存在由被散射到一個時代中確定且有限之彙編（口語與文本，句子與命題，不論多麼歧異）出發，他企圖從中汲取陳述的「規律性」。從此，條件本身就是歷史性的，而先驗性（a priori）也是歷史性的：巨大的嗡嗡聲浪（亦即語言存有或「有」語言）隨歷史建構而互異，而且，在無名無姓中仍不失其獨特性，這是一種無法將其自某種特定

---

❽這三個論點的概要，《言說的秩序》，頁48–51。

❾《知識考古學》，頁145–148（中譯本，頁222–226），這是關於「有語言」最主要的文本。應再接上《詞與物》的卷尾（關於「語言的存有」，頁316–318，395–397，與頁57–59）。

模式分離的「謎樣不穩定存有」。每個時代都擁有根據其彙編重新摶聚語言的方式，比如，在古典時代，如果整個語言存有表現於對分區控制的繪製再現上，那麼在十九世紀，它則已跳脫再現之功能(即使可能喪失其所摶聚的統一性)以求在他處以另一模式重新尋回統一性，換言之，在作爲全新功能的文學中尋回(「人是介於兩種語言存有模式間的一種形象……」)⑩。因此，語言的歷史存有從不曾在(不管是原初或僅是中介的)基礎意識內摶聚語言；相反的，它建構一種使被審視彙編中的陳述得以四散且遍地出現之外在形式。這是一種分配的統一性。「實證的先驗性並不只是一個在時間中的散射系統，而且它本身便是一個可變的集合。」⑪

所有我們剛才用以描述陳述與其條件的段落，在描述可視性時都該再說一次。因爲在可視性方面，它的不隱藏其實是徒然的，因爲它絕未因此就立即被看到或可被看到。當停待於物體、事物或可感性質而不提升至開啓它們的條件時，可視性甚至會變成不可見。而倘若事物再度閉攏，可視性則會變得渙散或混沌一片，以致「自明性」在另一時代中變得難以掌握：當瘋子、遊民、失業者在古典時代被聚合在同一場所時，「對我們而言，這不過是感受性的未加區分，然而對古典時代的人們卻必然曾是一種清楚表達的知覺」。因此，可視性所結合的條件並

⑩《詞與物》，頁313-318(關於現代文學作爲語言摶聚之功能，《詞與物》，頁59，313；〈不名譽者的生活〉，頁28-29)。

⑪《知識考古學》，頁168(中譯本，頁247-248)。

非主體觀看之方式：觀看的主體本身也只是位於可視性中的一個位子、一個可視性的衍生功能（就如古典再現中的國王位子，或監獄體制中的任何一位監視者）。是否應該就此援引某些導引知覺的想像價值，或某些建構「知覺主題」的感性遊戲？它可能是建構可視條件的動態影像或性質，在《瘋狂史》中傅柯也偶爾會以巴舍拉的方式來表達⓬，但他旋即進抵另一條解決途徑。比如，如果建築物是可視性或可視性場所，那是由於它不僅是土石的形象，換言之，不僅是事物之布置及性質之組合，而首先是一種分配明暗、通透、見與不見等的光線形式。在《詞與物》著名的段落中，維拉斯奎茲⑫的畫作《宮娥》被描述成開啓古典再現空間的光線體制，它在此空間中配發被觀看物與諸觀看者間的交互動態與映影，一直到位於畫外，只能由歸納得知的國王位子（那份關於馬內、已被銷毀的草稿⑬，難道不正是

⓬參考《瘋狂史》，特別是「瘋狂諸形象」這章，這裡援引「質的世界中半知覺、半想像的律法」爲證。

⑫Diego Rodriguez de Silvq y Velasques (1599-1660)，西班牙畫家。傅柯在《詞與物》一開始即透過一種繁複的書寫風格分析他的畫作《宮娥》(Ménines，指服侍西班牙王室的貴族子弟或少女。本畫極爲寫實地呈現西班牙皇室日常生活的一個瞬間。畫中左側立著畫家本人（面對觀畫者）及其畫板，由他身後不遠的鏡子中則可看到位於目前觀畫者位置的西班牙國王及王后之映影，畫面右側爲瑪格利特公主、其侍從、侏儒與狗。這幅畫完成於1656年，時值維拉斯奎茲繪畫生涯的頂峰，他大膽從事透視、景框、光線等實驗，在這幅畫中便以許多方式探討眞實與再現的問題。現收藏於馬德里普拉多美術館），由是揭開底下對文藝復興時期諸「再現」觀念之探討。

以另一種鏡子之用法與另一種映影之分配，描述了另一種光線體制？)。而在《監視與懲罰》這本書中，則將監獄建築(全景敞視監獄)描述成光的形式，其浸透周邊囚室卻使中央監控塔保留於不透明中，並分配被觀看卻無法觀看的囚犯，與一切盡納眼底卻又不虞被看到的任一監視者。正如陳述離不開體制，可視性也離不開機器。但並非所有機器都涉及視覺，而是機件與功能的組裝能促使某些事物被觀看，並使其處於光線或自明狀態中(如「監獄機器」或胡塞的機器)。傅柯早在《黑蒙‧胡塞》就已提供了最一般性的公式：一種原初光線開啓了事物，並促使可視性像閃電或閃光般出現，成爲「第二級光線」⓭。而如果每個醫學的歷史建構都能調適出一種原初光線，以建構疾病的可視性空間，並透過徵候的閃現，時而如臨床醫學般將摺層(nappe)開展成兩度空間；時而如病理解剖學般，根據一種重新賦予眼睛深度並賦予疾患體積的第三向度加以摺疊(疾病正如對活體的「深入檢驗」〔autopsie〕)，則《臨床醫學的誕生》將可以冠上「觀看的考古學」這個副標題。

因此，存有一種「有」光線，即光線的存有或光線存有，就如語言存有般。二者都是絕對的，但卻又都是歷史性的，因

⑬傅柯似乎寫過一本對於馬內畫作的分析，但根據小說家葉維‧吉伯(Hervé Guibert)在自傳體小說《給那沒有救我的朋友》(*A l'ami qui ne m'a pas sauvé la vie*，中文版爲謝忠道譯，時報出版公司)中所述，傅柯因自己覺得不滿意而銷毀。

⓭《黑蒙‧胡塞》，頁140。

爲它們都與降臨於建構或彙編之方式不可分離。而且其中之一使可視性變得可視或可被知覺，正如另一使陳述變得可述、可說或可讀。因此可視性既非觀看主體的行動，也非視覺之資料（傅柯因而棄絕「觀看的考古學」這個副標題）。光線存有不可被化約爲物理環境，就如可視不可被化約爲可感事物或性質：傅柯比較接近哥德而非牛頓。光線存有是一個絕不可被分割的條件，它是根據視覺組合每次都將可視性重新賦予視覺、同時也賦予其他感官的唯一先驗性：比如，可觸知(tangible)是可視隱藏另一可視之方法。《臨床醫學的誕生》所揭露的，正是一種「絕對觀看」，一種「虛擬可視性」或「外在於觀看的可視性」，它支配所有的知覺經驗，而且在召喚視覺時必同時召喚其他感官場域（聽覺與觸覺）⓮。可視性並非由視覺所界定，而是行動與激情或是行動與反應的複合連結，它是進入光線中的多元感官之複合連結。正如馬格利特⑭在一封寫給傅柯的信中所說：只有思想才能觀看及清晰描述。是否應該因此將傅柯作品中的這個原初光線對照於海德格或梅洛龐蒂的Lichtung⑮，一種僅以次要方式投向視覺的空曠或開敞？底下是僅有的兩個不同之處：根據傅柯，光線存有不可與某種特定模式分離，而且儘管具有先驗性，仍然是歷史與認識論的，而非現象學的；另一方面，

⓮《臨床醫學的誕生》，頁167（中譯本，頁245）。另外，「當科維薩(Corvisart)聽到一顆運作不良的心臟，或萊恩涅克(Laënnec)聽到一聲顫抖的尖響時，他們看到的卻是心臟肥大或是體液滲漏。這種凝視秘密地纏祟他們的聽覺，並在聽覺之外活化它。」

它不僅不對視覺開放，也不對言說(parole)開放，因爲言說作爲一種陳述，在語言存有及其歷史模式中找到完全不同的開啓條件。結論可能是，每個歷史建構都根據其可視性條件來觀看與促使觀看所有它能看的，就如它根據其陳述條件來述說所有它能說的。即使沒有什麼是立即可視與直接可讀的，但絕無秘密可言。而且，這兩者的條件並不匯集於某種意識或主體的內在性中，更不致構成一種大寫同一(Même)：因爲這只是陳述與可視性散射或散布其中的兩種外在形式。語言「包含」詞彙、句子及命題，但卻不包含以難以彌合距離散布的陳述，因爲陳述根據其門檻、根據其語族而散射。正如光線包含物體，但卻不包含可視性。況且，我們已經看到，認爲傅柯僅單純對禁閉環境感到興趣是個錯誤：因爲收容總所或監獄首先是散射於某種外在形式中的可視性場所，而且指向一種外在功能(隔離、分區控制……)。

---

⑭Rene Magritte(1898—1967)，比利時超現實主義畫家。傅柯曾以〈這不是一根煙斗〉("Ceci n'est pas une pipe")，發表於*Les cahiers du chemin*，第2期，1968年1月15日，現亦收錄於《說與寫》，卷一)爲題評論其同名素描，文中將詞與物，言說與觀看或可述與可視間的可能關係反覆推演至極致。在馬格利特這幅畫中，主要有一根煙斗與一行字：「這不是一根煙斗」。他曾以油彩及素描多次表現同一主題，其中，總是蘊含著「兩支」煙斗：一根是圖畫的具象煙斗，另一根則是文字的抽象煙斗，兩者間呈現出文字與形象的衝突、矛盾與對立。可參考德勒茲在本書稍後的解讀。而傅柯與馬格利特往來的數封書信現在亦收錄於由Fata Morgana出版社爲此文單獨出版的小冊子中。

這既不是精神面貌亦非行為舉止史。說與看，或者確切地說，陳述與可視性，是一個時期中使所有觀念得以被表達、行為得以被表現的純粹大寫元素或先驗條件。對這些條件的研究構成一種特屬於傅柯的新康德主義，但他與康德之間仍存在著本質的不同：因為這些條件都是現實經驗的條件，而非所有可能經驗的條件(比如，陳述意味某個確定的彙編)；這些條件是屬於「客體」或歷史建構的一邊，而非普同主體的那邊(因為先驗性本身就是歷史的)；而不論前者或後者，都是外在形式⓯。因此，如果有一種新康德主義在其中，是因為可視性及其條件構成一種大寫感受性，而陳述及其條件則構成一種大寫自發性⑯。語言的大寫自發性與光線的大寫感受性。但僅將感受等同於被動，而將自發等同於主動是不夠的。感受不意味著被動，因為

---

⑮德文，字面意義為森林中光線可以穿透的空地，但在海德格作品中，指「存有敞開之處」，「大寫觀看並非由眼睛所決定，而是由存有之敞開所決定。……大寫觀看作為已看見的本質，就是知識。」換言之，Lichtung是現象能夠被觀看的必要條件，參閱《林中路》(*Chemins qui ne mènent nulle part*, Gallimard, 1962)，頁284。或「佇立於存有之敞開中……只有人本身具有這種存有方式。它不僅是理性可能的基礎，也是人的本質保有其決定作用的來源。」《問題III與IV》(*Questions III et IV*, Gallimard, 1966)，頁80。

⓯《詞與物》，頁257；《知識考古學》，頁167(中譯本，頁246)；關於「外在形式」，《知識考古學》，頁158-161(中譯本，頁236-241)。

⑯感受性(réceptivité)與自發性(spontanéité)為康德用語。前者指「使某種由事物所產生的再現作用成為可能之能力」；後者指一種知性的作用，所有的概念都建立於思想的自發性上。感覺的感受性與概念的自發性是康德哲學中透過再現作用認識事物的兩種能力。

在光線所促使觀看之物中，激情與行動等量齊觀；而自發也不意味主動，較確切地說，它是大寫「他者」在感受形式上之表現。這在康德作品中便已如此：大寫 我的思考自發性表現於可感的存有物上，使後者必然將前者視爲他者⑯。而在傅柯作品中，知性的自發性或大寫 我思(Cogito)則讓位給語言的自發性(即「有」語言)，而直觀的感受性則讓位給光線的感受性(時空的新形式)。自此，陳述對可視的優位性便極易被解釋清楚了：《知識考古學》可以索回陳述作爲言說建構**決定者**(déterminant)的角色，但可視性則仍然是不可化約的，因爲它指向一種**未定**之形式⑰、一種不可被化約爲決定作用(détermination)的形式。這曾是康德與笛卡兒最大的決裂：決定作用的形式(我的思考)並不奠基於一個不確定物上(我的存在)，而是奠基於一個純粹的未定形式上(時間—空間)。問題的重點在於兩個本質迥異的形式或條件之相互調適上。在傅柯作品中所找到的，正是此問題的變形：介於兩種「有」之間、介於光線與語言間、介於未定的可視性與決定的陳述間之關係。

從一開始，傅柯基本的論題之一便是：介於內容形式與表達形式、可視與可述間的本質性差異(即使其中之一寓含於另一

⑯這便是《純粹理性批判》(*Critique de la Raison pure*, PUF)第一版中所謂的「內在感官之弔詭」，特別是頁136。

⑰déterminable，直譯應爲「可確定的」，但這個詞比較是爲了強調「可被確定但卻尚未被確定」之意，故節縮譯爲「未定的」。而底下的indéterminé(無法決定的、不確定的)作爲名詞，則譯爲「不確定物」，以與前者區辨。

之中，且永不止息地相互滲透以構成每一片層疊或知識）。這裡可能正是傅柯與布朗修交會的（第一個）觀點：「述說並不就是觀看。」然而，布朗修堅持述說作爲決定者的優位性，傅柯則仍維繫著（儘管只是驚鴻一瞥）作爲未定形式的觀看特殊性與可視不可化約性⑰。在這兩者間並不存在同構關係，形式亦不雷同，即使兩者間存在著相互的預設與陳述的優位性。然而，即便是堅持優位性的《知識考古學》也表示：既無相互的因果性，亦無兩者間的象徵關係；而且如果陳述具有對象，那也是特屬於它的言說對象，絕不會同構於視覺對象。當然，同構關係總是可被**夢想**：亦即認識論式的夢想，比如當臨床醫學在「可視與可述間」、在徵候與符號間、在景象與言說間所安置的結構同一性；或，美學式的夢想，當一首「造型詩」（calligramme）給予文本與圖畫、語言與造型、陳述與影像一種相同的形式時⑱。在傅柯對馬格利特的評論中，他指出總是有條無色中性的細小帶狀物分隔文本與圖案，或煙斗素描與陳述「這是一支煙斗」之

⑰參考布朗修，《無盡的訪談》，「述說並不就是觀看」這一章是出現於布朗修所有作品中的這個主題最關鍵之文本。而且無疑的，這篇文章保留一個特殊地位給「觀看」或視覺影像（頁42；同樣的，《文學空間》，頁266-277）。但就如布朗修自己所言，這個地位仍停留於曖昧狀態，因爲他堅信述說並非觀看，而非觀看不是述說。這是由於布朗修在某種意義上仍停留在笛卡兒主義：他所聯繫的關係（或「非關係」）是決定作用與純粹的不定形式（indéterminé）。然而傅柯卻比較是康德主義者：關係或非關係是介於決定作用與未定形式這兩種形式之間。

⑱關於貫穿臨床醫學的這個同構關係之夢，《臨床醫學的誕生》，頁108-117（中譯本，頁167-180）；關於造型詩，《這不是一根煙斗》，頁19-25。

間，以至於陳述轉變爲「這**不是**一根煙斗」。因爲既非素描，亦非陳述，也非作爲假設共同形式的這，不是一根煙斗……：「煙斗素描與應該用來命名的文字所相遇之處，既不在黑板也不在黑板之上」，這是一種「非關係」⑲。這可能是傅柯所建立的史學研究步驟之幽默版，因爲他在《瘋狂史》中曾如下指出：收容總所作爲瘋狂的內容形式或瘋狂的可視性場所，其來源根本不是醫學，而是公共安全(police)；而且醫學作爲「非理性」陳述的表達形式或生產動因，將其診斷及治療的言說體制拓展到療養院之外。因此當布朗修評論傅柯時指出：這是差異，非理性**與**瘋狂的交鋒。《監視與懲罰》則重拾一個相近的主題並加以深化：監獄作爲犯罪的可視性並非源自作爲表達形式的刑法，它來自完全不同的境域，它是「規訓的」而且非司法的；至於刑法這邊則生產它獨立於監獄的「犯行」陳述，彷若它總是以某種方式被導引說出，這**不是**一棟監獄……。這兩種形式就完形(Gestaltung)考古學的意義而言，並不具相同的建構、相同的起源或系譜。然而卻存在兩者的交會，即使這場交會如變戲法般奇妙：監獄似乎以另一種角色替換了刑法的犯行者，並藉由這個替換，生產及再生產犯行，而法律則在同時生產與再生產囚犯⑳。介於兩者之間，在某疊層及某門檻中有無數結盟達成與破裂、無數交錯形成與鬆脫。對傅柯與布朗修而言，如何解釋非關係仍然是一種關係，而且甚至是一種更深層的關係？

---

⑲《這不是一根煙斗》，頁47，傅柯在此沿用布朗修的表達：「非關係」。

事實上，存在某種「眞理遊戲」，或確切地說，存在某種關於眞實的運作程序(procédures du vrai)。眞理離不開建立它的運作程序(《監視與懲罰》比較了中世紀末作爲自然科學原型的「宗教裁判所調查」與十八世紀末作爲人文科學原型的「規訓式審查」)。然而，運作程序由什麼所組成？它或許大體由一種過程(processus)或進程(procédé)所構成且建構了一種實用主義。過程就是觀看過程，並對知識提出一系列問題：在某一疊層的特定門檻中能看到什麼？而且不只要問自什麼對象出發，尾隨什麼性質，安置於什麼事物狀態(感覺的彙編)，還要問：如何自這些對象、性質及事物中提取可視性？這些可視性以何種方式閃爍或閃耀？在什麼光線下？光線在層疊中如何集結？再者，作爲這些可視性變數的主體位置是什麼？誰佔據這些位置且觀看著？語言亦有其進程，而且由一疊層至另一疊層時產生的差異絲毫不比在兩位奇特作者間的差異(比如胡塞的「進程」與布希瑟⑱的)遜色㉑。什麼是詞彙、句子與命題的彙編？如何提取貫穿這些彙編之「陳述」？這些陳述在哪種語言聚合下能根據語族與門檻散射？而且，誰說話？換言之，作爲變數的陳述主體是什麼？誰將前來塡塞這個位置？簡言之，存在著陳述之

⑳《監視與懲罰》中的某些段落將犯行與監獄歸爲一談，但事實上有兩種犯行：即導向陳述的「非法犯行」與導向監獄的「對象犯行」。重點在於《監視與懲罰》堅定地指出在十八世紀中介於刑法演變與監獄崛起間的異質性，正如《瘋狂史》標示出在十七世紀中介於療養院崛起及醫學狀態間的徹底異質性。

進程與機械式之過程，而在此有每次建構眞理問題時的大量疑問。當《快感的享用》指出眞實只有透過「問題架構的過程」才能賦予知識，而且問題架構過程只能由「實踐」(觀看的實踐與述說的實踐)才開始形成，這等於爲先前的著作提出總結㉒。這些實踐(過程與進程)建構了關於眞實之運作程序：「一種眞理的歷史」。然而，眞實的這兩部分必須在眞理問題將其對應或同形關係排除在外之時，以問題架構的方式達成關聯。就拿精神醫學中的一個簡略例子來談吧：是否在療養院看到的人與被陳述爲瘋子的人是同一個？比如說，席萊柏法官⑲的妄想瘋癲顯而易「見」，而且將其送入療養院亦不成問題，但卻必須再將他自療養院中領出，因爲接下來對他瘋狂的「陳述」充滿重重困難。反之，一個單一躁症患者(monomaniaque)的瘋狂極易被陳述，但卻極難及時被看見，且極難在必要時將其拘留㉓。許多待在

---

⑱Jean-Pierre Brisset(1845-1913)，法國作家。法國作家柯諾(Raymond Queneau)在其小說中開始使用「文學瘋子」(fous littéraires)來指稱將語言極度個人化及複雜化直至妄想或精神分裂的作家。主要的代表人物有布希瑟、吳爾夫遜(Lois Wolfson)、黑蒙・胡塞、馬拉美等。其中，布希瑟以一種近乎字源學的手法逼近與崩解語言。在1970年時，傅柯曾替布希瑟的《邏輯文法學》(*La grammaire logique*)，而德勒茲則爲吳爾夫遜的《精神分裂與語言》(*Le schizo et les langues*)分別寫序。布希瑟的著作尚有《神的科學或人之創造》(*La science de Dieu ou la création de l'homme*, 1900)等。

㉑參考對布希瑟《邏輯文法學》所作的序，XVI，對三種「進程」之比較：胡塞、布希瑟與吳爾夫遜(Wolfson)。

㉒《快感的享用》，頁17(中譯本，頁166)。

⑲President Schreber，佛洛伊德的五個著名個案之一，妄想症患者。

療養院的人可能不該在那裡，而也有許多未待在療養院的人卻該在那裡：十九世紀的精神醫學形成於這種對瘋狂「問題架構化」的爭議中，而未構成一個確定且單義之概念。

眞實既不由同形關係或共同形式、也非由兩種形式間之對應所定義。在說與看、可視與可述之間存在一種隔離(disjonction)：「**被觀看之物從不曾蟄居於被述說之物中**」，反之亦然。兩者的結合因雙重的理由成爲不可能：陳述具有它本身對應之對象，它並非邏輯學中企圖意指事物狀態或可見物體之命題；而可視也非現象學中意欲實現於語言中的一種無聲感官或能量之意指。檔案，或視聽檔案是隔離的。這是何以當視聽隔離最完整的例子就是電影時，毫不需詫異。在史托伯⑳、希柏柏格㉑或瑪格希特•莒哈斯㉒的作品中，聲音落在一邊，如同一個不再擁有場地之「故事」；而可視則落在另一邊，如同一個不再擁有故事、被出清之場地❷❹。在莒哈斯的〈印度之歌〉中，一顆從未露面的舊時皮球藉由聲音追憶或提取出來，然而視覺影像卻

❷❸參考《我，皮耶•希米耶……》：犯罪型單一躁症是十九世紀精神醫學所面對的一個主要問題。

⑳Jean-Marie Straub(1933-)，法國電影工作者。

㉑Hans-Jürgen Syberberg(1935-)，德國電影工作者。他的作品展現一種將編導視爲研究對象的高度關注。可參閱德勒茲在《電影II：時間影像》中對他的評論，頁350-354。

㉒Marguerite Duras(1914-1996)，法國作家及電影工作者。極年輕時便開始創作小說，其中並有多部被改編爲電影。但一直到與亞倫•雷奈合作的《廣島之戀》(1959)後，才正式執導電影。一九八四年以小說《情人》獲法國龔固爾獎。

顯示另一顆無聲的皮球，沒有任何倒敍(flash-back)能達到視覺之接合，亦無任何畫外音能達到聲音之接合；其實在〈恆河女人〉中便已呈現「影像電影與聲音電影」這兩種電影間的共時關係，而既作爲銜接又是縫隙的空白則是唯一的「聯結因子」。在這兩者間，永恆存在著非理性之裂罅。然而，這並非任意聲音配上任意影像。當然，不存在由可視至陳述，或由陳述至可視的鏈結，但在非理性的裂罅或在縫隙之上則存在永恆的再鏈結。正是在這個意義下，可視與陳述形成一片疊層，但卻又總是由一道考古學的中央裂痕所貫穿與組成(如史托伯的電影)。當只停留於事物與詞彙的層次時，人們可以認爲他們說出他們所看、觀看他們所說，而且這兩者相互連結：這是因爲人們停留於經驗運作之中。但一當詞彙與事物被打開，陳述與可視性被發現後，話語與視覺便被提升到較高等的運作中，即「先驗運作」，因而話語與視覺都各自達到自身之極限，並以此爲界，

㉔參考伊夏夫普(Ishaghpour)的評論，特別是關於莒哈斯的部分，《由一影像至另一影像》(*D'une image à l'autre*, Médiation)，與布朗修對〈摧毀，她說〉("Détruire dit-elle")的分析(《友誼》)。傅柯對荷內‧愛里歐(René Allio)關於《我，皮耶‧希米耶……》的影片極感興趣，因爲其中涉及皮耶‧希米耶的行爲與他書寫文章間的關係之問題(參考傅柯的評註：「文章並不詳述動作，但在兩者間存在一種關係網絡」，頁266)；這部影片因而必須面對這個問題，並以自己的方式解決。事實上，愛里歐並不滿足於畫外音(voix off)的運用，他用許多方式來使得**視覺**與**陳述**、視覺影像與聲音影像間的差距或甚至隔離變成可感受的(由第一個鏡頭開始，可以看到荒蕪鄉間的一棵樹，然而聽到的卻是刑事法庭的喧嘩及用語)。

可視僅可能被看，可述僅可能被說。再者，分離彼此的這個獨特界限同時也是聯繫兩者的共同界限，它擁有不對稱的兩面：盲目的話語與無聲的視覺。傅柯因而出奇地貼近當代電影。

那麼，非關係如何成爲一種關係？或，傅柯這兩種說法是否自相矛盾？一方面，「人們徒然地述說他們所看，因爲被看之物從不曾蟄居於被說之物中，而且人們徒然地藉由影像、隱喻與對照來使得正被述說之物能被看到，因爲它們發光之處並非眼睛開展之處，而是由句法的接續交替定義之處」；另一方面，「必須接受在圖像與文章之間的一系列縱橫交錯，或確切地說，由其中之一到另一所發動的攻擊、向對方靶心擲出之箭矢、掘對方牆脚或破壞性之舉動、長矛的刺擊與創傷、戰爭……」，「影像在文字間的崩毀，語言的閃電犁過素描」，「話語在事物形式上的切口」，反之亦然㉕。這兩種文本毫無悖反之處。第一種說既不存在同構關係或對應性（homologie），看與說、可視與可述間也沒有共同形式。第二種說這兩種形式就如在一場戰爭中般相互滲透，而對戰爭的召喚正意味不存在同構物。這是因爲這兩種異質形式都具有條件及被條件規約者，即光線與可視性、語言與陳述；但條件卻不「含括」被條件規約者，因爲它在某種散布空間中給予被規約者，並使自己如同一種外在形式。這是因此陳述滑動於可視及其條件之間，如同介於馬格利特的兩支煙斗間；而可視性則滲透於陳述及其條件之間，就如胡塞的

㉕《詞與物》，頁25；《這不是一根煙斗》，頁30，48，50。《這不是一根煙斗》展示了這兩種文本，並將其玩至極限。

作品從沒有不打開詞彙而未使可視湧現(同時也從沒有不打開事物而未使陳述湧現)。我們先前已試著指出，可視性形式「監獄」如何生產出更新犯行的第二陳述，而刑法陳述亦可能生產強化監獄的第二可視。尤有甚者，陳述與可視性如搏鬥者般直接扭成一團，互相驅迫與互相擄獲，構成每一次的「眞理」。傅柯的獨特表達由此而生：「在同一場運動中的述說與促使觀看……神奇的交錯。」㉖**在同一時刻**的述說與觀看，即使兩者並非同一回事，而且人們不述說他們所看，看不見他們所說。這兩者組成了疊層，而且由一疊層到另一個時，兩者也同時轉變(即使並不根據同樣法則)。

不過，這第一個回答(搏鬥、纏扭、戰爭、雙重滲透)仍然是不夠的。因爲它沒有考慮到陳述的優位性。陳述條件(語言)的自發性賦予陳述決定者的形式，並使其具有優位性。而可視條件(光線)的感受性則僅使可視具有未定的形式。因此，即使這兩種形式有本質上的差異，決定作用仍可視爲總是來自陳述。這是何以傅柯必須在胡塞作品中區辨一種全新面向的原因：這已不只涉及打開事物以歸納出陳述，也不只涉及打開文字以引領可視性，而是藉由陳述的自發性(它在可視上所操演的無止境決定作用)來使陳述萌芽與繁衍㉗。簡言之，底下是對這兩種形式關係的第二個回答：只有陳述才是決定者並促使觀看，即使它促使看到的不同於它所說的。追根究柢來說，在《知識考古

㉖《黑蒙‧胡塞》，頁147。

學》中可視只以否定方式作爲非言說而被意指並不足爲奇，反倒是言說與非言說間竟存在更多的言說關係令人詫異。在可視與可述間，我們必須同時維繫底下的所有這些面貌：這兩種形式的異質性，本質的差異或異構性(anisomorphie)；在這兩者間的相互預設、相互纏扭或擄獲；其中之一對另一極確定的優位性。

不過，這第二個回答仍不夠充分。因爲如果決定作用是無止境的，而未定形式卻非取攫不盡，它如何能具有一種異於決定作用之外的形式？當陳述無止境地決定可視，可視如何能不永遠喪失其未定形式？如何防止對象逃逸？難道胡塞的作品不正是在這點上擱淺(非意味失敗，而以航海之意)嗎？「在此，語言在它自身內部布置成環狀，隱藏它所要給予觀看的，並使它企圖提供給目光之物閃躲於目光，以暈眩的速度朝一個不可見的腔洞中流逝，事物在此完全無從接近，且語言消匿於對它們的瘋狂追逐之中。」㉘其實康德早已經歷類似冒險：知性的自發性沒有不對直觀的感受性運作其決定作用，而不使直觀感受性持續以其未定形式對立於決定作用。康德因之必須援引在這

㉗這是何以傅柯最終在胡塞著作中區分出三種作品的原因：不僅有由可視性引致或激起陳述的機械作品(如《視覺》〔*La vue*〕)，也不僅有由陳述誘發可視性的進程作品(如《非洲印象》〔*Impressions d'Afrique*〕)，而且有陳述在插入語的插入語中繁衍，及無止境追逐可視決定作用的無限作品(如《非洲新印象》〔*Nouvelles impressions d'Afrique*〕)。參考《黑蒙・胡塞》，第七章。

㉘《黑蒙・胡塞》，頁172。

兩種形式之外，基本上「神秘」而且能將它們間的相互調適闡釋爲 大寫 眞理的第三種階段，這就是想像**模式**(schème de l' imagination)。「謎樣的」這個詞在傅柯作品中對應於康德的神秘，雖然後者位於完全不同的整體與分派之中。但在傅柯作品中亦需要第三種階段(其運作可先於或後於這兩種形式)以調適未定形式及決定作用、可視及可述、光線的感受性及語言的自發性。正是在這個意義下，傅柯說纏扭意味對手們「交換其恫嚇與詞彙」的一段**距離**，而對抗之處則意味一個「非場所」，它說明對手們並不隸屬於同一空間或並不取決於同一形式[29]。同樣地，傅柯在分析保羅·克利[23]時表示，視覺圖像與書寫符號互相結合，**但結合於它們各自形式之外的另一面向**[30]。這是何以我們必須跳接到在疊層與其兩種形式之外的另一面向，跳接到能夠闡釋這兩種形式疊層化組成與其中之一對另一優位性的第三面向。究竟此面向，此一新軸線由何組成？

---

[29]〈尼采，系譜學，歷史〉，頁156。

[23]Paul Klee(1879-1940)，德國畫家與作家。

[30]《這不是一根煙斗》，頁40-42。

策略或非疊層

域外思想(權力)

何謂大寫權力？傅柯的定義似乎極為簡單，權力是一種力量關係，或者確切地說，所有力量關係都是一種「權力關係」。因而我們首先便可知悉權力不是一種形式(如國家形式)；而且權力關係也不像知識般介於兩種形式之間。其次，力量從不曾是單數的，其本上，與其他力量結成關係就是其特性。因之，所有力量都已是關係，亦即都已是權力：力量除了力量外，不再有其他客體或主體。這並不意味對自然法則的一種回歸，因為法則本身是一種表達形式，大寫自然則是可視性形式，而**暴力僅是力量的伴隨或後來物**(consequent)**，而非組成物**。傅柯極貼近尼采(與馬克思)，對他而言，力量關係極奇特地超越暴力，而且無法由暴力所定義。因為暴力針對的是它所能摧毀或改變形式的確定身體、物體或存有，然而力量除了力量之外，不再有其他客體，除了關係之外，不再有其他存在方式：它是「一種行為施諸行為，施諸可能或現實的、未來或現在的行為上」，它是「行為整體施諸可能之行為上」。因此，可以設想一份用來表達力量或權力關係並且建構行爲於行爲之上的變數清單(其必然是開放性的)：煽動、誘使、轉向、使簡單或困難、擴大或限制、使較可能或不可能……❶，這就是權力之範疇。《監視與懲罰》在稍早便曾以這個意義建立一張十八世紀力量關係所取用價值的詳盡清單：即，在**空間中分派**(特化成禁閉、分區控制、整頓、系列化等空間)，在**時間中賦序**(切割時間、規劃行爲、分解姿勢……)，在**時空中組合**(「組成一股生產力量，其效果必須凌駕組合它的基本力量總合」的所有方法)……。這是何以我們先前所看到傅柯關於權力的偉大論題會在三個標題下開展：權力本質上不是鎮壓的(因爲它「煽動、激起、生產」)；它被運用先於被擁有(因爲只有在可決定之形式〔階級〕與被決定之形式〔國家〕下，權力才被擁有)；它經由被統治者不亞於統治者(因爲它通過所有結成關係之力量)。這是一種深邃的尼采主義。

不該質問「何謂權力」與「它從何而來」，而要問「它如何被運用」。權力之運用以影響的方式呈現，因爲力量由影響其他力量(它與這力量結成關係)與能被其他力量影響之能力所定義。煽動、激起、生產(或類似清單上的所有詞項)組成了主動式影響；而被煽動、被激起、被決定生產則具有「實用」效果，是一種反應式影響。但後者並不單純只是前者的「反彈」(contre coup)或「消極的另一面」，而較是「不可化約之對峙」。特別要考慮被影響之力所伴隨的反抗能力，因爲每股力量都有影響(其

❶〈關於主體與權力的兩篇論文〉，收錄於德雷福斯與拉比諾，《米歇·傅柯，哲學的旅程》，Gallimard出版社，頁313(中譯本，頁281)。

他力量)同時也有被(其他力量)影響之能力[2]。因之，每股力量都意味著權力關係；這是一整個根據這些關係及其變異作用分派力量之力場。自發性與感受性現在取得新的意義：影響與被影響。

被影響的能力如同力量之**材料**，而影響的能力則如力量之**功能**。只是此功能是一種純粹的功能，亦即非形式化功能，它不受它所化身的具體形式、所服務的目標與所運用的方法所束縛：這是行動的物理學，一門抽象行動的物理學。而材料則涉及一種非定形的純粹材料，它不受它所進入的定型物質、規格化存有或物體所束縛：這是無附加物的原料物理學。權力之範疇因而是對「任意」行動與任意支持物的決定作用。因之，在多樣性數量不多且限定空間不大的唯一條件下，《監視與懲罰》將大寫全景敞視定義爲：將任意任務或教化強加於任意個體多樣性之純粹功能。既不需考慮賦予功能目標或方法的形式(教育、照料、懲戒、使生產)，亦不需考慮功能所奠基於上的定型物質(「囚犯、病人、學童、瘋子、工人、軍人」……)。事實上，大寫全景敞視在十八世紀末就貫穿所有這些形式，也適用於所有這些物質上：正是在這個意義下，它成爲權力之範疇：一種純粹的規訓功能。傅柯因之將其命名爲**圖式**，一種必須剝離一切特定用途與一切特化物質之功能[3]。而《知識的意志》則審視同一時期出現的另一種功能：即在多樣性數量衆多(總人口)

[2]《知識的意志》，頁126-127(中譯本，頁82-83)。

且空間擴展及開放的條件下，經由任意的多樣性來管理與控制生命。正是在此，「使變成可能」這個詞在諸權力範疇中取得其意義，並從而引進或然率方法。簡言之，現代社會中的兩種純粹功能將是「解剖政治」(anatomo-politique)與「生命政治」(bio-politique)，而兩種無附加物的材料則是任意的身體與任意總人口❹。圖式因之可由數種相互串連的方式所定義：它是特屬於某一建構的力量關係呈現；它是影響的能力與被影響的能力之分派；它是非形式化的純粹功能與非定型的純粹材料之混合。

介於組成大寫權力的力量關係與組成大寫知識的形式關聯之間，難道不該再說一次我們在知識的兩種形式或兩種形式元素間所說的話嗎？介於權力與知識之間存在本質之差異與異質性，但亦存在相互之預設與彼此的擄獲；而且，最後亦存在其中之一對另一的優位性。首先，關於本質之差異：權力並不經由形式，而僅經由力量；但知識卻涉及定型材料(物質)與形式化功能，其在兩大形式條件(看與說、光線與語言)下被一段段地分派：因而它總是被疊層化、被歸檔，具有一種相對較堅硬的片段性；反之，權力則是圖式的：它調動非疊層化的材料與功能且以極靈活的片段性來運作。事實上，它不經由形式，而

❸《監視與懲罰》，頁207(中譯本，頁205)；與頁229(中譯本，頁226)：「有什麼大驚小怪的，如果監獄類似於工廠、學校、軍營、醫院，這些全都類似監獄？」

❹《知識的意志》，頁183-188(中譯本，頁119-122)。

經由**點**，亦即特異點(points singuliers)，每次它都標誌一股力量之運用、一股力量對其他力量之行動或反應，換言之，標誌出作爲「永遠局部與不穩定權力狀態」的影響。由是，圖式的第四個定義：它是一種特異性之放射或分配。權力關係同時是局部、不穩定與散射的，它們並不來自一個最高權力(souveraineté)的中心點或獨一無二的集中點，而是每一瞬間都在力場中「自一點前往另一點」，顯示著拐折、反轉、迴返、盤旋、方向變更、抗拒。這是何以它們在任何瞬間都不是「可定位的」(localisables)。它們組成一種作爲非疊層運作之策略，而且因爲逃離了可視與可述的穩定形式，這些「匿名策略」幾乎都是無聲與盲目的❺。策略有別於疊層作用(stratification)，就如圖式有別於檔案一樣。權力關係的不穩定性界定了一種策略或非疊層環境，這是何以權力關係並不被**理解**。也由是，在傅柯書中有點如在康德書中一樣，純粹實踐的決定作用不可化約成一切理論或認識力的決定作用。的確，根據傅柯，一切都是實踐的，但權力實踐與所有知識實踐間保持著不可化約性。爲了凸顯這個本質上的差異，傅柯說權力指向一種「微物理學」，但「微」並不可理解成可見或可述形式的簡單縮小，而是另一領域、一種新型的關係、一種不可化約爲知識的思想面向：即，動態與無法定位之連結❻。

❺基本的段落參考《知識的意志》，頁122-127(中譯本，頁80-83)，關於點、策略與其不穩定性；至於抗拒，傅柯明確使用數學中關於特異點的術語：「節點、集中點……」。

夏特列①在概括傅柯的實用主義時貼切地說：「權力如同運作，知識如同法則」❼。對知識疊層化關聯之研究在《知識考古學》中達到頂峰，而對權力策略關係之研究則始於《監視與懲罰》，並吊詭地在《知識的意志》中達到頂峰。這是因爲權力與知識間的本質差異並不妨礙它們的相互預設與擄獲，兩者間具有一種交互的內在性(immanence mutuelle)。人學(sciences de l'homme)與使其可能並使知識多少能跨過認識論門檻或建構一種認識方式的權力關係不可分離：例如，懺悔告解者與信仰導師間的關係之於「性學」(scientia sexualis)；或，規訓關係之於心理學。這並不意味人學來自監獄，而是意味人學以力量圖式爲前提，而監獄本身也取決於此。反過來說，如果力量關係不實現於構成知識的定型或疊層化關係中，則將停留於一種遞

---

❻關於「權力的微物理學」，《監視與懲罰》，頁140(中譯本，頁139)。關於微這個字的不可化約性，《知識的意志》，頁132(中譯本，頁86)。可能必須將傅柯的思想對照於布爾迪鄂的「策略」社會學，亦即在什麼意義下，後者能建構一種微社會學。而或許也必須將這兩者連繫到塔德的微社會學。後者的對象是無限微小的散射關係，既非關偉大的整體亦非關偉人，而是小人物的小觀念，一枚公務人員的簽名花押、一種地區性的新習俗、一個語言上的歧異、一種蔓延中的視覺曲扭。這都連結到傅柯所謂的「彙編」中。關於「微小發明」這個角色的段落極爲貼近塔德，《監視與懲罰》，頁222(中譯本，頁219)。

①François Châtelet(1925-1985)，法國哲學家。以對柏拉圖、黑格爾、馬克思等哲學家的研究著稱。著有《歷史之誕生》(*La naissance de l'histoire*, 1961)、《柏拉圖》(*Platon*, 1965)、《黑格爾》(*Hegel*, 1968)等。

❼夏特列與Evelyne Pisier,《廿世紀的政治概念》(*Les conceptions politiques du XXe siècle*, PUF)，頁1085。

嬗、不穩定、消陨、幾近虛擬，總之不被理解的狀態中。即使是關於 大寫 自然之知識(特別是它對科學性門檻的跨越)也指向介於人之間的力量關係，但後者本身卻又實現於這個形式之下：認識方式從不曾指向一個不受權力圖式束縛之主體，而權力圖式也從不曾不受將其實現的知識所束縛。因之，結合圖式與檔案且將兩者的本質差異絞接一起的**權力—知識**複合體在此得到確認。「介於知識之技術與權力之策略間毫無外在性，即使它們各自扮演特定的角色，且**由其差異出發**其中之一絞接於另一之中。」❽

權力關係是決定特異性(影響)的微分關係，而使其穩定與疊層化之現實化作用則是一種積分作用②：這是由聯繫、對齊、同質化，系列化與匯合諸特異性，換言之，由畫出「一條一般性力線」所組成之操作❾。同樣地，不存在立即而全面的積分作用，頂多有一種局部且部分的積分多樣性，每個多樣性都與某種關係或某個特異點保持親和性。由是，諸積分因子或疊層化動因組成了建制(institution)：國家，此外還有 大寫 家庭、大寫 宗教、大寫 生產、大寫 市場、大寫 藝術本身、大寫 道德……。但建制並非源頭或本質，而且它們既無本質亦無內在性。它們

---

❽《知識的意志》，頁130(中譯本，頁84)。

②特異性(singularités)、微分關係(des rapports différentiels)與積分(intégration)，德勒茲由這裡開始明確使用數學微積分之術語。一段特定曲線經由微分後，可找出足以決定其態勢之特異點，簡言之，微分運算可以求得某一曲線的變異趨勢。

❾《知識的意志》，頁124(中譯本，頁81)。

是一種實踐與操作機制，其並不能解釋權力，因為在一種再生產而非生產的功能下，它們必須以諸關係為前提，且只局限於對關係的「固定」。因而不存在國家，而只有國家化過程③，其他例子亦然。由是，對每個歷史建構而言，都必須質問在此疊層中何者重返於建制，換言之，由一疊層至另一疊層時，它整合何種權力關係，它與其他建制維繫何種關係，以及這些分派作用如何變異。在此，又是屬於變異極大的（水平或垂直）擄獲問題，如果在我們的歷史建構中，國家形式曾擄獲如此眾多的權力關係，這並非由於它們是在國家形式中所衍生；相反的，這是由於一種「持續國家控制」之操作，其隨情況不同而變異極大地發生於教學、司法、經濟、家庭、性的秩序中，並企圖達成一種全面性的整合。總之，國家必須以權力關係為前提，而非國家是權力關係之源頭。如果將「統治」(gouvernement)理解為**在所有面向的影響能力**（統治孩童、靈魂、病人、家庭……），則這就是傅柯所謂統治優先於國家之意⑩。如果想由此尋思定義建制（國家或其他）最一般的特徵，似乎就是組織統治權力的諸假設性關係，一種在總體層次(instance molaire)中的分子或「微物理學」關係：大寫君主或大寫法律概念之於國家，大寫父

③étatisation，指一個企業被國家接管之過程，或特指由國家接管某些類（工業、商業或農業）服務之經濟體系。這裡應指更接近字源之義，即「國家化過程或國家化作用」。

⑩參考傅柯關於「統治」的段落，收錄於德雷福斯與拉比諾，頁314（中譯本，頁282）。與關於建制，頁315（中譯本，頁284）。

親之於家庭，大寫貨幣、大寫黃金或大寫美元之於市場，大寫神之於宗教，大寫性概念之於性建制。《知識的意志》分析了大寫法律與大寫性這兩個優先的例子，且該書的整個結論在於展示一種「無性的性特質」之微分關係如何在性的思辨元素中整合〔積分〕，「成爲唯一的意符與普同的意指」，其藉由對性特質「歇斯底里化」之過程將欲望標準化。然而就有點像在普魯斯特的書中一樣，總有一種分子化的性特質翻騰咆哮於被整合的性之下。

正是這些整合與總體層次組成了知識（如「性學」）。但何以在這層級之中會出現裂痕？傅柯指出，一種建制必然擁有兩極或兩種元素：即「機構」與「規則」。建制事實上組織了龐大的可視性（可視性場域）與龐大的可述性（陳述體制）。建制是雙重形式與雙面的（比如，性同時是說話的性與觀看的性，即語言與光線）⓫。更普遍來說，我們將會重新發現先前所分析的結論：整合只能藉由創造出**歧異**且使整合分散其間之實現途徑才能被實現或操作。或者確切地說，只有藉由創造一種形式化的**差異化系統**，實現作用才能被整合。在每個建構中都有組成可視的感受性形式與組成可述的自發性形式。當然，這兩種形式並不與兩種力量或兩類影響（即被影響能力之感受性與影響能力之自發性）同時產生，而是源自於它們，並在它們中找到其「內在條件」。這是因爲權力關係本身並不具備形式，而且與未定型材

⓫《知識的意志》分析了這兩種形式，說話的性（頁101〔中譯本，頁67〕）與性的光線（頁207〔中譯本，頁134〕）。

料(感受性)及未形式化功能(自發性)產生關聯。然而，知識關聯中的雙方卻時而以可視之感受種類，時而以可述之自發種類來闡述定型物質與形式化功能。定型物質藉由可視性而被辨識出來，而形式化及目的化功能則藉由陳述被辨識出來。因此，權力之影響範疇(「煽動」、「激起」等等)與知識之形式範疇(「教育」、「照料」、「懲戒」……)並不會彼此混淆，後者通過看與說實現前者。然而，正是由此，藉由這種排除重疊之位移，建制才能透過構成知識時對權力關係的實現、改寫與**再分配**整合權力關係。而且，根據被審視建制的不同本質，或確切地說，根據其操作本質，可視性在一方面，陳述則在另一方面分別達到某個門檻，使得可視性與陳述變成政治的、經濟的、美學的……(有個「問題」將顯而易見：是否陳述能達到某個門檻，如科學性門檻，而可視性仍停留於門檻之下？或反之？正是這點使眞理成爲一個問題。存在著國家、藝術或科學的可視性，正如陳述所有的一樣，而且總是盈溢變化)。

整合—實現作用如何達成？根據《知識考古學》，至少有一半過程可以被瞭解。傅柯援引「規則性」作爲陳述之屬性，然而對傅柯而言，規則性有一個極爲確切的意思：它是一條聯結諸特異點(即規則)間的曲線。確切地說，力量關係決定了特異點，因而圖式總是一種特異性之放射，另外則是通過特異點鄰近區域間所聯結起來之曲線。婁特曼(Albert Lautman)指出，在數學的微分方程中有「兩種絕對不同之現實」，即使它們必然是互補的：即，在向量場中特異點的存在與分派，與在特異點鄰近區域之間的積分曲線形態⑫。《知識考古學》所援引的方法於是由此因應而生：一條系列延展至另一特異點之鄰近區域，並由此開展一條全新系列，它時而與第一條系列聚合（同一「語族」之陳述），時而輻射而出（另一語族）。正是在此意義下，一條曲線透過對力量關係之規則化與對齊、透過對諸系列之聚合、透過對「一般性力線」之劃定，具現出力量關係：對傅柯而言，不只曲線與圖表都是陳述，而且陳述也是某種曲線與圖表。或者，為了更確切指出陳述既不可被化約為句子也不可被化約為命題，他說我隨意在一張紙上所寫下的字母就形構了一句陳述，一句「除了偶然外，沒有其他法則的字母系列陳述」；同樣的，我從法文打字機鍵盤抄下的一些字母，形構了一句陳述：A, Z, E, R, T（即使鍵盤與被指定於上的字母本身並不是陳述，因為它們只是可視性）。關於這點，如果我們能匯集傅柯最艱深與最神秘的文章，他將再補充陳述必然擁有一種與域外，與「能奇特雷同或幾近同一於陳述的另類事物」之特定關聯。是否必須理解為陳述與可視性（鍵盤上的字母）有一種關聯？當然不是。因為正是可視與可述的這個關聯成為問題。陳述絕不由它所意指或意味之物所定義，那麼，對我們而言，必須認清的一點似乎在於：**陳述是聯結特異點之曲線**，換言之，它根據頻率與相鄰位置之次序（在另一例中則隨機決定），具現或實現了法文中存在於字母與手指間之力量關係。然而**特異點本身**與其力量關

⑫婁特曼，《時間之問題》（*Le problème du temps, Hermann*），頁41-42。

係還不是一句陳述：它們是陳述之域外，陳述能奇特雷同或幾近同一於它們⑬。至於可視性(如鍵盤上的字母)則外在於陳述，但卻未構成域外。自此，可視性便與陳述處於同一形勢，亦即一種必須以自己方式化解之特定形勢。因而，可視性也必須與它所實現之域外以及它所整合之特異性或力量關係聯結，但卻必須以一種不同於陳述的方法及模式，因爲可視性外在於陳述。

陳述曲線(courbe-énoncé)在語言中整合了影響之強度、力量之微分關係與權力(潛能)之特異性。但可視性也必須在光線中將它們完全以另一方法整合起來。因此，光線作爲整合之感受形式必須自行完成一條類似卻不符應於語言作爲整合之自發形式的途徑。而在「非關係」中的這兩種形式關係將是它們固定不穩定力量關係、定位與總體化其散布、規則化其特異點的二種方式。因爲在歷史建構的光線下，可視性這邊組成了畫面(tableaux)，它們之於可視就如陳述之於可說或可讀。「畫面」總是纏祟著傅柯，而且他往往以一種極籠統的意思(含括了陳述)來使用這個詞。這是因爲他並未給予陳述精確意義，而只給予籠統的描述性意涵。然而，以最精確的意義而言，描述畫面(tableau-description)與陳述曲線是用以建構及整合的兩種異質

⑬《知識考古學》：關於陳述、曲線或圖表，頁109(中譯本，頁180)；關於偶然與頻率之分派，頁114(中譯本，頁185)；關於鍵盤與陳述、鍵盤的字母與陳述的字母之差異，頁114(中譯本，頁185)；關於「另類事物」或域外，頁117(中譯本，頁190)。關於這一整套問題，傅柯的文本是極爲稠密與精確的。

能量。傅柯置身一個極悠久的邏輯傳統中，其要求一種介於陳述與描述間的本質差異（比如，羅素）。這個產生於邏輯中的問題，可以在小說（「新小說」④），然後在電影中找到非預期中的發展。然而，基於底下原因，傅柯所提出的全新解決方法更值得重視：描述畫面是特屬於可視性的規則化作用，正如陳述曲線是特屬於可讀性（lisibilités）的規則化作用。這是何以傅柯對描述一幅圖畫，或確切地說，對圖畫發出讚賞性描述，總是洋溢激情：對《宮娥》，加上對馬內、馬格利特之描述，以及對苦役犯行列，或對療養院、監獄、小囚車令人讚歎之描述，簡直如圖畫一般；而傅柯，則如一位畫家。無疑的，這是（奠基於他所有著作中）他與新小說及黑蒙・胡塞間的親緣關係。再回到對維拉斯奎茲《宮娥》的描敍：光線的路徑構成「一種螺旋的貝殼形」，使特異性變得可見，且在一個完整的再現「迴圈」中造出繁多的光芒與映影⑭。一切就彷如陳述在成爲句子與命題之前，便已是曲線，而畫面在成爲輪廓與顏色之前便已是光線。畫面在這個感受性形式中所具現的正是一種力量關係之特異性，在此則是畫家與君王間「閃爍更迭無止無盡」之關係。力量的圖式同時實現於描述畫面與陳述曲線之中。

---

④nouveau roman是產生於1950年代的法國小說表現手法。以侯伯—格希葉（Alain Robbe-Grillet）、布托（Michel Butor）、莎侯（Nathalie Sarraute）、西蒙（Claude Simon）等爲代表。嚴格來說「新小說」並不能被視爲一種文學流派或團體，因爲在諸作者間並無明顯的一致特徵，他們唯一的共同點可能正在於對一切舊有規則的顚覆。

⑭《詞與物》，頁27，319。

傅柯的這個三角關係對於認識論分析與美學分析同具價值。此外，正如可視性含括擄獲的陳述，陳述自身也含括擄獲的可視性，但即使後者以文字操作，仍有別於陳述。正是在此意義下，特定的文學分析極適於(在其核心中)重現畫面與曲線之差別：描述可以是語言的，但仍必須與陳述有所區別。這令我們聯想到福克納⑤的一部作品：陳述畫出由言說客體與動態主體位置(同一名字的許多人，同一人的兩個名字)經過之幻想曲線，而且此曲線位於一種語言存有中，一種特屬於福克納所有語言之群集；然而，描述則根據不同時刻與季節，描繪出令變幻的映影、光芒及閃爍等諸可視性出現之畫面，且將它們分配於一種光線存有、一種只有福克納才洞悉秘密的光線群集中(福克納，文學中最偉大的「光的畫師」〔luministe〕……)。而在這兩種元素之上，則有第三種元素：不被理解、不被看見、不被述說的權力集中點，一種噬人或被噬的集中點，在南方家族中自我傾覆與衰退，全然流變爲黑色(devenir-noir)。

---

⑤William Faulkner(1897-1962)，美國小說家。福克納在1929至1936年間所發表的每一部小說幾乎都改寫了小說的定義。他的小說書寫童年、家庭、性、種族、執念、時間、過去、他所出生的美國南方氛圍……。他擅長在小說中摹擬諸如智者、小孩、罪犯、瘋子，甚至死者等各式語調。除此之外，更重要的是他發展一種特屬於「福克納式」的敍述聲調：充滿了急切、強度與繁複修辭。他不斷實驗敍述的時間性，也不斷實驗呈現心靈與記憶的技巧。福克納創造了一整個美國南方國度並書寫其歷史。主要著作有《聲音與憤怒》(*The sound and the fury*, 1929)、《八月之光》(*Light in August*, 1932)等。

在何種意義下，權力對知識，或權力關係對知識關聯擁有優位性？因爲如果沒有權力的微分關係，知識的關聯便無從整合。當然，如果沒有對權力關係的整合性操作，權力關係也將是消逸、雛形或虛擬狀態的，由是，構成權力與知識之相互預設。但如果有優位性，那是因爲知識的兩種異質形式由整合作用所組成，而且只有在力量的條件下，透過兩形式上方的縫隙或「非關係」才能進入一種間接關係中。這是何以介於知識這兩種形式的間接關係並不意味任何共同的形式，亦無任何對應，而只是同時浸潤這兩形式之力量非定形元素。傅柯的圖式論(diagrammatisme)，亦即力量純粹關係的展示或純粹特異性的放射，因之類似於康德的模式論⑥：在自發性與感受性這兩種不可化約的形式之間，圖式論確保了知識得以產生的關聯。這意味力量本身具有一種特屬於它自身的自發性與感受性，即使它們是未形式化的，或確切地說，力量具有一種自發性與感受性，正因爲它們是未形式化的。無疑的，如果抽象地考慮權力，權力既不看也不說，它是一隻鼴鼠，只能辨識它的地道網絡與它的多重洞穴：它「由多不勝數的點開始運作」，它「來自底層」。然而，它本身雖不說也不看，卻促使看與說。如何呈現傅柯關於「不名譽者生活」的計劃？這非關已掌握話語及燈光且惡名昭彰的名人，它涉及的是罪惡但卻隱晦沈默之存在，在它們與權力的相遇或與權力的碰撞中所引發的一瞬間光芒與所致使的

---

⑥Schématisme，關於康德的「模式」，請參閱本書，〈一位新的檔案學者〉，⑩。

一瞬間發聲。可以這麼說，如果在知識底下不存在一種如現象學所欲求的原初、自由與野性經驗，那是因爲大寫觀看與大寫述說早已整個被它們所假設及實現的權力關係所攫取[15]。例如，如果想決定一種能提取陳述的句子與文本彙編，則只能藉由此彙編所依靠的權力（或反抗）集中點來達成。重點正在於此：如果權力關係意味知識的關聯，則反過來說，後者便必須以前者爲前提。如果陳述只有散射於外在形式時才存在，且如果可視性只有散布於另一種外在形式才存在，那是因爲權力關係本身也是漫射與多點狀的，且位於不再具備形式之元素中。權力關係意味著陳述（與可視性）所指向的「另類事物」，即使陳述與可視性由於整合者持續且難以察覺的操作，而與權力關係的差別微乎其微：誠如《知識考古學》所言，數字的隨機放射並非陳述，然而它們一經口語複述或寫在紙上之後卻是。如果權力不單純是一種暴力，那不只因爲它本身通過的是表達力量與力量關係之範疇（煽動、誘使、生產有用效果等），而且也因爲對知識而言，它生產眞理（基於它促使觀看及述說）[16]。它生產眞實就如同問題。

先前的研究使我們面對傅柯在知識層面上介於可視與可述間極其特別的二元論。但必須留意二元論一般來說至少有三種意義：有時它涉及一種眞正的二元論，它標誌兩種物質間（如在

---

[15]〈不名譽者的生活〉，頁16（關於權力促使觀看與述說、促使暴露於光線中與迫使說話之方法，頁15-17，27）。

[16]《知識的意志》，頁76，98（中譯本，頁50，65）。

笛卡兒作品中)或兩種能力間(如在康德作品中)不可化約之差異；有時它涉及一種朝一元論過渡的臨時階段，如在斯賓諾莎或柏格森作品中的；有時它涉及一種進行於多元論深處、蓄勢待發之分派，這正是傅柯的情況。因爲如果可視與可述進入一種二元狀態，正是基於它們以各自的形式(作爲外在、散射或散布之形式)形成兩種「多樣性」，且無一能被導向某種統一性中：陳述只在言說的多樣性中才存在，而可視性則只在非言說的多樣性中存在，而且這兩種多樣性開啓於第三種多樣性上，即力量關係之多樣性，一種漫射的多樣性，它不再由二通過，而且自所有二元化形式中解放開來。《監視與懲罰》中一再指出，二元論是一種突兀降臨於「多樣性」中的總體或團塊(massif)效果。而力量的二元論(影響—被影響)則僅是個別的力量多樣性之指標、力量之多樣存有。希柏柏格有時會說，拆分爲二是試圖分派一種無法被單一形式再現的多樣性⓱，然而，這種分派僅能自多樣性中區辨出多樣性來。傅柯的整個哲學正是一種對於多樣的實效研究(pragmatique)⑦。

如果可視與可述這兩種形式的不同組合構成疊層或歷史建構，反之，權力的微物理學則展示力量在非形式化與非疊層化元素中之關係。這是何以超感覺(suprasensible)的圖式不可與視

⓱希柏柏格，《帕西伐爾》(*Parsifal, Cahiers du cinéma*, Gallimard，譯按：希柏柏格在1982年改編自華格納同名歌劇之電影，這裡指其劇本)，頁46。希柏柏格是特別去發展看—說隔離的導演之一。

⑦請參考本書，〈一位新的檔案學者〉，⑪。

聽檔案相混淆的原因：圖式就如歷史建構必須以之爲前提之先驗性。然而，在疊層下一無所有，其上與其外亦然。動態、消逸及漫射的力量關係並不在疊層之外，而是它們就是域外⑧。這是何以歷史的先驗性本身就是歷史的。乍看之下，可能會認爲圖示是保留給現代社會的，因爲《監視與懲罰》中分析了規訓式圖式，它藉由社會場域內部的分區控制取代了古代的君權效果。但其實不然，因爲每個疊層化的歷史建構都指向一種作爲其域外的力量圖式。我們的規訓式社會經由某些種權力範疇(行動施諸行動)可以如下定義：強加任意工作或生產一種有用效果，控制任一區人口或管理生命。但古代君權社會則由另一種範疇所定義，其仍然是圖式的：即抽取(抽取行動或抽取產品之行動，抽取力量之力量)與決定生死(「處死或放生」，極不同於管理生命)⓲。在這兩個例子中都存在圖式。傅柯又指出涉及教會之修會而非國家之社會的另一圖式：「牧師」圖式(diagramme 'pastoral')，他詳述了其範疇：放牧信徒(paître un troupeau)……，如同力量關係或行動施諸行動⓳。可以談及希

⑧Les rapports de forces, mobiles, évanouissants, diffus, ne sont pas en dehors des strates, mais ils en sont le dehors.德勒茲在這個句子中使用了兩次dehors，但意義全然不同，第一次意指「在……之外」，是dehors在日常語彙中的本義；第二次則作爲「域外」，是德勒茲的概念。德勒茲在此處似乎想再次凸顯外在與域外之區別。可參考本書譯序中對這個詞進一步的分析。

⓲《知識的意志》，頁178-179(中譯本，頁115-116)。

⓳牧師權力的四種範疇，參考德雷福斯與拉比諾，頁305(中譯本，頁274)。

臘圖式(我們將會看到)、羅馬圖式、封建圖式……。這份清單是無止境的，就如權力範疇的清單一樣(而且，規訓圖式也絕不會是最後一個)。就某種意義而言，圖式似乎在各自的疊層之上、之下或之間產生聯繫(這是何以「拿破崙」圖式可被定義爲疊層之間的圖式，它中介於古代君權社會與它所預示的新規訓社會之間)⓴。而圖式正因這個意義而有別於疊層：只有疊層化之建構才能給予圖式本身沒有的穩定性，圖式本身則是不穩定、動盪且擾動的。這是先驗性的吊詭特徵，一種微細動盪狀態。因爲互爲關係之力量涉及諸力量間的距離或關係變異，簡言之，力量是永恒的流變，**存在一種倍增歷史的力量流變**，或根據尼采的概念，不如說力量流變包裹了歷史。因此，作爲展示力量關係整體之圖式並不是一種場所，反而比較是「一種非場所」：一種只爲了轉變之場所。在彈指間，事物便不再以同一方式被感知，而命題也不再以同一方式被陳述……㉑。無疑的，圖式聯繫著使它穩定與固著的疊層化建構，但根據另一軸線而言，它亦聯繫其他圖式或圖式的其他不穩定狀態，且透過它們，力量才得以延續其變幻之流變。這是何以圖式總是疊層之域外，它不可能是力量關係之展示而不因此成爲特異性或特異點之放

⓴《監視與懲罰》，頁219(中譯本，頁216)。

㉑關於力量關係、流變與非場所，參閱〈尼采，系譜學，歷史〉，頁156。關於「在彈指間」，使事物既不再以同一方式被感知，也不再以同一方式被陳述之轉變，參閱《詞與物》，頁229，與《知識的意志》，頁131(中譯本，頁85)：「權力—知識之關聯並非既定的分派形式，而是轉化作用的模具。」

射。這絕非任意事物與任意事物間之連結，因爲它涉及一種連續抽取，其每次皆隨機操作，但卻又取決於作爲外部條件的先前抽取結果。圖式或圖式之狀態總是一種介於偶然與依賴之混合，就如同在一條馬可夫鏈結⑨之中。「必然性的鐵手搖動著填裝偶然的骰子筒」，傅柯引用尼采的話這麼說。因此，並不存在連續性鏈結或內在化作用(intériorisation)，而只有在裂罅及不連續性(轉變)之上的再鏈結。

必須分辨外在性與域外的不同。外在性仍然是一種形式(就如《知識考古學》中所言)，而且甚至是兩種互爲外在之形式，因爲知識是由光線與語言、看與說這兩種環境所構成，但域外卻涉及力量：如果力量總是與其他力量結成關係，則諸力量必然指向一種不可被化約的域外，此域外甚至不再具有形式，而是由不可分割之距離造成，一股力量在此作用於另一股或被另一股所作用。一股力量總是自域外給予其他力量，或接收其他力量，這是一種變化多端的影響作用(affectation)，它只存在於這種距離或這種關係之中。因此，存在一種不可與形式歷史混淆之力量流變，因爲它操作於另一面向之中。由是，**比所有外在世界也比所有外在形式更遙遠的域外**變得無限迫近。而，如

---

⑨Andreï Andreïevitch Markov(1856-1922)，俄國數學家。鑽研數論與解析法，被視爲俄國或然率學派的領導人。馬可夫所提出的隨機方程式被用來作爲一種特定隨機關係之研究，在這種隨機關係中，或然率並不取決於系統先前的整體演變，而是取決於其特定瞬間的某個數值。這個方程式可以在關於隨機的問題中獲得一個極漂亮的結果。

果沒有這個既較迫近又較遙遠的域外，兩種外在形式如何能互爲外在呢？這個早在《知識考古學》就被援引的「另類事物」……。如果知識這兩種由於異質而互爲外在的形式化元素找到歷史的一致性(即作爲眞理「問題」之答案)，則我們早已看到，這是因爲力量運作於形式空間以外的空間(即大寫域外空間)，在此，確切地說，關係成爲一種「非關係」，場所成爲一種「非場所」，歷史成爲一種流變。由是，在傅柯作品中，關於尼采的文章與關於布朗修的文章鏈結或再鏈結一起。如果觀看與述說都是外在形式，思考則指向不具形式之域外㉒。思考，就是達到非疊層。觀看，就是思考；述說，就是思考，但思考完成於縫隙中，於觀看與述說的隔離中。這是傅柯與布朗修的第二次交會：就域外(「抽象風暴」)闖入觀看與述說之縫隙而言，思考隸屬於域外。對域外的召喚是傅柯一再重現的主題，而且這意味思考並非一種天生能力之運作，而是必須突然闖進思想中的。思考並不取決於一種能結合可視與可述的優美內在性，而是產生於一種能凹陷出間隙與逼迫、肢解內在性的域外入侵，「當域外凹陷且吸引內在性時……」。這是由於內在假設了一個能同時對應並成爲「整體」的開始與結束，或起源與目的。然而，當只存在中央或中間部分時，當詞彙與事物由中央被開啓且絕無對應時，這是爲了能解放來自域外的力量，它只以動盪、擾動

㉒參閱向布朗修致敬的文章，〈域外思考〉。與布朗修交會的兩點則是外在性(述說與觀看)與域外(思考)。另外，關於力量之域外作爲有別於外在形式的另一面向，即「另一空間」，《這不是一根煙斗》，頁41-42。

與不斷改動、轉變之狀態存在。事實上，這是擲骰子，因爲思考就是擲一把骰子。

底下便是域外之力告訴我們的：歷史與疊層化之考古學組成物絕不會變動，會變動的是組成之力(forces composantes)(當這些力量與其他來自域外之力結合之際〔策略〕)。流變、改變、轉變涉及的都是組成之力，而非被組成之形式。爲何這個看起來如此簡單的觀念會那麼難以理解，以至於「人之死」竟挑起漫天的誤解呢？有人的反對理由是，這與現存的人無關，而只涉及人之概念；有人則認爲，對於傅柯與尼采都一樣，這都是現存的人被超越而朝向超人(但願如此)。在這兩派意見中，對傅柯的誤解並不下於對尼采(我們尙未舉出那些偶爾來對傅柯〔同樣的，對尼采〕的評論湊熱鬧，然而卻充滿惡意與愚蠢的提問)。事實上，問題並不在於(概念或現存的、可感受或可陳述的)人這個被組成物，問題在於構成人的組成之力：它與哪些其他力量結合，並由此生出什麼被組合物？然而，在古典時代中，人的所有力量都連繫到一種「再現」之力，其企圖自前者提取一種正面的、**可無限提升**之物：因此，力量的整體組成了大寫神而非人，且人只有在無限的秩序中才可能出現。這是何以梅洛龐蒂將古典時代界定爲對無限的天眞思考方式：不只是無限優先於有限，而且人的品質也被帶往無限，以適於組成大寫神深不可測的統一性。然而，爲了使人作爲一種特定的被組成物出現，其組成之力必須與避開再現力量甚至將其摧毀的新力量結成關係。這些新的力量，就是生命、工作及語言的力量：由是，生命發現一種新的「組織構造」(organisation)、工作發現一種新的「生產行爲」(production)、語言發現一種新的「演變關係」(filiation)，它們使其脫離再現作用。**這些有限性的隱晦力量並非一開始就是屬於人的**，但它們與人的力量結成關係，使人屈服於自身的有限性中，並在接下來使人連繫於他自己寫就之歷史[23]。於是，在十九世紀這個新的歷史建構中，就是由「被抽取」的組成之力總合所組成的人。然而，如果我們再想像第三種抽取，即人的力量再度與其他力量結成關係，以組成既非大寫神亦非人的其他事物：這可能就是爲了新的被組成物而連結大寫神之死的人之死。簡言之，組成之力與域外的關係不停地在其他關係中隨新的複合作用改變被組成之形式。人是介於潮起潮落間的海灘塗鴉，這句話必須按字面意義來理解：這是一個只出現於另兩個複合之間的複合作用(即，漠視此複合作用的古典過去複合，與不再認識此複合作用的未來複合)[24]。既不需歡欣鼓舞亦無需熱淚盈眶，因爲不是一直傳論著人的力量早已與其他力量(資訊力量)結成關係，而且兩者複合成不同於人之物，

---

[23] 底下是在《詞與物》中的重點：傅柯從不曾說生命、工作與語言是人所意識且作爲其自身有限性的人的力量。相反的，生命、工作、語言**一開始**就如外在於人的有限性力量突然出現，且將一段不屬於他的歷史強加於他。要到稍後，人才將此歷史歸爲己有，且將自身的有限性作爲一種依據。參閱頁380-381，傅柯在此概括了這個分析中的兩個時刻。

[24] 這是《詞與物》的最後一個句子。我們在附錄提供一個關於人之死較詳盡的分析。

即，與第三波機器結成關係的「人—機器」個體系統？一種與矽而非碳元素之結合？

一股力量總是在域外被其他力量所影響或影響其他力量。影響或被影響之能力，此能力總是根據所結成關係的力量而被變化多端的方式所塡充。圖式作爲力量關係的決定作用，從不曾窮盡可以結成其他關係或其他複合作用之力量。圖式源自於域外，但不斷「抽取」新圖式的域外卻不可與任何圖式混爲一談。這是何以域外總是朝未來開放，在此沒有任何事物是終止的，因爲沒有任何事物開始，一切都已在變形之中。在這層意義下，相較於攫取它的圖式，力量支配著一種潛能，或者擁有一種作爲「反抗」能力的第三種能力。事實上，力量之圖式在對應其關係的權力特異性之處(或不如說「與其面對面之處」)展示了反抗的特異性，亦即那些爲了使疊層之改變成爲可能而被實現於疊層中的「點、結點、集中點」㉕。更進一步而言，在權力關係全然由圖式所執掌，而反抗必然與圖式所源自的域外直接結合爲關係的情況下，關於權力的最後一語，正是**反抗是首要的**㉖。因之，社會場域中的反抗力量遠高於它的策略運作，而且域外思想就是一種反抗的思想。

三個世紀以前，一些蠢才錯愕於斯賓諾莎對人解放的意圖，即使斯賓諾莎並不相信人的自由亦不相信人的獨特存在。今日，新的蠢才或同一化身則因傅柯，這個曾說人已死的人，參與政

㉕《知識的意志》，頁126-127(中譯本，頁82-83)(「抵抗點的多樣性」，其被整合或疊層化，以使「一場革命變得可能」。)

治鬥爭而錯愕不已。他們援引人權這個普遍而永恒的意識(它必須不受一切分析的侵擾)來反對傅柯。但這已非第一次了，求助於永恒總是成爲過於虛弱與粗略思想的僞裝，其甚至對何者孕育了思想(即自十九世紀以來現代權利的轉變)毫無所悉。的確，傅柯對於普遍性或永恒從不曾賦予太大的重要性：它們僅是在某個歷史建構或形式化過程中源自某些特異性分派的團塊或總體效果。在普遍性之下，存在著特異性遊戲與特異性放射，而人的普遍性或永恒性其實僅是某個歷史疊層中所承載的獨特或過渡性組合之陰影。數學是絕無僅有的例子，其普遍性能於陳述出現的同時就被說出，因爲「形式化門檻」與顯現門檻在此重合。但除此之外，普遍性都是後來的㉗。傅柯糾舉「將特異性提升至概念的理型(logos)運動」，因爲「這個理型實際上僅是一個已被掌握之言說」，預先製成的，當一切都已被說出，當一切都已死亡並迴轉到「自我意識沈默的內在性」中，它才突然出現㉘。權利主體作爲一種被生產之物，應是作爲特異性承載

㉖德雷福斯與拉比諾，頁300(中譯本，頁270)。關於當代反抗形式所展現的六個特異性，頁301-302(中譯本，頁270-271)(特別是傅柯與瓜達希的共同概念：現實鬥爭的「橫貫性」)。在傅柯對馬克思主義詮釋的作品中，有一種對特洪迪(Mario Tronti)論點的回響(特洪迪，《工人與資本》〔*Ouvriers et capital*, Bourgois〕)：即「工人」反抗的觀念**優先於**資本的策略。

㉗《知識考古學》，頁246(中譯本，頁332)：「(數學)存在的可能性本身意味著自有歷史以來便已在其他場域保持散射之物從一開始便已被給予……。如果將數學言說的奠立視爲所有其他科學誕生與流變的原型，將陷於把所有歷史性之特異形式同質化的危險……。」

物且「盈溢可能性」的生命而非作爲永恒形式的人。當然，一當生命力在大寫憲政時代中組成人的形象，人就取代了生命與權利主體。但在今天，權利主體又改變了，因爲生命力(即使仍**在人之中**)已進入另一種組合且組成另一種形象：「被要求索回與被作爲目的之物，正是生命……。是生命而非權利成爲政治鬥爭的賭注，即使政治鬥爭必須透過對權利的肯定來表達。對生命、身體、健康、幸福、需求滿足之權利……，這種權利對古典司法系統而言是多麼的不可思議。」㉙

同樣的轉變也可由「知識分子」的地位觀察到。在許多公開訪談中，傅柯解釋了知識分子在過去一段很漫長的期間內(自十八世紀至第二次世界大戰間，經由左拉、羅蘭⑩……，可能一直到沙特)，曾自以爲擁有普遍性：這是由於作家的特異性符應一種「名士—法學家」(juriste-notable)的位置，其足以與專業法學人士抗衡，並從而生產一種普遍性效果。然而，如果知識

㉘《言說的秩序》，頁50–51。

㉙《知識的意志》，頁191(中譯本，頁123–124)，與頁179–191(中譯本，頁116–124)所有段落。關於權利的演化，其將生命(社會權)而非人身(公民權)作爲人的對象，參閱艾瓦德(François Ewald)由傅柯出發的分析：《天命國家》(*L'Etat porvidence*, Grasset)，特別是頁24–27。

⑩Romain Rolland(1866–1944)，法國作家。羅曼・羅蘭早期思想受德國文化(特別是尼采)與托爾斯泰之影響極鉅。其作品中尋覓一種非暴力的英雄觀(héroïsme)，希冀達到「理解衆生亦喜愛衆生」之境界。在其代表作《約翰・克里斯多夫》(*Jean-Christophe*, 1903–1912)中，男主角被賦予一種盈溢生機的人生觀與普世之愛。接下來的《喜悅之魂》(*L'âme enchantée*, 1922–1933)則將生命的潛能推展至頂峰。

分子(與書寫之功能)已改變形象，那是由於它的位置本身已經改變，現在比較是由一個特定場域到另一個，由一個特異點至另一個，「粒子物理學家、基因學家、資訊學家、藥理學家……」，產生横貫性而不再是普遍性的效果，就如一個較被禮遇的交換樞紐或交叉點般運作㉚。在這層意義下，基於鬥爭與現實的反抗都已成爲「横貫性的」，知識分子甚至作家就更可以(僅是一種潛在性)堂而皇之的參與其中。於是，知識分子或作家變得更適於述說生命之語言而非權利之語言。

在《知識的意志》最優美的篇幅中，傅柯究竟想說什麼？當權力圖式放棄君權模型改而提供規訓模型時，當它成爲總人口的「生命權力」與「生命政治」並承擔與管理生命時，正是生命作爲新的權力對象出現之時。於是，權利逐漸放棄建構君主特權之物(處死之權，死刑)，但卻留下更多的屠殺與滅種行爲：這並非回歸到古老的殺人權利，而是相反的，以種族、生存空間、與被判斷爲較優異人口的生命及存活條件之名爲之，而且這個人口對待它的敵人不再像古代君主對待司法敵人，而是待之如一種有毒或傳染因子，一種「生物學上的危險」。由是，「基於同樣理由」，死刑要被廢止，但犧牲的祭品卻反而陡增，見證了人更大量的死亡。只是當權力如是取得生命並將其作爲對象或目的時，對權力的反抗則早已援引生命爲據，並反轉使其對抗權力。「就某種意義而言，生命作爲政治之對象這句話已

㉚「普遍性」知識分子與「特殊化」知識分子：*L'arc*，第70期(傅柯的訪談)。

被直接經由字面解讀，而且生命已被逆轉去對抗控制生命的系統。」對立於所有過去的既存說法，毫無必要援引人來作爲反抗的論據，因爲如尼采所言，反抗能自這個古老的人中所提取的，正是一種在可能性上較巨大、較主動、較肯定與較豐富的生命力量。因之，超人從不曾意指其他含義：正是必須**在人自身中**解放生命，因爲人本身就是一種囚禁方式。當權力以生命爲對象時，生命就會成爲對權力之反抗。再次的，這兩種操作屬於同一境域(當最反動的權力在墮胎問題中援引一種「生命權利」時，就可以淸楚看到這個相同的境域……)。當權力成爲生命權力(bio-pouvoir)時，反抗就成爲生命之權(pouvoir de la vie)，亦即不被任何圖式之種屬、環境或途徑所終止的生機權力(pouvoir-vital)。來自域外之力，這難道不是傅柯思想登峰造極時的某種大寫生命觀念，某種生機論(vitalisme)嗎？生命難道不正是屬於力量的這種反抗能力嗎？自《臨床醫學的誕生》起，傅柯便讚許畢夏⑪藉由對生命的界定(即，抗拒死亡之功能整體)發明一種嶄新的生機論㉛。而對於傅柯就如對於尼采般，正必須在人自身中尋找抗拒……人之死的力量與功能整體。斯賓諾莎曾說：當人的身體自人的規訓中解放時，無法預知它能做什麼？而傅柯則說：「作爲活生生的」人，如同「反抗力量之整

---

⑪François Marie Xavier Bichat(1771-1802)，法國醫學及解剖學家。一般解剖學的奠基者，同時也是生機論早期的幾位作者之一。傅柯在《臨床醫學的誕生》中，以極大的篇幅討論他獨特的死亡概念，可參閱特別是第八章。

體」，無法預知它能做什麼？㉜

㉛《臨床醫學的誕生》，頁146(中譯本，頁220)：「畢夏將死亡的概念相對化，使其喪失作爲一種不可切割、決定性與不可挽回事件而出現的絕對性：在死亡的細節形式(完成於死亡本身之外，部分、漸進且遲緩無比的死亡)下，他使其消散，並分派於生命中。然而，他自這個事實中形構一種醫學思考與感知的基本結構；生命對立於此，但也暴露於此；相對於此結構，生命是生機盎然的對立作用，而就是因此生命之所以爲生命；相對於此結構，生命透過分析方式被暴露出來，而這就是眞實……。生機論呈現於這個死亡論(mortalisme)的基底之中。」

㉜《知識的意志》，頁190(中譯本，頁123)。

皺摺作用，或思想之域內

（主體化過程）

緊接著《知識的意志》後，相當漫長的沈寂中發生了什麼事？或許傅柯感受到對這本書的某些誤解：難道他不是自閉於權力關係中嗎？他對自己提出底下的異議：「我們現在可好了，總是同樣**無能跨越這條線**，無能通過到另一邊……，總是同樣的選擇，在權力的一邊，在它所說或促使說的一邊❶。」而且無疑地，他自己答道：「生命中強度最強之點，那些凝聚生命能量之處，就是在它與權力撞擊、搏鬥，並企圖運用其力量或企圖自權力陷阱逃離之處。」他或許還可以再次提醒，根據他的理論，權力的漫射中心如果沒有（在某種意義下）列爲優先的反抗點則不存在；而且，權力無法不將生命列爲目的而不顯露或激起一種反抗權力之生命；最後，域外之力從不止息地攪亂與顛覆圖式。但反過來說，如果反抗的橫貫性關係不停地被再疊層化、不停地遭遇或甚至製造權力結點，這究竟怎麼回事？監獄運動

❶〈不名譽者的生活〉，頁16。

在1970年後的最終失敗已令傅柯傷心不已，接下來的其他世界級事件則應更增悲傷。如果權力是眞理的建構者(constitutif)，如何設想一種「眞理權力」，它不再是權力之眞理，而是一種源自抵抗的橫貫線(而非源自權力整合線)之眞理？如何「跨越這條線」？而且，如果必須達到生命如同域外之潛能，誰能告訴我們這個域外不會是一個可怕的空無，而這個似乎反抗中的生命不會是在「部分、漸進且遲緩」死亡的空無中之簡單分配？甚至也不能再說，死亡在一場「不可切割與決定性的」事件中使生命轉化爲命運，而只能說它在多樣化與差異化中賦予生命特異性(亦即生命認爲從它的反抗中所取得之眞理)。那麼，如果不是經由所有這些死亡，它們超越死亡本身的龐大限制之後卻又與死亡相互追逐，何者能保留下來呢？於是生命不過是在一列「大寫有人死了」的行列中取得其(所有)位子。畢夏就在這層意義下，以兩種方式與古典死亡概念(決定的瞬間或不可切割之事件)分道揚鑣：將死亡視同與生命共同擴展，同時也是一種部分及獨特死亡的多樣性事實。當傅柯分析畢夏的論點時，語氣充分顯示這非關認識論之分析❷，而是涉及對死亡之思索，而且很少人能如傅柯般以他們所構思的死亡死去。這是特屬於傅柯的生命潛能，傅柯總是一再思索與體驗這種潛能，並將其視同畢夏式的多樣性死亡。那麼，除了這些在隱遁於晦暗前與權力衝撞、鬥爭，並與其交換「簡短刺耳話語」時才展現的匿名

❷《臨床醫學的誕生》，頁142-148，155-156(中譯本，頁214-222，230-232)。

生命，何者能保留下來呢？傅柯將此稱為「不名譽者的生活」，他並基於「他們的不幸、憤怒或不確切瘋狂」等理由，提請我們的尊重❸。奇怪而難以置信的是，他意圖援引為證的，正是這種「不名譽者」：「我曾由這些飽含能量的粒子出發，而且其能量正因本身之渺小與難以辨識而益顯巨大。」一直達到《快感的享用》中撕肝裂肺的字眼：「擺脫自我……」❹。

《知識的意志》明顯地結束於一個遲疑中。如果傅柯在《知識的意志》掩卷後陷於一個困境，並非因為他思考權力的方式，而是因為他發現權力本身已將我們置入困境。在我們的生命與思想中，我們與它撞擊於我們最末微的眞理之中。可能只有當域外被一種將它自空無(將域外從死亡中岔開之運動場域)抽離的運動所掌握時才可能脫困。這就如同一條嶄新的軸線，其既有別於知識亦有別於權力之軸線。是否這就是取得安詳泰然的

❸〈不名譽者的生活〉，頁16。必須注意傅柯跟另兩種不名譽者概念間的對立：其中之一(較接近巴塔伊〔Georges Bataille〕)，將生命論述成一種藉由放縱所成就之傳奇或敍事(這已是一種過於「耳熟能詳」的古典不名譽者，比如吉勒・德黑，就是一個名不副實的不名譽者)(譯按：吉勒・德黑〔Gilles de Rais, 1404-1440〕，法國騎兵軍官，曾與聖女貞德並肩作戰。1435年退伍返鄉後，大肆揮霍錢財，並在巫師的圍繞下，企圖由煉金術與黑魔術獲得精神力量。他曾為了滿足變態性慾與虐待狂，謀害了上百個綁架來的孩童。一直到大意地在教堂告解前，他的行為絲毫未被識破。事跡敗露後，德黑被解往宗教與人民法庭，並在悔罪後處決。巴塔伊曾在《吉勒・德黑的訴訟》〔*Le procès de Gilles de Rais*, Pauvert, 1965〕中認為，德黑是在封建貴族正逐漸喪失其實際權力但手中卻仍握有無法被控制的主權時，誤入歧途之代表)。而根據另一種概念(比較接近波赫士〔Jorge Luis Borges〕)，生命成為傳奇，那是

軸線？一種對生命眞正的肯定？總之，這並非一條取消其他軸線的軸線，而是一條早已與其他軸線同時運作、並防止其他軸線再度封閉於困境的軸線。說不定這第三軸線自傅柯作品一開始便已存在(如同權力自始便已存於知識)，但它只能藉由拉開距離，冒重返其他兩條軸線之險才能被提取出來。爲了梳理這條當他仍纏裹於其他軸線時極少感知的途徑，傅柯感到一種全盤改寫之必要：在《快感的享用》總引言中，傅柯呈現的正是這個改寫。

然而，新的面向如何能自始便已展現？到此爲止，我們已見識三個面向：在疊層上的定型及形式化關聯(大寫 知識)；在圖式層次的力量關係(大寫 權力)；加上與域外之關係。如布朗修所言，這種絕對關係亦同樣是非關係(大寫思想)。這是否意味

因爲其從事的事業、其迂迴與不連續性的錯綜複雜性，只能透過某種足以窮盡所有可能性、甚至涵蓋相互矛盾的或然性之敍事小說才可能獲得理解(這是一種「巴洛克式的」不名譽者，其中，史塔宓斯基似乎可以爲例)(譯按：史塔宓斯基〔Serge Alexandre Stavisky, 1886-1934〕，俄裔法國商人。法國南部貝揚〔Bayonne〕市立銀行的創辦與負責人，他監守自盜地自銀行取走了數千萬法朗。1933年底事發後，由於牽連許多達官顯要，整個信用制度名譽掃地。史塔宓斯基隨後被謀殺於法瑞邊境的夏默尼〔Chamonix〕，極右派陣營質疑是政府所爲，最終導致內閣總辭，極右派並於1934年2月6日走上街頭示威)。但傅柯構思的是第三種不名譽者，確切地說，一種具稀少性的不名譽者，那些無足輕重、晦暗且簡單的人物，他們只有因起訴狀、警方記錄才被短暫地提到陽光下來。這是一種較接近契訶夫(Anton Paviovitch Tchekov)的概念。

❹《快感的享用》，頁14(中譯本，頁163)。

不存在域內(dedans)？傅柯總是不斷對內在性進行徹底的批判，但**域內是否可能比所有內在世界更深邃**，正如域外比所有外在世界更遙遠一樣？域外並不是一種固定的界線，而是一種蠕動(péristaltiques)運動(即建構域內的皺摺與皺摺作用)之動態活化物質：域內不是有別於域外之物，而正是域外**之**域內。在《詞與物》中便已發展過這個主題：如果思想來自域外且不止息地連接到域外，域外如何能不突然湧現於域內，就如思想所未曾思考與未能思考之物？這是何以不可思考者(impensé)並不存於外部，而就位於不可能被思考(其倍增或凹陷域外)之思想核心❺。存在思想之域內(不可思考者)，這是當古典時期在援引無限或無限的諸多次序時便已言明。而自十九世紀起，則是有限性的諸面向將摺皺域外並建構一種「深度」、一種「由自我中取出的厚度」、一種生命、工作及語言之域內，人棲身其間可能只爲了安眠。但反過來說，它們也棲身於警醒的人身上，「以成爲活生生的存有、工作的個體或說話的主體」❻。時而是無限性之皺摺，時而是給予域外曲度並構成域內之有限性再皺摺。而早在《臨床醫學的誕生》中就已展示臨床醫學如何將身體操作成一片表面，而病理解剖學如何緊接著引入皺摺的深度(它並非重現古老的內在性，而是建構此域外**的**新域內)❼。域內

❺《詞與物》，頁333-339：「我思與不可思考者」。與〈域外思考〉。

❻《詞與物》，頁263，324，328，335。

❼《臨床醫學的誕生》，頁132-133，138，164(中譯本，頁201-203，208-209，241-242)。

就如域外的操作作用：傅柯所有作品中似乎總是被域內這個主題所糾纏，其不過是域外之皺摺，就好像船舶是大海的一個皺摺般。在提及文藝復興時期被拋上愚人船的瘋子時，傅柯表示：「他被置放於**外在的內在之中**，反之亦然……於最自由、最開放路途中心的囚徒，牢牢地被鍊鎖於無止境的叉路上。他是絕佳的大寫過客，換言之，道途之囚徒。」❽思想並無不同於此瘋子之存有。「包圍域外，換言之，將其建構於等待或例外的內在性中」，布朗修在提及傅柯時如是說❾。

或者確切地說，一再纏祟傅柯的主題就是雙重性①。然而，雙重性從不是內在之投影，而是反之，域外的內在化作用。它並非大寫單一的拆分為二(un dédoublement de l'Un)，而是大寫它者的倍增(un redoublement de l'Autre)；它並非大寫同一的再製，而是大寫差異的重複；它並非大寫我的放射，而是將永恒的他者或大寫非我置入內在性中。因之，並非他者在倍增作用中具有雙重性，而是自我就如他者的複本般活著：我並非與我相遇於外在，而是我在自我中找到他者(「這必須展示大寫他者，亦即大寫遠方，如何同時也是最大寫迫近與最大寫相同的」)❿。這完全吻合胚胎學的組織內褶作用(invagination)或縫

❽《瘋狂史》，頁22(中譯本，頁19)。

❾布朗修，《無盡的訪談》，頁292。

①double，雙倍的、雙重的、複本……。德勒茲底下的文本大量遊走於以這個詞為基底所變異的各式動詞、名詞及形容詞間，中文的單詞極難以區辨這些詞彙的微妙詞意，亦無法涵涉同一法文詞彙在不同上下文中的不同意義，故底下遇到重要的歧義時，將重複標出其原文。

紉時的襯裏②：彎折、再摺皺、織補……。《知識考古學》曾在其最吊詭的篇幅中展示一個句子如何重複另一句子，特別是一個陳述如何重複及複製與其略爲不同的「另類事物」(字母在鍵盤上的放射，AZERT)。而在論及權力的書中亦展示疊層化形式如何重複與其略爲不同的力量關係，以及歷史如何成爲某種流變之襯裏。在傅柯作品中，這個曾成爲無數分析對象的恒常主題活化了《黑蒙‧胡塞》。因爲胡塞發現的正是：來自域外的句子；它在第二個句子中的重複；兩者間的纖細差異(即「鉤破之縫」〔accroc〕)；由一句子至另一句子時之扭曲、襯裏或倍增作用。鉤破不再是衣料的意外，而是衣料外層據以彎折、內褶與複製的新規則。這是種「隨意的」(facultative)規則或偶然放射、擲骰子。傅柯說這是一種重複、差異與將前二者「關聯起來」的襯裏遊戲。這並非唯一一次傅柯以文學方式(不無幽默地)來表達那些可能由認識論、語言學與所有嚴肅學科所展示之物。《黑蒙‧胡塞》黏合與縫接了襯裏這個詞彙的所有意義，展示了域內何以總是某個預設域外之皺摺作用⑪。而胡塞的最後一個

---

⑩《詞與物》，頁350(跟據康德著作、作爲「超驗—經驗對偶物」與「批判—經驗倍增」的人)。

②doublure，指衣服的襯裏或內層，但亦指稱劇場或電影中的替身演員，隨上下文的不同，德勒茲的文本跳動於這兩個意思間。

⑪這是《黑蒙‧胡塞》一再出現的主題，特別是第二章談及胡塞的文本《彈指》(*Chiquenaude*)時，「在紅高跟(**譯按：十七世紀法國對著紅高跟鞋貴族的稱謂，現亦轉喻爲對高雅人士的形容**)福爾邦(Forban)劇作中替身演員(doublure)的詩句」，對襯裏(doublure)的所有意義做了一番摘要，頁37-38。

方法(在諸括弧③內部增殖括弧)則大增句子的皺摺作用。傅柯這本書的重要性正在於此，而且無疑地，他所闢拓的道路本身也是雙重的。並非優位性可以被翻轉：域內將永遠是域外**的**襯裏。然而，就如冒失與尋死的胡塞般，人們時而想拆解襯裏，遠離「一種計劃性姿勢下」的皺摺，以重獲域外及其「令人窒息之空無」；時而人們(較謹慎與明智，同時卻也是另一種魯莽的極致，如雷希斯④)想追隨皺摺，從一道鉤破之縫到另一道的過程中更強化襯裏，並被形構「絕對記憶」且使域外成爲活力與再生元素的皺摺作用所圍繞⓬。《瘋狂史》中這麼表示：置放於外在的內在之中，反之亦然……。或許傅柯從不止息地游移擺盪於雙重性的這兩條途徑間，這是他很早就得出的兩條途徑：介於死亡或記憶間之抉擇。或許他選擇了死亡，如同胡塞，但

③parenthèses，一組括弧或文章中的插入語，這個詞也是對雙重性的指涉之一。

④Michel Leiris(1901-1990)，法國人類學家及作家。早期曾參與超現實主義運動。他將文學視同一種儀式，有其本身的規則與危險，它是一種對「內在眞理」的實踐及追尋(《論文學如同鬥牛術》〔*De la littérature considérée comme une tauromachie*, 1935〕)。四巨冊的《遊戲規則》(*La règle du jeu*)，意圖透過對個人神秘內在與集體神話之詮釋進抵一種有意識的信仰。

⓬這裡必須引用提到胡塞與雷希斯的全文，因爲我們認爲這段文章注入了某種涉及傅柯整個生命之物：「由這麼多不具地位之事物與這麼多幻想身分中，(雷希斯)平緩地採輯他自己的認同，彷彿絕對記憶沉睡於字句的**皺摺**中，伴隨氣若游絲的獅頭羊身獸(chimères)。而同樣這些皺摺，胡塞則使其遠離集中之態勢以獲得令人窒息的空無，一種他得以用最高主權來支配且嚴峻無比的存有缺席(absence)，從而製造既無親緣亦無種屬關係之形象。」(頁28-29)

卻經由對記憶之逆轉或經由皺摺作用經過。

或許也必須回溯到希臘人……。如是，最激情的問題可以找到使其變得較沈著或冷靜的條件。如果皺摺作用與倍增作用纏祟著傅柯整個作品，但卻只能在晚期才找到它們的位子，那是因爲他想召喚一種既有別於力量或權力關係，又有別於知識疊層化形式的新面向：即「絕對記憶」。希臘建構所展示的全新權力關係與舊有的帝國建構極爲不同，而且其在希臘式光線下具現爲可見性體制，在希臘理型下則具現爲陳述體制。因此，底下這種延展並穿越規格化知識的權力圖式得以被提出：「確保自我方向、施行其家務管理、參與城邦統治是三種同一類型之實踐」，而色諾芬⑤「極優異地展示這三種藝術應用於個體存有時的連續性、同構關係與逐年承續性⓭」。然而，這仍不是希臘人最偉大的新意，希臘人的新意藉由一種雙重「脫離作用」(décrochage)展現於後：當「允許治理自我的諸鍛鍊」同時**鬆脫**於作爲力量關係之權力與作爲疊層化形式及美德「法典」之知識時，由是，一方面某種「自我關係」開始由與他人關係中分化出來；另一方面，某種「自我建構」則開始由作爲知識法則的道德法典中分化出來⓮。必須將這個分化或脫離作用理解成**自我關係**取得了獨立性，這就如域外關係之摺皺與彎曲是爲了

⑤Xénophon(BC 430?-BC 355?)，古希臘史家及散文家。

⓭《快感的享用》，頁88(中譯本，頁237)。

⓮《快感的享用》，頁90(中譯本，頁239)，古典時期以後對「脫離作用」的兩種觀點。

作出一片襯裏使自我關係得以出現，並建構一個根據特定面向凹陷與發展的域內：enkrateia，即自制的自我關係，「是一種權力，它**在**施諸他人的權力中施諸自我」(如果無法治理自我，如何可能想治理他人？)，以至於自我關係成爲相對於政治、家庭、辯術或遊戲與美德本身等建構性權力之「內在調節法則」⓯。這便是希臘版鉤破或襯裏：亦即進行一種皺摺作用或反省的脫離作用。

至少這是關於希臘人新意的傅柯版本。而且，此版本在其細節與表面的謙遜中似乎對我們具有極大重要性。希臘人所曾從事的，並非在世界史的功勳史詩中對大寫存有之彰顯或對大寫開敞的去摺皺(déplier)。遠少於此，或者遠多於此，傅柯如是說⓰。他們所從事的是摺疊域外的實際操演。希臘人是第一個襯裏。力量屬於域外，因爲它們本質地與其他力量結成關係：力量本身與影響其他力量(自發性)及被其他力量影響(感受性)的權力不可分離。然而，由此導出的是**力量與自我之關係，亦即一種自我影響之能力或自我被自我的影響**。根據希臘圖式，只有自由人才能支配他人(「自由分子」，與他們間的「頡頏關係」(rapports agonistique)，這就是圖式所勾勒的線條⓱)。然而，如果他們不自我支配，如何能支配他人？在對他人的支配中，必

⓯《快感的享用》，頁93-94(中譯本，頁241-244)。

⓰在此，傅柯的某些語氣標誌著與海德格之差距(不對，希臘人並沒什麼「了不起的……」，參閱與Barbedette及Scala的訪談，收錄於《新聞報》(*Les Nouvelles*)，1984年6月28日)。

須夾帶對自我的支配；在與他人的關係中，必須夾帶與自我的關係；在權力強制性的規則中，必須夾帶施行權力的自由人隨意規則。「主體」必須由實現圖式於此或彼(城邦、家庭、法庭、遊戲等)的道德法典中掙脫，它必須自內部脫離且獨立於法典。這就是希臘人所作的：他們摺皺力量，卻不致使力量不成爲力量。他們將力量連繫到自我，他們絕不是對內在性、個體性或主體性的無知，相反的，他們發明了主體，但只是作爲一種衍生物、一種「主體化過程」(subjectivation)之產品。他們發現「美學存在」，亦即襯裏、自我關係或自由人之隨意規則⑱。(如果無視這種作爲新面向的衍生物，那麼將會認爲希臘時代並沒有主體性，特別是如果由強制性規則那一面去找主體性……)⑲。一種自權力與知識中衍生但卻不取決於它們的主體性面向，這就是傅柯的基本觀念。

⑰傅柯並未直接分析特屬於希臘的權力關係或力量圖式。因爲他評估當代史家，如Detienne，Vernant與Vidal-Naquet早已從事。而他們的原創性正在於藉由新型的權力關係來定義希臘的物理與心靈空間。由此觀點而言，點出傅柯所一再提及的「頡頏」關係是一種原創功能(它特別展現於愛戀行爲中)就變得相當重要了。

⑱關於主體或「主體化過程」之建構，其不可化約爲法典，《快感的享用》，頁33-37(中譯本，頁182-186)；關於美學存在的範圍，頁103-105(中譯本，頁253-256)。「隨意規則」並不是傅柯的用語而是拉博夫的。但我們反倒覺得這個詞用來意指內在變化函數(而非常數)時，無盡貼切於陳述的處境。但在此它以較一般之意被使用，指不同於法典的調節功能。

⑲《快感的享用》，頁73。

從另一角度來看,《快感的享用》這本書在許多觀點上都顯示與先前著作之脫離。一方面,這本書援引一段自希臘人開始經基督教時期到我們現代的漫長時段,而先前著作則只審視介於十七及十九世紀間的短暫時段;另一方面,這本書發現了自我關係,成爲一種不可化約爲權力關係或知識關聯(先前著作之對象)的新面向:因此,有必要整個重新組織。最後,這本書與由權力及知識雙重觀點研究性特質的《知識的意志》存在著斷裂;自我關係現在已被發現,但它與性特質的關聯卻仍不明確[20],因之,整體重組的第一步已在此:自我關係如何與性特質達成一種選擇性關聯,以至於「性特質史」的計劃必須全盤更新?答案極爲精確:正如權力關係只有透過實行才被展現,摺疊權力關係的自我關係也只有透過實行才被建立,而正是在性特質中它才被建立或實行。但或許並不那麼立即可見,因爲域內或內在性之建構首先是飲食上的而非性特質上的[21]。但再次的,是什麼使性特質逐漸「脫離」飲食並成爲自我關係實行之場域?這是因爲希臘人所經驗的性特質在女性中化身爲力量之感受元素,在男性中則化身爲力量之主動或自發元素[22]。自此,自由人的自我關係如同一種自我決定(auto-détermination),以三種

[20] 傅柯表示他已開始寫一本關於性特質的書(與《知識的意志》同一系列之續篇);「然後我寫了一本關於自我概念與自我技術的書,在此性特質卻消失了,所以第三次,我被迫再寫一本試圖在兩者間保持平衡的書。」參閱德雷福斯與拉比諾,頁323(中譯本,頁294)。

[21]《快感的享用》,頁61-62(中譯本,頁208-209)。

[22]《快感的享用》,頁55-57(中譯本,頁202-204)。

方式涉及性特質：在快感的限制攝取(Diététique)這個簡單形式下自治以合宜且積極地統治個人身體；在家務「經濟」(Economie)這個複合形式下自治以合宜地統治配偶，並使其自行達到一種良好感受性；在對男童情色(Erotique)這個二分形式(forme dédoublée)下自治以使男童也能習得自治，習得主動性與對他人權力之抗拒㉓。希臘人不只發明自我關係，他們還將其連結、複合及拆分到性特質中。簡言之，這是希臘時代所完善建立且介於自我關係與性特質間的一場交會。

至少在一段漫長期間，重分配或重組都是獨自形成，因爲自我關係並不駐留於自由人的摺皺與保留地帶而且獨立於所有「建制及社會系統」。然而自我關係將被權力關係與知識關聯所攫取，它將再被整合於這些(當初它啓動於與它們之分歧)系統中。在「道德化」知識中，內在個體處於被編碼與重編碼狀態，且進一步成爲權力爭奪的籌碼，從而被圖式化。皺摺因而就如同被去摺皺，自由人的主體化過程轉而變爲屈從作用(assujettissement)：一方面，這是「經由控制與依賴而對他人屈服」，其伴隨權力所設立的一切個體化及微調(modulation)程序(透過施行於日常生活及施行於被權力稱爲權力主體之內在性中)；另一方面，這是「經由自我意識及自我認識(使每個人)與他自己的認同連結」，其伴隨所有即將形成主體知識的倫理學及人學技術㉔。同一時刻，性特質則組成於權力中心點四周導致一種「性

㉓《快感的享用》，第二、第三與第四章(關於「男童的二律背反」，頁243〔中譯本，頁392〕)。

學」，並進一步整合於「權力—知識」的層次中。這就是大寫性（傅柯在此銜接上《知識的意志》之分析）。

結論是否必須是：希臘人所開鑿的新面向已消失並被迫回到知識及權力這兩條軸線？何以必須回歸希臘人才能重現作爲自由個體的自我關係？顯然並非如此，因爲總是存在著反抗法典及權力的自我關係；自我關係甚至就是我們先前談論的反抗源頭之一。比如，將基督教倫理學化約爲它對法典編纂的努力以及它所憑藉的牧師權力，而未考慮在宗教改革（集體主體化過程）之前正不斷發展的性靈及苦修主體化運動，就可能是錯的㉕。甚至於說集體主體化抗拒著性靈及苦修運動都還不夠，因爲這兩者間存在著永恒的連繫，它們不是鬥爭，就是聯合。因此，確切不移的是主體化過程（自我關係）不斷藉由變形及改換模式產生，以致希臘模式早已成爲極遙遠的往事。由是，被收編於權力關係與知識關聯中的自我關係不停地在它處以另一方式再生。

㉔德雷福斯與拉比諾，頁302-304（中譯本，頁271-274）。我們將傅柯的不同指示摘要於此：(1)道德具有兩端：法典與主體化模式，但它們互成反比，其中之一不減弱另一就無法增強（《快感的享用》，頁35-37〔中譯本，頁184-186〕）；(2)主體化過程趨向於回到法典，且基於法典利益而自我掏空或硬化（這是《自我的憂慮》之基調）；(3)一種專責個體化作用並穿透個體內部的新型權力出現：它首先是教會的牧師權力，然後又在國家權力中重生（德雷福斯與拉比諾，頁305-306〔中譯本，頁274-275〕：傅柯這篇文章在「個體化與微調之權力」這點上銜接《監視與懲罰》中的分析）。

㉕《快感的享用》，頁37（中譯本，頁186-187）。

自我關係最一般化的表達方式是：自我被自我的影響，或，被摺皺的力量。主體化過程產生於皺摺作用，但只有**四種皺摺作用**（四種主體化過程之皺摺），如同煉獄的四條川流。第一種皺摺作用涉及我們自身的物質部分，它們將被環繞且攫取於皺摺中：在希臘時代，它們是身體與快感，即aphrodisia⑥；但到了基督教時代，它們將是肉體及其慾望，而且欲望的實體形態（modalité substantielle）全然不同於快感。第二種皺摺作用，確切地說，是力量關係之皺摺；因爲力量關係總是根據某種獨特規則摺疊成自我關係，而且當有效的規則是自然、或是神、或是理性、或是美學……，力量關係都將大異其趣。第三種皺摺作用是知識之皺摺或眞理之皺摺，它建構一種由眞實到我們存有，以及由我們存有到眞實之關係，且作爲所有知識、所有認識方式之形式化條件：知識的主體化過程在希臘時代的形成方式絕不同於基督教時代，在柏拉圖書中也絕不同於笛卡兒或康德書中。第四種皺摺作用是域外本身之皺摺（最終的皺摺作用）：正是它建構布朗修所謂的「等待的內在性」，由此，主體以不同模式等待不朽、永恒或救贖，或解放，或死亡、超脫……。四種皺摺正如作爲自我關係的主體化過程或內在性所具有的目的因（cause finale）、形式因（cause formelle）、動力因（cause efficiente）與質料因（cause matérielle）㉖。正是這些各以不同節奏、極盡變異能事的皺摺變異構成主體化過程中不可化約的模式。

⑥希臘文，意指涉及愛神Aphrodite的，現亦指春藥。關於傅柯對此字的解釋，參閱《快感的享用》，第一章，〈快感的道德問題化〉。

它們「在法典及規則下」，也在知識及權力下進行，即使可能因被去摺皺而與其合流，但其他摺痕亦可能應運而生。

自我關係每次都根據對應於主體化模式之形態而與性特質相遇：這是因爲力量的自發性與感受性並不再如希臘時代般以主動或被動角色來分配，基督教時代完全不同之處，是根據一種雙性結構(structure bisexuelle)來分配。在概括對照下，到底希臘人的身體與快感以及基督徒的肉體與慾望間有何變異？柏拉圖是否可能在第一種皺摺中仍停待於身體與快感，但卻在第三種皺摺中藉由眞理再摺皺於愛人且展現某種導向「慾望主體」(而非快感主體)的嶄新主體化過程，從而上升到大寫慾望㉗？最後，什麼是我們所認爲的我們自己目前的模式或我們現代的自我關係？**我們的四種皺摺是什麼**？如果權力眞的愈來愈包圍我們的日常生活、我們的內在性與我們的個體性，如果權力早已個體化，如果知識本身眞的愈來愈被個體化，且形構了對慾望主體的詮釋學及法典編纂，還有什麼可留給我們的主體性？從來沒有什麼會「留給」主體，因爲主體就如一個反抗巢穴，

㉖我們將傅柯在《快感的享用》所區辨的四種面向予以系統化，頁32-39(中譯本，頁181-188)；以及德雷福斯與拉比諾，頁333-334(中譯本，頁305-308)。傅柯使用「屈從作用」這個詞以指涉主體建構的第二個面向；然而，當被建構之主體屈服於權力關係時，這個詞則取得不同於先前之意義。第三個面向擁有獨特重要性且可以銜接到《詞與物》一書：事實上，《詞與物》已展示生命、工作與語言如何在摺皺(爲了建構較深沉主體性)之前就已是知識的對象了。

㉗《快感的享用》，論及柏拉圖的章節，第五章。

每次都必須根據將知識主體化及將權力彎曲之皺摺方向來產生。現代主體性是否能重新找到其身體及快感以對抗太過屈從於大寫法律慾望？然而，這並非對希臘人的回歸，因爲從不存在回歸㉘。現代的主體性鬥爭對抗於屈從的兩種當前形式，其中之一是應權力要求而將我們個體化，另一則是將每個個體連繫到已知及已識且一勞永逸的確定認同上。主體性鬥爭因而成爲差異及變異(變形)權利之展現㉙(我們在此平添許多問題，因爲我們曾接觸未發表的手稿《肉體的告白》〔Les aveux de la chair〕，而且甚至更進一步，也接觸傅柯最後的研究方向)。

在《快感的享用》中，傅柯並未揭開主體的覆蓋，但事實上他早已將主體定義爲陳述的衍生物或衍生功能。而傅柯現在將主體定義爲皺摺條件下的域外衍生物，則賦予主體極大範圍的延伸與不可化約的面向。對於底下這些最概括性的問題，我們因而得到答覆之素材：這個嶄新面向、這個既非知識亦非權力的自我關係，將如何命名？自我被自我的影響是否是快感，或更確切地說，是否是慾望？或，「個別教化」是否就是快感或

㉘《知識的意志》已展示身體及其快感(即「無性之性特質」)曾是對「大寫性」機制(其將欲望黏合於法律)的現代「反抗」方式(頁208〔中譯本，頁134〕)。但這只是對希臘人極爲片段及曖昧之回歸；因爲希臘時代的身體及其快感指向自由人之間的頡頏關係，這是一種單性、排除女人的「陽剛社會」；顯然我們尋覓的是特屬於我們社會場域的另一種關係。參閱傅柯的文本，收錄於德雷福斯與拉比諾，頁322-331(中譯本，頁293-304)，論及回歸的僞觀念。

㉙德雷福斯與拉比諾，頁302-303(中譯本，頁271-273)。

慾望之教化？只有標誌出這個第三面向在漫長時期中的擴展程度，才可能找到確切的詞彙回答上述問題。域外皺摺的出現似乎特屬於西方建構，東方似乎並未出現這種現象，域外之線在此仍停留於窒息空無中的浮動狀態：苦修因而是一種滅絕的文化，或者是意圖在空無呼吸而不產生特殊主體化的努力㉚。力量彎曲的條件似乎與自由人的頡頏關係伴隨出現：換言之，其伴隨希臘人出現。正是在與其他力量的關係中，力量摺皺於自我中。然而，如果主體化過程啓始於希臘人，則到我們爲止仍橫亙著漫長歲月，由於傅柯曾考察短時距中作爲轉變場所之權力圖式與知識檔案，此一漫長歲月中的時間次序性(chronologie)就須更加留意㉛。如果質疑何以《快感的享用》突然引入這一漫長歲月，最簡單的理由可能如下：對於不再施行的古老權力與不再運用的古老知識我們已迅速遺忘，然而在道德方面，我們卻一直被我們甚至已不再相信的古老信仰所困擾，我們也一直以一種不再合乎我們問題的古老主體模式出現。這促使電影工作者安東尼奧尼⑦如是說：我們是愛慾患者

㉚傅柯從不自認爲有足夠能力處理東方建構。他曾驚鴻一瞥地提及中國人的「春宮圖」(ars erotica)，一次是爲了區別於我們的「性學」(《知識的意志》)，另一次則爲了區別於希臘人的美學存在(《快感的享用》)。問題可能在於：在東方的技術中是否存在大寫自我或主體化過程？

㉛關於短期或長期歷史的問題，其與系列的關係，參閱布勞岱，《史論》(Braudel, *Ecrits sur l'histoire*, Flammarion)。在《知識考古學》中，頁15-16(中譯本，頁75-77)，傅柯則展示知識論的時距必然是短期的。

⑦Michelangelo Antonioni(1912-)，義大利電影工作者。

(malades d'Eros)……。就彷如主體化模式極爲長壽，而我們仍繼續扮演希臘人，或基督徒，這就是我們對回歸之癖好。

但仍然存在一種較深刻的實證理由。因爲皺摺作用本身（倍增作用）是一種大寫記憶：「絕對記憶」或域外之記憶，它在登錄於疊層及檔案的短期記憶之外，也在仍被圖式攫取的殘跡之外。希臘人的美學存在基本上已追求未來的記憶，而且主體化過程很快便伴隨了建構眞正記憶的書寫，即hypomnemata⑧㉜。記憶是自我關係或自我被自我影響眞正的名稱。根據康德，時間是精神本身藉以現實化之形式，正如空間是精神藉以被其他事物影響之形式：時間因而是「自我影響過程」，其構成主體性的基本結構㉝。但時間作爲主體，或確切地說，作爲主體化過程，被稱爲記憶。但這並不是後來才出現且對立於遺忘的短期記憶，而是複製現在、倍增域外且只與遺忘合爲一體的「絕對記憶」，因爲絕對記憶就是它本身而且不斷被遺忘以便重製：因此事實上，它的皺摺糅合了去皺摺，因爲後者存留於前者之中就如被摺皺之物。只有遺忘（去皺摺）才能重現被摺皺於記憶（皺摺本身）之物。這是傅柯對海德格的最終發現：對立於記憶的並

⑧拉丁文。hypo，在……之下；mnemata，記憶。參見德雷福斯與拉比諾，頁339-344（中譯本，頁315-323）。

㉜《自我的憂慮》，頁75-84，及德雷福斯與拉比諾，頁339-344（中譯本，頁315-323），論及這種對自我或記憶之文學，其根據被審視主體化過程的本質而有極不同的功能。

㉝這是海德格詮釋康德的主要論調之一。關於傅柯援引海德格的最後聲明，參閱《新聞報》（*Les Nouvelles*），1984年6月28日。

非遺忘，而是遺忘的遺忘，它將我們解體於域外且構成死亡。反之，當域外被摺皺，則某個域內亦會與其共同延展，就如記憶與遺忘共同延展般。而生命(漫長歲月)正是這種共同延展性(coextensivité)。時間成爲主體，因爲它是域外的皺摺作用，且在此名義下，它使所有現在進入遺忘，但卻又保存所有過去於記憶之中。遺忘就如回歸的不可能，而記憶卻又如重新開始之必要。長期以來，傅柯以一種比時間更深沉的最終空間性來思考域外；然而在他的最後著作中，經由皺摺這個條件，將時間置於域外且以時間來思考域外才重新成爲可能[34]。

傅柯與海德格的對比正基於此：「皺摺」從不止息地纏祟傅柯作品，但卻到最後的研究中才找到其確切面向。這與海德格有什麼異同之處？似乎只有從傅柯與「庸俗」意義下的現象學(即意向性)間之決裂出發才能加以評估。傅柯所拒斥的，正是意識指向事物且表達於世界中的這個假設。事實上，意向性是爲了超越所有心理主義與自然主義而設，但它卻又發明一種新的心理主義及自然主義，以致如梅洛龐蒂自己所言，它很難與一種learning〔學習〕區隔開來。它復興了一種綜合意識及意指作用的心理主義與一種涉及「野性經驗」及事物(任由事物存在於世界)的自然主義，而傅柯的雙重回絕正由此衍生。當仍停駐於詞彙與句子時，當然可以相信一種透過意向性指向某物且自我

[34] 大寫域外與外在性之主題似乎將空間的優位性加諸時間之上，正如《詞與物》所展示的，頁351。

表達之意識（其如同意指）；當仍停駐於事物與事物狀態時，當然可以相信一種任由事物經由意識而存在之野性經驗。但現象學所引以爲據的「置入括弧」應該使現象學超越詞彙與句子朝向**陳述**，也應該使其超越事物與事物狀態朝向**可視性**。然而陳述並不指向什麼，因爲它既不連結任何事物，也不表達主體，而只指向一種語言，一種語言存有，其賦予陳述適切而足夠的客體與主體以作爲內在變數。而可視性也不舖展於一個已對某種原初意識（或先於決斷的意識〔conscience ante-prédicative〕）開啓的野性世界，而只指向一種光線，一種光線存有，其賦予可視性特屬於內在性之形式，規模及透視，不受任何意向性觀看之束縛㉟。既非語言亦非光線將會在使這兩者（語言的意謂、意指或意思；物理環境、感性或智性世界）成爲關係的諸方向中被審視，因爲被審視的，是賦予這兩者各自滿足卻又彼此分離的不可化約面向（「有」光線與「有」語言）。所有意向性都崩潰於兩個單子（monade）間的開口或崩潰於看與說的「非關係」中。這就是傅柯的重大轉變：由現象學變換成認識論。因爲看與說，就是知識，但人們看不見他們所說，不述說他們所看；當看著一根煙斗時，嘴巴則（以許多方式）不停說「這不是一根煙斗……」，就彷如意向性自我否認、自我傾頹般。一切都是知識，這就是何以不存在野性經驗的首要理由：在知識之前與知識底下一無所有。但知識卻具有不可化約的雙重性，看與說，語言

㉟《黑蒙·胡塞》，頁136-140。

與光線，而這則是何以沒有意向性之理由。

然而一切由此啓動，因爲在現象學這邊，爲了驅除心理主義與自然主義(其負荷仍持續加遽)已超越作爲意識與其對象(此在〔étant〕)關係的意向性。在海德格著作繼而在梅洛龐蒂著作中，意向性的超越朝向大寫存有或大寫存有之皺摺。由意向性至皺摺，由此在至存有，由現象學至存有論。海德格的門徒使我們領悟存有論與皺摺間是如何的不可分離，因爲大寫存有正是它與此在所造成的皺摺，而存有的開展(如同希臘人所啓始之姿勢)並非皺摺的對立，而就是皺摺本身，是大寫開敞的銜接樞紐，亦是揭露—遮掩之單一性(unicité du dévoilement-voilement)。剩下較不明確的是，存有的摺痕或存有與此在的皺摺如何取代意向性(即使它可能僅被用以奠立意向性)。對梅洛龐蒂而言，必須展示一種徹底與「垂直的」可視性如何被摺皺成大寫自我觀看(Se-voyant)，而且從此使觀看與被看之水平關係成爲可能。比所有外在更遙遠的大寫域外與比所有內在更深邃的大寫域內共同「曲扭」、「摺皺」與「複製」，只有在此狀態下，內在與外在的衍生關係才成爲可能。正是同樣的這個曲扭定義了外在於特定身體及其對象的「大寫肉體」。簡言之，此在的意向性被超越而朝向存有之皺摺或作爲皺摺之大寫存有(沙特則反之，他停滯於意向性，因爲他滿足於對此在的鑽「孔」而不需抵達存有皺摺)。但意向性仍產生於使其無法被理解的歐幾里德空間中，它必須朝另一空間(「拓樸空間」)超越，因爲大寫域外與大寫域內、最遙遠與最深邃就在此產生連繫㊱。

無疑地，傅柯對於纏祟他的主題：皺摺與襯裏，經由海德格與梅洛龐蒂著作中獲得強烈的理論啓發。但他亦在黑蒙•胡塞著作中獲得實踐操演：後者豎立了存有學的大寫可視性，它在迥異於目光及其對象的面向上永遠正處於曲扭爲「自我觀看」之狀態㊲。同理，基於**超形上學**⑨明確奠基於現象存有而展現對形上學之超越，海德格與賈希⑩似乎可以連成一氣。然而，如果因此將賈希與胡塞的著作視爲對海德格哲學的實現，則豈不表示皺摺被建立且帶往一個完全迥異之景致且取得完全迥異之意義？這並非想剝奪海德格的嚴肅性，而是想重現胡塞（或賈希）不可動搖的嚴肅性，存有論的嚴肅性需要一種惡魔般的或現象學式的幽默。事實上，我們認爲傅柯作品中作爲襯裏的皺摺將取得一種全新面貌卻仍保全其存有學意涵。首先，根據海德

㊱關於大寫皺摺、交織裝飾(entrelacs)或交錯修辭(chiasm，譯按：如「意義的邏輯，邏輯的意義」)與「回歸可視本身」(retour sur soi du visible)，參閱梅洛龐蒂，《可視與不可視》(*Le visible et l'invisible*, Gallimard)。而在〈工作札記〉中，他則強調必須超越意向性朝向建構某種拓樸學的垂直面向(頁263-264)。在梅洛龐蒂著作中，這個拓樸學意味對「肉體」(作爲逆轉場域)的發現(而根據Didier Franck，海德格著作中便已如是：《海德格與空間問題》(*Heidegger et le problème de l'espace*, Minuit)。這是何以傅柯在《肉體的告白》(*Aveux de la chair*，未發表手稿)所進行的分析中，會以性特質史的觀點，藉由強調肉體的基督教源頭而涉及「皺摺」(聖靈化爲肉身之作用〔incarnation〕)的整體問題。

㊲《黑蒙•胡塞》一書中(頁136)極強調這個觀點，當視線穿過嵌於筆桿之透鏡時：「內在於存有的節慶……外在於視線的可視性，而如果透過一片透鏡或紋飾(vignette)進入，這是……爲了將視線置入括弧中。存有於是在一種過量的祥和中確立……」。

格或梅洛龐蒂，存有皺摺只有將意向性奠基於其他面向時才可能超越它：這是何以大寫可視或大寫開敞無法不賦予觀看而不同時賦予述說，因爲皺摺無法不建構視覺的自我觀看而不同時建構語言的自我述說，以至於在語言中被說的與在視覺中被看的就是同一世界。在海德格與梅洛龐蒂作品中，大寫光線開啓了述說就如它開啓了觀看，彷彿意指作用纏祟著可視，而可視也嗡嗡低語著意義㊳。但在傅柯作品中卻大異其趣，對他而言，大寫光線存有只指向可視性，而大寫語言存有則只指向陳述：皺摺並不能重建一種意向性，因爲意向性早已消逝於(從不曾是意向性的)知識的兩部分隔離中。

如果知識是由兩種形式所建構且每種形式都各有其客體與主體，如何可能會有主體對客體的意向性㊴？然而，在這兩種

⑨pataphysique，賈希在《國王余瘡》(*Ubu Roi*, 1896)所戲謔創造的新詞，pata源自希臘字根，指「(壓)在……之上」，後接métaphysique(形上學)。賈希用以意指一種「論述一切想像中答案的科學，其藉由諸事物屬性間的虛擬關係將其象徵性地統合起來」。

⑩Alfred Jarry(1873-1907)，法國作家。著有《國王余瘡》、《絕對之愛》(*L'amour absolu*, 1899)、《超級雄性：現代小說版》(*Le surmâle. roman moderne*, 1902)等。

㊳根據海德格，Lichtung(參閱本書，〈歷史疊層或建構〉，⑯)不只是針對光線與可視的大寫開敞，而且也是針對嗓音(voix)與聲音(son)的大寫開敞。同理，梅洛龐蒂，頁201-202。傅柯則拒斥這種整合串連。

㊴比如，不存在一種被「意識」所指向的瘋狂「客體」，但根據時代與時代中諸不同門檻，瘋狂卻經由許多方式被看到，而且也經由另外不同的方式被陳述。因此，並不會是相同的瘋子被看到，也絕不是相同的疾病被陳述。參閱《知識考古學》，頁45-46(中譯本，頁107-108)。

形式間，必須存在一種可被確定且源自它們「非關係」之關係。知識是存有，而且是存有的第一個形象，但存有介於兩種形式之間。這難道不正是海德格所謂的「兩者之間」(entre-deux)，或梅洛龐蒂的「交織裝飾或交錯修辭」？事實上，這絕非同一回事。因爲對梅洛龐蒂而言，交織裝飾或兩者之間可與皺摺混爲一談，但對傅柯卻行不通。因爲可視與可述間的交錯與交織是用以取代意向性的柏拉圖織造模式(modèle platonicien du tissage)，這種交錯是介於兩個不可化約對手(即大寫知識存有的兩種形式)間的束縛與戰鬥：這也可以說是一種意向性，但卻是可逆的，它在雙方向都被大肆繁衍，成爲無限細小且在顯微鏡下才得見之狀態。但這也還不是存有之皺摺而是它兩種形式之交錯；而這也還不是皺摺之拓樸學，而是一種交錯的策略。這就彷彿傅柯斥責海德格與梅洛龐蒂走得太猛太快。而他在胡塞，以及以另一方法在布希瑟，或再以另一方法在馬格利特作品中所發現的，加上他可能再從賈希作品中發現的，正是視—聽戰鬥或雙重攫取(征服可視的詞彙所發出的喧囂與征服可述的事物所激起的狂亂)㊵。在傅柯作品中總存在一種大寫雙重性與襯裏的迷幻主題，其變革了一切存有論。

然而，如果這兩種爭鬥形式之交錯不能源自一種自身非形式化的元素，一種在形式間的不可化約分離中所產生的純粹力

㊵傅柯是在布希瑟作品中才發現戰鬥的最大發展：「他著手將詞彙歸還給使其產生之喧囂，且重演那些文字藉以形成但目前卻已如寂靜章紋之姿態、衝擊與暴力」(給布希瑟《邏輯文法》序，XV)。

量關係，那麼這個建構大寫知識存有的雙重攫取就無法產生於這兩種不可化約的形式之間。戰鬥的起源或使其可能的條件正在於此；權力的策略領域也正是在此有別於知識的疊層領域，這是一種由認識論至策略學的位移。這是何以不存在任何「野性」經驗的另一個理由，因爲戰鬥意味一種策略，而且所有經驗都已被權力關係所攫取。這是存有的第二個形象，Possest⑪，即有別於大寫知識存有的大寫權力存有。它是非形式化的力量或權力關係，它使定型知識的兩種形式**之間**得以建立關聯。大寫知識存有的兩種形式都是外在性形式，因爲陳述散射於其中之一，而可視性則在另一；但大寫權力存有則將我們引入不同元素之中：一種無法形式化與非定型之大寫域外，力量及其多變組合皆來自於此。然而存有的這個第二形象還不是皺摺，它比較是一條不構成任何輪廓、唯一能使戰鬥中的兩形式產生聯繫的浮動之線。在傅柯作品中總是有一種比海德格更深沉的赫拉克利特主義⑫，因爲到最後，現象學已太過於平和，它賜福給太多事物。

由是，傅柯揭露了來自域外的元素：力量。傅柯正如布朗修一樣，較少說大寫開敞而說大寫域外。這是因爲力量與力量

---

⑪由拉丁文possum（權力）與法文動詞être（存有）的第三人稱單數est所組合而成。亦即底下所解釋的「權力存有」。

⑫héraclitérisme。赫拉克利特（Héraclite, BC 576-BC 480），希臘哲學家。除了被引述的文章外，其著作並未流傳下來。以對「永恒回歸」的思考著稱，黑格爾極爲推崇其思想。赫拉克利特的思想常被視爲現代辯證法的起源。

結成關係，但後者卻來自域外；而且藉由域外，諸形式的外在性(其個別形式及其交互關係)才獲得「解釋」。因此，當傅柯說海德格總是使其著迷但他卻只能藉由尼采或伴隨尼采(而非反之)才能理解他時，這個聲明的重要性由此而來[41]。海德格是尼采的可能性而非反之，但尼采並不等待他自己的可能性。可能必須再找到(尼采式意義下的)力量，或(特別以「潛能意志」〔volonté de puissance〕意義下的)權力，才能發現作爲極限或最終視域的這個域外，存有正由此開始摺皺。海德格衝得太猛，摺皺得太快，這並不合期望：他在技術與政治存有論、知識技術與權力政治間的深層曖昧便來自於此。存有之皺摺只能在第三種形象的層面產生：是否因爲**力量**能以自我對自我的影響或自我被自我的影響摺皺，所以域外本身得以建構共同延展之域內？希臘人所從事的並非奇蹟。在海德格著作中存在荷儂式⑬的一面，一種關於希臘光線與希臘式奇蹟之觀念[42]。傅柯說：希臘人從事的遠少於此，或遠多於此，悉聽尊便。他們摺皺力

---

[41]「我的所有哲學演變(mon devenir philosophique)決定於我對海德格的閱讀，但我承認還是尼采較勝一籌……。」(《新聞報》，頁40)。

⑬Ernest Renan(1823-1892)，法國作家。從小便被培養爲神職人員。22歲時因閱讀黑格爾產生嚴重信仰危機。在《科學的未來》(1848)中，他斷定宗教應被現實的詩學所取代，而一種關於人性科學(即語文學)的時代已然降臨。他的《基督教起源史》(1882)奠定了「批判及理性基督教」，其第一卷《耶穌的生活》使他被剝奪法蘭西學院的希伯來文講座，但卻在歐陸引起廣大回響。儘管他棄絕天主教教條，但卻仍持續謳歌猶太—基督教史，並意圖融合「宗教情感與科學分析」。荷儂極度頌揚古希臘，因爲其實現了一種介於美、理性及神旨間的完美和諧。

量，他們發現力量如同某種可以被摺皺之物，而且這只能透過策略爲之，因爲他們發明一種存在於自由人競爭中之力量關係(在自治的條件下統治他人……)。但人作爲諸力量中之力量，無法不摺皺組成他的力量而不致使域外自我摺皺且在人之中凹陷一個 大寫 自我。當形式已被交錯且戰鬥已被發動時，正是存有之皺摺出現成爲第三形象之時：當域外之皺摺建構一個 大寫 自我，且域外本身則建構一個共同延展之域內時，存有不再是Sciest⑭，亦非Possest，而是Se-est⑮。可能必須經由策略—疊層之交錯(entrelacement stratico-stratégique)才能達到存有論皺摺。

知識、權力及自我肯定是三個不可化約之面向，但卻又不斷交互蘊涵。它們是三種「存有論」，但何以傅柯又要補充它們也是歷史性的㊸？因爲它們並不意味普同之條件。知識存有在某一特定時刻被可視與可述所採用的兩種形式所決定，而且光線與語言離不開某一特定疊層中「限定且獨特之存在」；權力存有則在力量關係(其通過每個時代都大異其趣之特異性)中被決

⑫荷儂作品有趣之處，是《在阿可波勒祈禱》(*Priére sur l'Acropole*)中展示「希臘奇蹟」的方式：此奇蹟與回憶的本質性關係，加上回憶與遺忘在一種厭倦(轉向)的時間結構中所同樣具有的基本關係。宙斯本身便由皺摺所定義，他「在本身再摺皺之後，在深沉吐納之後」孕育了大寫智慧。

⑭由拉丁文scio(知識)與法文動詞être(存有)的第三人稱單數est所組合而成，亦即「知識存有」。

⑮由拉丁文sui或se(自己)與法文動詞être(存有)的第三人稱單數est所組合而成，亦即「自我存有」。

㊸參閱，德雷福斯與拉比諾，頁332(中譯本，頁304-305)。

定；而自我（自我存有）則由主體化過程，亦即皺摺所經過之場域所決定（希臘人絲毫不具普同性）。簡言之，條件從未比被條件限定者更一般化，且只對它自己的歷史特異性才有價值。這是何以條件不是「絕對必然的」(apodictique)，而是被問題架構化的⑯。條件並不是歷史性地變異，而就是**跟隨**歷史一起變異。它所實際展示的是問題在某個特定歷史建構中被提出之方式：我能知道什麼？或我在某種光線及語言條件下能觀看或述說什麼？我能做什麼，能企求何種權力與能以何種抵抗來對立？我能成為什麼，是什麼皺摺圍繞著我，或我如何如同主體被產生出來？在這三個問題下，「我」並不意謂一種普同性，而是一種由大寫人們說—大寫人們看(On parle-On voit)、大寫人們衝突、大寫 人們生活所佔據的獨特位置之集合㊹。沒有任何答案可由一個時代轉移到另一個，但是使一個老問題的「已知材料」

---

⑯problématique在此作為形容詞，意指可疑的，有問題的，德勒茲用來對應上文的「絕對必然的」。但中文中以其名詞用法（即「問題架構」）來迻譯似乎較可理解，我們採用可能較不正確但可讀性較高的後者來翻譯這個詞。因為對傅柯而言，不存在普同之條件，所有條件都是以實證方式、針對特定時空的「眞理問題」所產生。換言之，歷史的條件就是該時代中使眞理成為可能的問題架構過程(problématisation)。

㊹關於傅柯的這三個「問題」，很明顯可對照於康德的三個問題（譯按：康德在其《純粹理性批判》卷尾提出三個著名問題我能知道什麼？我必須做什麼？我能期望什麼？就某種意義而言，他的三大批判正是對這三大問題的嚴肅答覆。參閱《純粹理性批判》，PUF，頁543）。參閱《快感的享用》，頁12-19（中譯本，頁160-168），與德雷福斯與拉比諾，頁307（中譯本，頁276），傅柯在此稱讚康德不只曾提出關於普同主體的問題，而且還質問：「在歷史的這個確切時刻，我們是誰？」

(données)可在另一個中被再度活化的問題場域卻會互相侵越或穿透(或許還有一個希臘人存在傅柯著作中,亦即他對快感之「問題架構化」所存有的某些信心……)。

最後,從過去到現在唯一的連續性由實踐構成,或反之,連續性是由現在解釋過去的方式所構成。**如果傅柯的對談充分地構成他作品的一部分**,那是因爲它們將他每本書中對歷史的問題架構(瘋狂、懲罰或性特質)延展成對當前問題之建構。什麼是橫貫且立即(而非中心且中介化)的新型鬥爭?什麼是「知識分子」特化或「特異化」(而非普同化)的嶄新功能?什麼是不具認同(而非同一化)的主體化嶄新模式?這是**我能做什麼**?**我知道什麼**?**我是什麼**?這三重問題的現代根源。導向1968年的諸事件就彷彿是對這三個問題的「重複」㊺。什麼是我們的光線與什麼是我們的語言,換言之,什麼是我們今天的「眞理」?在今天我們已不能滿足只說老式鬥爭已失去效力,而是要問何

㊺在一些分析中,1968年被認爲只發生於巴黎知識分子的腦袋裡。因此必須再度提醒的是,這是一長串世界性事件與一系列國際思潮下之產品,它已跟**一種初露端倪的、涉及全新主體性生產的新鬥爭形式**牽上關聯,後者顯露於對中央集權制度(centralisme)的批判,與對「生命品質」的質的要求。至於在世界性事件方面,可簡短地列舉南斯拉夫的工人自治經驗、捷克之春及其鎭壓、越戰、阿爾及利亞戰爭與結盟網絡的問題(譯按:指阿爾及利亞戰爭中,法國知識分子與阿爾及利亞異議分子間的結盟),加上「新階級」(新工人階級)的諸符號、新式的農運或學運、精神醫學及所謂建制教學(pédagogie institutionnelles)的導火點……。在思潮方面,無疑地必須回溯至盧卡奇,其《歷史與階級意識》(*Histoire et conscience de classe*)已提出新主體性的問題;繼而是

種權力必須去迎擊與什麼是我們的反抗能力？而我們是否可能不參與或不參加「新主體性的產生」？資本主義之轉變難道不會與(作爲反抗導火點的)嶄新 大寫 自我之漫長展露發生意外的「正面對決」？每次一有社會轉變，難道不會就有一場伴隨其曖昧性但同時也是其潛力的主體適應運動(mouvement de reconversion subjective)？這些問題(包括純粹權利的問題)可以視爲比去參考普同化的人權更加重要。在傅柯作品中，一切都被置爲變數或置於變異狀態之中：即知識的諸變數(比如，作爲陳述內在變數的客體與主體)以及形式關係的變異狀態；權力中作爲變數的諸特異性以及力量關係的變異狀態；作爲變數的主體性以及皺摺或主體化的變異狀態。

然而，如果條件眞的並不比被條件限制者更具一般性或更恒定，傅柯感興趣的卻是條件。這是何以他說：這是歷史研究而非歷史學家的勞動。他並不作精神面貌史，而是作能夠展現

法蘭克福學派、義大利馬克思主義與「自治」(autonomie)的最早淵源(特洪迪)、圍繞沙特關於新工人階級的反省(高爾資〔Gorz〕)，加上一些團體，如「社會主義或野蠻」、「境遇主義」、「共產主義者之路」(特別是瓜達希與「慾望的微政治」)等，潮流與事件從未止息地涉入。而1968年之後，傅柯個人在G.I.P. 與監獄抗爭上重新發現新型鬥爭形式之問題，並在《監視與懲罰》中建構一種「權力微物理學」。他被導向以一種極其新穎的方式來思考與體驗知識分子的角色。然後他又來到新主體性的問題，從《知識的意志》到《快感的享用》，他變換了材料，這次卻可能與美國政治運動有關。關於在鬥爭、知識分子與主體性之間的關聯，參閱傅柯在德雷福斯與拉比諾一書中的分析，頁301-303(中譯本，頁270-272)。其中，傅柯對新社團形式的興趣自然是重點所在。

所有具精神存在之物(即陳述與語言體制)的條件史。他並不作行爲史，而是作能夠展現所有(在光線體制下)具可視存在之物的條件史。他不作建制史，而是作(在社會場域的範圍中)建制藉以整合力量微分關係的條件史。他不作私生活史，而是作自我關係藉以建構私生活的條件史。他不作主體史，而是作(發生於存有論與社會場域中的)皺摺作用下的主體化過程史㊻。事實上，有一件事纏祟傅柯，就是思想，「思考意味什麼？什麼叫作思考？」這是海德格所發出的疑問，由傅柯重新拾起，一根絕佳的箭矢。這是一種歷史，但卻是作爲這種思想之歷史。思考，就是實驗，就是使問題化。知識、權力與自我是思想問題化過程的三重根。而首先，根據作爲問題的知識，思考就是看與說，但卻產生於兩者之間，於看與說的縫隙或隔離中。每次都必須發明新的交錯，每次都是一方朝另一方靶心投出一根箭矢，都是使詞彙中映現閃光，使可視事物中聽見尖叫。思考，就是使看達到它特定的極限，而使說亦達到其極限，因而這兩者就是相互連結卻又相互分離的共同極限。

其次，根據作爲問題的權力，思考，就是放射特異性，就是擲骰子。擲骰子所表達的意思是，思考總是來自域外(此域外早已湧入知識兩形式間的縫隙或建構其共同極限)。思考既非天

㊻參閱《快感的享用》，頁15(中譯本，頁164)。對傅柯、歷史與條件最深刻的研究是保羅•維納(Paul Veyne)所著的〈傅柯變革歷史〉("Foucault révolutionne l'histoire")，收於《如何治史》(*Comment on écrit l'histoire*, Seuil)，特別是關於「不變量」(invariants)問題。

生亦非後天獲得，它並非某種能力的天生演練也非被建構於外在世界中的學習。阿爾拓⑰以「生殖式的」(génital)來對立於天生的與後天獲得的。思想的生殖性，亦即思想來自一種比所有外在世界更遙遠，因而比所有內在世界更迫近的域外。這域外是否必須被稱爲大寫偶然㊼？事實上，擲骰子表現了最簡單的力量或權力關係，即建立於偶然抽取(骰子面之點數)的諸特異性間之權力關係。但傅柯意味的力量關係不僅涉及人，而且涉及被偶然抽取或根據組成某種語言的出現頻率而相互牽引之元素或字母。偶然僅在第一把時有其價值，第二把可能就產生於被第一把部分決定的條件下，就如一條馬可夫鏈般，成爲一種部分再鏈結的接續過程。而域外就是如此：將偶然抽取不斷再鏈結於隨機與附屬的混合之線中。思考因此在此取得全新形象：思考就是抽取特異性；就是對被抽取物的再鏈結；而且每次都必須發明由一特異性鄰近區域劃至另一特異性鄰近區域之系列。存在各式各樣的特異性，但總是來自域外：有被力量關係所攫取之權力特異性；醞釀轉變中的反抗特異性；加上保持懸宕於域外、既不進入關係亦不聽任整合的**野性**特異性(只是「野性」在此採用的意義不是視爲一種經驗，而是那些尙未進入經驗者)……㊽。

⑰Antoine Artaud(1896-1948)，法國作家。著有《劇場及其複本》(*Le théâtre et son double*, 1938)、《梵谷或社會的自殺》(*Van Gogh ou le suicidé de la société*, 1947)等。

㊼尼采—馬拉美—阿爾拓的三位一體被援引，特別是在《詞與物》結尾。

思想的這些決定作用就是它於行動中所產生的原創形象，而且長久以來，傅柯從不認爲思考可以另闢蹊徑。由於思想除了它所由來並停駐於思想內如同「不可思考者」的域外之外，在其自身什麼都找不到，因此思考怎麼可能發明出一種道德？這 大寫 行動意志⑱！它預先摧毀了一切命令❹❾。然而，傅柯預感了一種最後的怪異形象將出現：如果比所有外在世界更遙遠的域外同時也比所有內在世界更迫近，難道這不正是思想因發現域外如同自己的「不可思考者」而本身自我影響的徵兆嗎？「思想無法不發現不可思考者……而不瞬即將它逼近自我，或者，也許，而不遠離它，或無論如何，思想無法不發現不可思考者而不使人類存有處於實際的質變狀態(因爲它舖展於自我與不可思考者的距離之中)。」❺⓿這個對自我的影響，這個遙遠與迫近的變換，將透過一種**域內空間**(其完全與域外空間同時出

---

❹❽參閱《言說的秩序》，頁37，傅柯在此援引一種「野性外在性」並以孟德爾(Mendel)爲例，其所建構的生物學對象(概念及方法)完全與他同代的生物學格格不入。但這並不與沒有野性經驗這個觀念矛盾。沒有野性經驗，是因爲所有經驗都已意味知識關聯及權力關係。然而，確切地說，野性特異性被推出於知識及權力之外，處於「邊緣」，因之科學無法辨識它：頁35-37。

⑱Fiat，指上帝的創造行動，源自拉丁文《聖經》〈創世記〉第一章：「神說，要有光，就有了光。」(Fiat lux, et lux facta est.)但目前Fiat在哲學中的主要意思源自胡塞爾，指作爲創新事物之源的意志行動。可參閱本章❹❾或胡塞爾，《觀念……》，§122。

❹❾胡塞爾自己在思想中援引一種彷如擲骰子或任意點位置的「行動意志」：《觀念……》(*Idées...*, Gallimard)，頁414。

❺⓿《詞與物》，頁338(與對胡塞爾現象學之評論，頁336)。

現於皺摺線上)的建構而取得愈來愈大的重要性。存疑中的不可思考者讓位給自我問題化且如同倫理學主體的思考存有(在阿爾拓作品中，就是「天生生殖式的」，而傅柯作品中，則是自我與性特質的交會)。思考，就是摺皺，就是賦予域外共同伸展之域內。思想的一般拓樸學(其啓始於特異性之「鄰近區域」)現在完成於自域外到域內的皺摺作用中：「在外在的內在之中，以及反之」，《瘋狂史》如是說。這可以如下展示：所有組織作用(微分與積分作用〔差異化與整合作用〕)都假設一種絕對域外與域內的拓樸學第一結構，其可以引伸出相對且中介的外在性及內在性。所有域內空間都拓樸學地與域外空間相接，且無視距離地銜接於「生命體」(vivant)的極限之處；而這種肉體與生機之拓樸學遠非空間所能解釋，它解放出一種時間，其壓縮過去於域內、驟現未來於域外，並比對過去與未來於生機勃勃的現在極限之處[51]。傅柯不再僅是果戈理式檔案學者與契訶夫式地圖繪製學者，而是如畢耶里⑲在偉大小說《彼得堡》那種方式的拓樸學者：他使大腦皮質皺摺進行域外與域內之轉換，使得在第二等空間中只是互爲正反面的城市與大腦能相互貼合。正是透過這種方法(其不再與海德格有任何瓜葛)，傅柯理解了襯裏或皺摺。如果域內由域外的皺摺作用所構成，介於它們間則存在一種拓樸學關係：對自我的關係對等於(homologue)對域外的關係，而且這兩者以相對是外在(因而也相對是內在)環境的疊

[51] 參閱西蒙棟(Simondon)，《個體及其生物物理學起源》(*L'individu et sa genèse physico-biologique*, PUF)，頁258-265。

層為中介而相接。在疊層極限之處，整個域內作用於域外之上。域內將過去(漫漫歲月)壓縮於毫不連續的模式上，但此模式卻使過去對照於來自域外的未來，且交換與再造過去。思考，就是棲息於當下作為極限的疊層之中：今日我能看什麼與我能說什麼？但這是在自我關係中思考凝縮於域內之過去(有一個希臘人，或一個基督徒……在我之中)。以思考過去來對抗現在、反抗現在，不是為了回歸，而是「為了(我希望)未來歲月」(尼采如是說)，換言之，使過去得以活化而現在復歸域外，以使某些嶄新事物最終能發生，使思考總是能產生思想。思想思考其自身歷史(過去)，但這是為了能自它所思考之物(現在)解放出來，且最終產生「另類思考」(未來)[52]。這就是布朗修所謂的「域外激情」，一種因域外本身成為「內心深處」(intimité)或「闖入」(intrusion)狀態而益發朝向域外之力量[53]。拓樸學的這三個階段相對獨立，且處於恒定的相互交換中：對疊層而言，必須不

---

⑲Andréi Biély(1880—1934)，俄國小說家與詩人。畢耶里是俄國詩壇象徵主義的第二代旗手，而其對隱喻的運用與對書寫的革新更使其執俄國未來主義之牛耳。1902年畢里耶出版怪異至極的《悲劇交響曲》，以對這個「恐怖世界」的拒斥與「懲罰」意像之盈溢嚇壞了俄國大衆。其小說則以《彼得堡》為登峰造極之作，在此，畢耶里一逕不改的挑釁風格徹底展現於作品中層層疊障宛若迷宮的建構主義式宇宙中。畢耶里充滿原創性的作品對俄國文學所造成的影響不下於喬哀斯對英國文學的衝擊。1934年畢耶里孤獨地死於俄國，留下三巨冊回憶錄，為我們見證了前四分之一世紀的俄國政經社會。

[52] 參閱《快感的享用》，頁15(中譯本，頁163)。

[53] 布朗修，《無盡的訪談》，頁64-66。

停地生產促使觀看或述說某些新事物的沈積層；對域外關係而言，必須重新使既定力量成爲疑問；最後，對自我關係而言，必須召喚與生產新的主體化模式。由是，傅柯的作品銜接上曾改變思考對我們意義的一系列偉大著作。

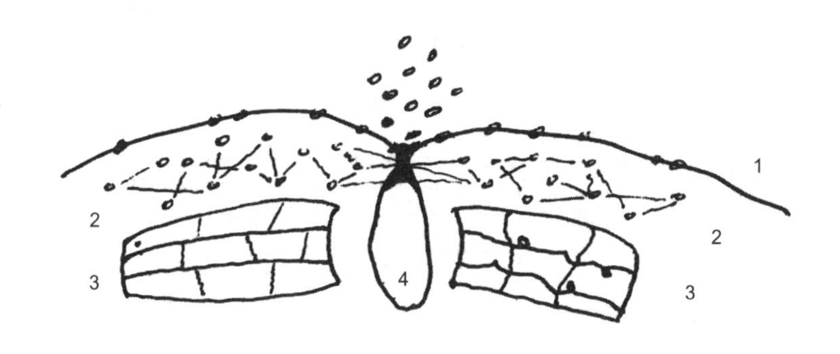

1. 域外之線　2. 策略地帶　3. 疊層　4. 皺摺（主體化地帶）

傅柯的圖式

「除了虛構外，我從不曾寫出什麼……」但從沒有虛構曾產生如此多眞理及現實。該如何描述傅柯的偉大虛構呢？世界是由許多重疊的表面(檔案及疊層)所構成，這是何以世界就是知識。但疊層被一道中央裂痕貫穿，其一邊分布視覺畫面，另一邊則分布聲音曲線：每片疊層上的可述及可視成爲知識兩個不可化約之形式，而大寫光線及大寫語言則是各自沈積可視性及陳述的兩大外在環境。我們於是被攫取於一種雙重運動中，我們由一片疊層沉陷到另一片，由一帶狀區域到另一區域，我們穿越諸表面、諸畫面及諸曲線，我們跟隨裂痕以試圖抵達世界的某一內在之中：正如梅爾維爾所言，我們帶著對空無一人與對人類靈魂將揭露巨大可怖空無之恐懼尋覓一間位於中心的房間(誰打算在檔案中尋覓生命？)。然而，我們同時也試圖爬到疊層之上以達到域外，達到流動的外圍元素⑳、達到「非疊層化物質」，這才能解釋知識的兩種形式如何在每片疊層中自裂痕的一頭到另一頭相互束縛與交錯。否則檔案的兩個部分如何連繫，陳述如何來到畫面之下，而畫面如何闡釋陳述？

這個非形式化的域外就是一場戰爭，就如一個紊流與風暴地帶，諸特異點與介於諸點間的力量關係在此翻騰。疊層只不過採輯與凝固了開展其上的戰爭所遺留之視覺細屑與聲音回響。然而，在其上的特異性並不具形式，而且它既非可見的軀體也非說話的個人。我們因此進入不確定雙重性與部分死亡之場域，亦即顯露與消殞之場域(即畢夏地帶)。這是一種微物理學。誠如福克納所言，我們倚靠其上，不再如同個人，而是如同兩隻尺蛾或兩根羽毛，彼此都眼盲耳聾，「在狂烈而緩緩消散的塵埃雲湧中，我們撲身其間狂呼混蛋去死！殺！殺！」在這個地帶中的每個大氣狀態都對應於一種被攫取於關係中的力量或特異性圖式：這就是策略。如果疊層是屬於地面的，策略則

⑳ élément atmosphérique。Atmosphérique通常指地球的大氣層，但亦可抽象地指稱圍繞於某事物之外的氛圍，或其外的自由流體層。由於德勒茲在底下明顯地作出地面及空中的對比，故將其直譯為大氣。

是空中或海洋的。然而，策略必須實現於疊層中，圖式必須實現於檔案中，而非疊層化物質則必須被疊層化。實現，既是積分〔整合〕又是微分〔差異化〕。非形式化之力量關係被微分以創造兩種異質形式：曲線形式經過諸特異性的鄰近區域(陳述)，畫面形式則將其分布於光線形象中(可視性)，而且力量關係同時被確切地積分於兩者(從微分作用的一邊至其另一邊)的形式化關係中。這是因爲力量關係無視於只開始於底下疊層中的裂痕，它們透過被實現於疊層中而鑿出裂痕，也經由不斷積分中的微分(兩方向同時進行)跳脫其上。

力量總是來自域外，來自比所有外在形式更遙遠的域外。這是何以不僅有被攫取於力量關係的諸特異性，也有可以修改、顚覆此關係並改換不穩定圖式的諸反抗特異性，而且還有尙未連結、位於域外之線的野性特異性，其特別翻騰於裂痕上方。這是一條攪亂一切圖式、位於風暴本身上方的可怖之線；這是兩端都不受約束，將所有小艇包纏於其複雜曲折之中的梅爾維爾之線，時刻一到，它便投入可怕的曲扭之中，且當它奔脫之際，人總是有被捲走之險。或者這是以分子速度不斷提高「上千錯亂」的米修㉑之線，一條「狂怒車夫的皮鞭」。然而，無論此線如何可怖，這是一條不能再由力量關係所量度的生命之線，而且它將人類帶離恐懼之外。因爲在裂痕所在之處，此線構成

㉑Henri Michaux(1899-1984)，比利時裔法國詩人與畫家。著有《一個野蠻人在亞洲》(*Un barbare en Asie*, 1933)、《生命在皺摺中》(*La vie dans les plis*, 1949)、《風與塵》(*Vents et poussières*, 1962)等。

一個環圈，一個「旋風中心，這是可生養之處，也是絕佳的大寫生命」。彷如由短暫的加速度所構成的一段較長時期之「緩慢存有」。這如同透過方向變異、透過劃出與所有域外之線共同延展之域內空間，而不斷重新復原的松果腺。最遙遠之物因轉換成最迫近之物而變爲內在的：**生命在諸皺摺中**。它是位於中心的房間，毋庸再擔心它是否空無，因爲其中已置入自我。此處，在主體化地帶，人們成爲其速度的主人，並相對成爲其分子與其特異性的主人：彷如外在之內在的小艇。

附錄

關於人之死與超人

傅柯的一般性原則是：所有形式都是力量關係的複合物。因此一旦力量被給予後(比如說，存在於人的諸力量：想像力、回憶力、構思力、意欲力……)，必得先忖度它們與何種域外之力結成關係，然後再考慮這些關係開展出何種形式。反對意見會說，這些力量其實都已假設了人，但這就如同認爲這些力量都已假設了形式般，並不正確。存在於人的力量僅能假設其應用的地域或地點，或其存在之區域。正如存在於動物的力量(如運動性、感應性〔irritabilité〕……)也尚未預設任何確定的形式。重點在於去瞭解特定歷史建構中存在於人的力量與哪些其他力量結成關係，且這些力量的複合導致哪些形式。已經可以預見的是，存在於人的力量並不必然成爲大寫人—形式①之組合，

①forme-Homme，這是由「形式」與「大寫人」組成的複合字，用以強調在概念層次上兩者具有相同位階，因此既非「人的形式」(強調「形式」的概念)，也非「形式上的人」(強調「人」的概念)。同理，底下的forme-Dieu譯爲「大寫神—形式」，儘管大寫Dieu在基督教、天主教等一神教傳統中專指上帝。

而可以另外投注於其他複合物或其他形式之中：即使在較短的時期中，大寫人在過去也不是一直存在，而且未來也將不會一直存在。爲了使大寫人一形式能夠顯露或浮現，存在於人的力量必須與極特殊的域外之力結成關係。

「古典時期」的歷史建構

古典思維以其思考無限的方式而被辨識。因爲在一股力量中所有「等同於」完美的現實都能被提升至無限(無限完美)，其餘則僅爲被限制之物，除了被限制外無它。例如，構思的力量能被提升至無限，因此，人類的知性僅是無限知性的限制結果。當然，無限的諸等級間有極大的不同，但這全然根據加諸某特定力量的限制特性而定。構思的力量可直接被提升至無限，然而想像的力量則僅能達到一個較低等或衍生之無限。在十七世紀便已知悉無限及無定限(indéfini)間的差別，但將無定限劃歸爲最低階之無限。關於廣延性(étendue)是否該歸因於神的問題，則取決於現實之物與限制之物間的分派，換言之，取決於其所能被提升的無限等級。因此十七世紀最獨特的文本即是關於無限性等級之區辨：在巴斯卡，是關於大的無限與小的無限；在斯賓諾莎，是經由自我之無限、經由原因之無限及諸限制間之無限；萊布尼茲則涉及所有無限……。古典思維當然不是一種泰然及支配性的思維：因爲，如米歇•瑟黑②所言，它不斷地迷失在無限之中，它喪失所有中心及所有領土，它憂心如焚地企圖在所有這些無限中固定有限的位置，它意圖在無限中安插次序❶。

簡言之，存在於人的力量與欲上升至無限的力量結成關係。後者顯然爲域外之力，因爲人是有限的，且本身無法解釋這個貫穿他的較完美潛能。一邊是存在於人的力量複合物，另一邊則是這些力量所面對、欲上升至無限的力量，這是何以它並非一種大寫人—形式，而是大寫神—形式。反對意見說，神不是複合的，神是絕對與不可知的統一性。不錯，但對十七世紀的所有作者而言，大寫神—形式卻是複合的，它由所有可直接上升至無限的力量所確切地複合（它時而是知性與意志，時而是思維及廣延性，等等）。至於那些僅由其原因或僅在諸限制間才上升至無限的其他力量，其結果（而非本質）也仍取決於大寫神—形式，以致我們由它們中的每一個都能提取大寫神存在的證據（宇宙論的、物質目的論的③……證據）。因此，在古典時期的歷史建構中，存在於人的力量與域外之力結成關係，形成本質是大寫神—形式而絕非大寫人—形式的複合物。這便是無限再現的世界。

在較低的層級中，則必須去尋覓本身不是無限但仍可發展至無限之元素，其藉由圖表、無窮系列或可延展之連續性晉身

②Michel Serres（1930–），法國哲學家。著有《萊布尼茲系統與其數學模型》（*Les systèmes de Leibniz et ses modèles mathématiques*, 1968），以及他對科學史及觀念史的思索，集結成五冊*Hermès*等。

❶瑟黑，《萊布尼茲系統》（*Le système de Leibniz*, PUF），II，頁648–657。

③preuves physico-téléologique，神學中藉以拒斥偶然，證明世界具有秩序、統一性及目的性的論據。

無限。這便是仍然置身十八世紀中的古典科學性符號：生物之「特徵」、語言之「字根」、財富之貨幣(或土地)❷。這些科學都是一般性的，一般性意味一種關於無限性之等級。這是何以十七世紀沒有生物學，而只有一種必然得藉由系列來組織其系統的博物學；沒有政治經濟學，而只有財富分析；沒有語文學(philologie)或語言學，而只有一般文法學。傅柯的分析將在這三種觀點中搜羅爬梳，並且卓越地從中發現區分諸陳述的場域。根據傅柯的方法，古典思維中被提取出「考古學的土壤」，一些非預期的親緣性從中而生，但一些太過於預期中的親緣性卻也因此粉碎。比如說，拉馬克被排除於達爾文的先驅之外：因爲，如果拉馬克的才華眞的在於以許多方式引進諸生物間的歷史性，這也仍停留於動物系列之觀點，仍然是爲了拯救這個被新因素威脅的系列觀念。因此，拉馬克迥異於達爾文，因爲他仍屬於古典時期的「土壤」❸。而定義此土壤且建構這個被稱爲古典陳述大語族的，就功能而言正是這種無限發展、持續建構及圖表延伸之操作：這就是去摺皺，永遠的去摺皺及「解釋」④。大寫 神是什麼？不正是四海皆準的解釋與至高無上的展示嗎？

---

❷《詞與物》，第四、五、六章。

❸《詞與物》，頁243。都旦(Daudin)在《動物學分類及動物系列觀念》(*Les classes zoologiques et l'idée de série animale*)的代表性研究曾展示古典時期的分類法如何根據系列法則發展而成。

④déplier-'expliquer'，déplier有攤平、展開之意，但延續前一章的論述，亦指「去除皺摺」；expliquer一般的意思是解釋，「藉由發展使其變得明瞭可解」，但亦相對於impliquer(涵括、包含)，故亦有向外開展之意。

去摺皺在此以一種操作化思維的基本觀念與主要觀點出現，並具現於古典時期之歷史建構中。由是，「去摺皺」這個詞頻繁出現於傅柯著作中。如果臨床醫學屬於此建構，那是因爲它對位於「兩度空間平面」的組織去摺皺，並且發展了可無限組合的系列式徵候❹。

十九世紀的歷史建構

發生的轉變由下列所組成：存在於人的力量與嶄新的域外之力結成關係，這些力量是有限之力，即大寫生命、大寫工作及大寫語言：有限性的三重根，其催生了生物學、政治經濟學及語言學。無疑的，我們對這個考古學的轉變極爲熟稔：通常將這個以「建構式有限性」取代原初無限性的變革上溯至康德❺。只是，認爲有限是建構的，這想法比古典時期較易理解之處何在？儘管如此，傅柯還是賦予這個模式一個極爲新穎的元素：當我們僅被告知，在可確定的諸歷史因素下人意識到自己的有限性，傅柯卻主張必須引進兩種不同的時期。首先，存在於人的力量必須因面對與攫住(作爲域外之力的)有限之力而被啓動：它在自我之外撞及有限性。其次(而且只有在其次)，此力

❹《臨床醫學的誕生》，頁119、138(中譯本，頁182-183，208-209)。

❺這個主題在孟以滿(Vuillemin)的著作《康德遺產與哥白尼革命》(*L'héritage kantien et la révolution copernicienne*, PUF)，獲得最深入的表現。

在第二時期造成自我的有限性而且也必然會意識到自身的有限性。這意味當存在於人的力量與來自域外的有限之力結成關係後，由是(而且只能由是)諸力量的集合複合爲大寫人—形式(且不再是大寫神—形式)。Incipit Homo⑤。

陳述分析法在此展示了一種微分析，它使得被視爲單一的期間區分爲二❻。第一時期由下列組成：因某物出現而瓦解了系列、粉碎了連續性，使其無法繼續在表面上發展。這就彷如降臨一個嶄新面向或無法縮減之深度，其威脅無限再現的諸次序。但隨著朱系爾⑥、維克達祖⑦與拉馬克的出現，在植物或動物中的特徵搭配及附屬(簡言之，組織化之力)強加於有機體的分配上，使其不再整齊劃一，而意圖各自發展(病理解剖學則因發現器官的深度〔profondeur organique〕或「病理容積」〔volume pathologique〕而更強化這個趨勢)。隨著鍾斯⑧的出現，一

---

⑤拉丁文，Incipit(開始、著手進行)，Homo(人)，亦即「人之肇始」。

❻在《詞與物》中，傅柯一再提醒區分這兩個期間的必要性，但這兩種時間卻不一定以同樣方式定義：時而以其狹義，事物先獲得一種獨特歷史性，人隨後才將此歷史性占爲己有(頁380-381)；時而就較廣義來說，首先是諸「外形」(configurations)的改變，然後才是其「存有模式」(mode d'être)(頁233)。

⑥Jussieu爲法國植物學研究世家，這裡指的是傅柯在《詞與物》中提及的Antoine Laurent de Jussieu(1748-1836)，曾提出植物分類的自然法則。參閱《詞與物》，頁238-245。

⑦Félix Vicq d'Azir(1748-1794)，法國醫學家。著有《生理學與比較解剖學》(*Traité d'anatomie comparée et de physiologie*, 1786)、《四足類生物解剖系統》(*Système anatomique des quadrupèdes*, 1792)與關於瘟疫的研究書籍。可參閱《詞與物》，頁238-245。

股彎柔之力改變了根基式次序。隨著亞當•斯密的出現，工作之力(抽象的工作，即不再具某一特定性質的任意工作)改變了財富的次序。但這並不意味在古典時期不知道組織化、彎柔或工作，而是它們扮演的是被限制的角色，儘管它們仍具備被提升或展延至無限的相應品質(即使這品質僅是理論上的)。然而，現在它們從這種品質中抽離出來，鑿出某種既無法定性亦不能再現之物，這就是在生命中的死亡、在工作中的辛勞及疲憊、在語言中的口吃或失語障礙。即使土地也將被發現其本質上的慳吝，而自無限的表面等級中被除名❼。

總之，爲了生物學、政治經濟學及語言學而來的第二時期已萬事俱備。只待事物、生物及詞彙**再摺疊**進這個作爲嶄新面向的深度中，接受這些有限之力。自此，生命中不再僅是組織化之力，而是許多(相互不可化約的)時—空組織平面，生物則依據此組織化之力而散布(居密耶⑨)。在語言中也不再僅有彎柔之力，而是許多詞綴式⑩或柔性語言據以分布的平面，在此詞彙及字母的充分性讓位給聲音的交互關係，語言本身不再由指

---

⑧Inigo Jones(1573-1652)，英國建築師、室內裝飾家與素描畫家。

❼《詞與物》，頁268。

⑨Georges Cuvier(1769-1832)，法國動物學家與古生物學家，比較解剖學奠基者，企圖建立一套生物學分類法則。主要著作有《比較解剖學課程》(*Leçons d'anatomie comparée*, 1800-1805)、《化石骸骨研究》(*Recherches sur les ossements fossiles*, 1812-1813)等。傅柯在《詞與物》的第八章中特闢一節討論其分類與組織概念。

⑩affixe，指加接於字根之前、之中或之後，用以改動字義的語言元素。

定及意指作用所定義，而是指向「集體意志」(波普⑪、席雷格⑫)。也不再僅有生產性的勞動力，而是諸生產條件，據此工作被迫轉向資本(李嘉圖⑬)，然後再出現逆轉，由資本轉向壓榨式工作(馬克思)。比較法全面地取代十七世紀中所著重的一般法：比較解剖學、比較語文學、比較經濟學。**皺摺**無所不在，根據傅柯的詞彙，它現在支配了操作式思維的第二階段，體現於十九世紀的建構中。存在於人的力量被迫接受或摺皺於有限性在深度的這個嶄新面向中，因之它亦成爲人自身的有限性。傅柯一談再談的皺摺，就是組成一種「厚度」與「凹陷」之物。

欲進一步理解皺摺如何成爲基本的範疇，只需探詢生物學如何誕生即可得知，因爲在生物學中會發現賦予傅柯理由的所有根據(且這對其他領域亦有效)。當居密耶區辨物種分類的四大門時，他並未定義出比屬(genres)及綱(classes)更廣泛的一般

---

⑪Franz Bopp(1791-1867)，德國語言學家。著有《梵文的動詞變位系統》(*Système de conjugaison en sanskrit*, 1816)等。晚年企圖在印歐語系中尋覓一種共同的深層法則。可參閱《詞與物》，第八章，第四節〈波普〉。

⑫Friedrich von Schlgel(1772-1829)，德國作家、哲學家及評論家。早期德國浪漫主義的主要理論家，著有《論印度人的語言與智慧》(*Sur la langue et la sagesse des Indiens*, 1802-1804)、《古代與現代文學史》(*Histoire de la littérature ancienne et moderne*, 1815)等。可參閱《詞與物》，第八章，頁292-307，關於波普與席雷格的比較。

⑬David Ricardo(1772-1823)，英國經濟學家。著有《政治經濟學與稅徵原理》(*The principles of political economy and taxation*, 1817)等，對於新自由主義論與科學社會主義等思潮有極重要的影響。可參閱《詞與物》，第八章，第二節，〈李嘉圖〉。

性，反而以一種碎裂性阻撓了物種間以愈來愈一般性的詞彙結集之連續性。物種分類的門或諸組織的平面運用了生物據以摺皺的諸軸線、方向、動力等，這是何以居密耶的作品會因胚層(feuillets germinatifs)的皺摺作用而延伸至巴耶⑭的比較胚胎學。而且，當聖依雷⑮將居密耶的諸組織平面對立於共同且唯一的複合平面觀念時，他所用的仍是屬於摺疊的方法：如果我們將脊椎門動物的背脊前後兩部分合攏，將牠的頭部朝向足部，骨盆朝向頸背，就會由脊椎門進入頭足綱……❽。如果聖依雷與居密耶屬於相同的「考古學土壤」(根據傅柯對陳述的分析法)，這是因爲兩者都同樣援引摺皺，其中之一作爲第三向度，使某一類型到另一類型間的表面過渡變得不可能；另一則作爲在深度中進行過渡的第三向度。再者，居密耶、聖依雷及巴耶都同樣抗拒進化論，但達爾文則在既定環境中建立優秀生物之天擇以散射生物特質及深化差異。這是因爲生物特質及差異以各式各樣的方式摺皺(一種散射之傾向)，使得在同一地方能有最大數量的生物存活下來。因此就達爾文進化論建立於收斂的不可能性與系列連續性之瓦解上而言，他仍然與居密耶屬於同

---

⑭Karl Ernst von Baër(1792-1876)，愛沙尼亞解剖及胚胎學家，以比較解剖學研究著名。

⑮Etienne Geoffroy Saint-Hilaire(1772-1844)，法國博物學者。著有《解剖學哲學》(*Philosophie anatomique*, 1818-1822)、《動物學哲學原理》(*Principes de philosophie zoologique*, 1830)等。

❽Geoffroy Saint-Hilaire,《動物學哲學原理》(本書包含與居密耶對摺皺的論戰)。

一土壤，但對立於拉馬克❾。

如果皺摺及去摺皺不只活化傅柯的概念，而且也活化他的風格本身，這是因爲它們建構一種思想的考古學。傅柯與海德格正好相遇於這塊領域或許也就不太令人詫異了。但這較是一種相遇而非影響，因爲在傅柯作品中，皺摺與去摺皺具有迥然不同於海德格的根源、用法及目的。根據傅柯，它涉及一種力量關係，區域性的力量時而以組成大寫神—形式之方式面對欲提升至無限之諸力量(去摺皺)；時而以組成大寫人—形式之方式面對有限之力(摺皺)。這是尼采式而非海德格式的史觀，一種復歸到尼采、或回歸到**生命**的歷史。「因爲有生命才有存有……。因此，生命經驗如同存有最普遍之法則而被給予……。但此存有論所揭露的較非奠定存有之物，而是以不確定形式暫時承載存有之物。」❿

朝向一種未來建構？

所有形式皆不確定，這是相當顯而易見的。因爲形式取決

---

❾在居密耶所引起的大「裂罅」前，拉馬克仍然屬於古典的博物學，因爲居密耶使一種關於生物的大寫歷史成爲可能(其與達爾文一起出現)：《詞與物》，頁287-289，307(「進化論建構了一種生物學理論，使其成爲可能的條件則是一種無進化的生物學，即居密耶的生物學」)。

❿《詞與物》，頁291(在論述十九世紀生物學的段落中，突如其來的這段篇幅對我們而言，似乎寓含極鉅大的觀念，同時也表達傅柯思想中的一逕觀點)。

於力量關係及其變化。如果將尼采視爲對大寫神已死的思考者，則是對尼采的扭曲。因爲費爾巴哈才是對大寫神已死的最後一個思考者：他指出大寫神在過去只不過是人的去摺皺，人必須摺疊與再摺疊大寫神。但這對尼采而言早已是陳腔濫調。而正如老調可以新彈，尼采以喜劇及幽默多樣化了神已死的諸版本，就如同對既存事實的許多變奏。但眞正有趣的，是人之死。只要大寫神存在，亦即只要大寫神—形式有作用，人便還不存在。但當大寫人—形式出現，它便至少以三種方式使人的存在早已隱含人的死亡。在一方面，當大寫神不在之後，何處能找到人認同的保證呢？[11] 另一方面，大寫人—形式本身只能被建構於有限之皺摺中：它已將死亡置入人之中(而且我們已看到，其透過畢夏〔以「暴烈之死」的模式來思考死亡〕而非海德格的方式[12])。最後，有限之力本身使人只能透過生命組織化平面之擴散、語言之散射、生產模式之失調才能存在。這意味唯一的「認識力批判」(critique de la connaissance)就是一種「存有滅絕的

---

[11] 這是克羅梭斯基(Klossowski)在《尼采與惡性循環》(*Nietzsche et le cercle vicieux*, Mercure de France)中所強調的重點。

[12] 我們已看到畢夏與古典的死亡概念分道揚鑣，後者將死亡視爲不可分割的決定性瞬間(沙特重拾馬勒侯〔Malraux〕的用語，死亡是某種「將生命轉換成命運」之物，這仍屬於古典概念)。畢夏的三大創新在於將死亡視爲生命的共同延展物，將其視爲局部死亡的整體效果，特別是以「暴烈之死」取代「自然之死」作爲模型(關於最後一點的理由，參考《關於生與死的生理學研究》〔*Recherches physiologiques sur la vie et la mort*, Gauthier-Villars〕，頁160-166)。畢夏的這本書是現代死亡概念的第一擊。

存有學」(這不僅是古生物學，而且是人種學)⓭。然而，當傅柯說人的死亡並沒什麼好哭的，這意味什麼？⓮事實上，人這種形式是好的嗎？它是否能豐富或保存生命之力、言說之力、工作之力等存在於人的諸力量？它是否使現存的人免於暴烈之死？一再被質疑的問題於是如下：如果存在於人的力量只有在與域外之力結成關係後才能複合成某種形式，那麼它目前可能與何種新力量結成關係？而何種新形式(既非大寫神亦非大寫人)能脫穎而出？這才是尼采稱爲「超人」問題的正確位置。

這是一個我們僅能止於極爲謹愼指示的問題，否則就會陷入連環漫畫之中。傅柯就如同尼采，僅止於指出一團(以胚胎學意義下)尚未開始運作之雛形⓯。尼采說：人囚禁了生命，超人則爲了另一形式而解放**在人自身中**的生命……。傅柯指引了一個極有趣的方向：如果語言學在人本主義(humaniste)的十九世紀中眞的被建構於語言的散布上，使其如同在客體名義下的「語言整平」條件，一個反彈則已開始醞釀，即文學取得一種完全嶄新的功能，其**反過來**「集結」語言，著重於一種在意指及意涵之外，也在發聲本身之外的「語言存有」⓰。有趣的是，傅柯在他對現代文學的漂亮分析中，賦予語言一種他拒絕給予生

⓭參考《詞與物》，頁291。
⓮〈何謂作者？〉，頁101：「含住我們的淚水……。」
⓯《詞與物》，頁397-398。
⓰《詞與物》，頁309，313，316-318，395-397(關於現代文學作爲「死亡經驗……，不可思考的思考經驗……，重複的經驗……，有限的經驗……」等特徵)。

命及工作的特權：他認爲除了伴隨語言的散射外，生命及工作並不曾喪失其存有的集結特性⓱。然而對我們而言，工作及生命在它們彼此的散射中，似乎只有各自脫離與經濟學或生物學之關係才能集結，正如語言只有在文學與語言學脫離關係下才能進入集結關係。生物學必須轉向分子生物學，或者散射的生命必須集結於基因密碼中；散射的工作必須集結或凝聚於第三波的電腦或資訊機器中。存在於人的力量到底能與何種現有力量結成關係？它已不再是向無限的提升，也非有限性，而是無限制之有限(fini-illimité)，其召喚所有力量狀態，使有限組合物能賦予組合作用在實踐上的無限歧異。這可能不再是構成操作機制的皺摺或去摺皺，而是作爲大寫 **超皺摺**(Surpli)的某種東西，其表現在特屬於基因密碼鏈的皺摺作用中，或在第三波機器的矽元素潛能中，或當語言「只應在永恒的回歸自我中彎曲」時，由現代文學中的句子曲扭所表現出來。這種現代文學開鑿出一種「在語言中的怪異語言」，而且穿越重重的文法堆疊建構企圖朝向一種無典型(atypique)、無文法(agrammaticale)的表達，就如企圖朝向語言的終結(其中諸如馬拉美⑯的書、佩稽⑰的重複、阿爾拓的氣息〔souffles〕、康敏思⑱的無文法性、勃羅斯⑲

⓱關於傅柯對語言這個特殊地位的理由，《詞與物》，一部分在頁306-307，另一部分則在頁315-316。

⑯Stéphane Mallarmé(1842-1898)，法國詩人。作品表現出一種強烈的形上學實驗風格，爲法國象徵主義詩人代表。著有《一把骰子撼動不了偶然》(*Un coup de dés jamais n'abolira le hasard*, 1879)等。

的摺痕，cup-up與fold-in⑳，再加上胡塞的增殖作用，布希瑟的歧出，達達的拼貼……）。無限制之有限或超皺摺，這不就是尼采以永恒回歸之名早已勾勒的嗎？

存在於人的力量與諸域外之力結爲關係：矽元素之力對碳元素進行反撲，基因組成之力對組織進行反撲，無文法性之力對意指進行反撲。由所有這些觀點來看，都必須研究超皺摺的作用，其中，「雙螺旋」㉑是最廣爲人知的超皺摺。何謂超人？就是存在於人的諸力量與這些新力量的形式化組成物。它是源自全新力量關係的形式。人傾向**在自身中**解放生命、工作及語言。而超人，根據韓波㉒的名言，是盈溢獸性本身的人（就如在旁側或逆行演化的新模型中，一個基因密碼能攫取另一密碼之碎片）。這是盈溢岩石本身或無機物的人（由矽元素所支配）。這是盈溢語言存有的人（人盈溢著「此不具形、沈默且無意指的範

---

⑰Charles Péguy（1873-1914），法國作家。作品以融合天主教信仰、法國愛國主義等入世而帶爭議性的抒情散文爲主。著有《夏娃》（*Eve*, 1913）、《歷史女神克里歐，歷史與異教靈魂之對談》（*Clio, dialogue de l'histoire et de l'âme païenne*, 1917）等。

⑱Edward Estlin Cummings（1894-1962），美國詩人。作品中呈現一種超越論者傳統與對愛情狂喜的謳歌。主要作品爲《大房間》（*The enormous room*, 1922）。

⑲William Seward Burroughs（1914-），美國作家。「疲透世代」（Beat generation）的代表作家，以充滿迷幻、色情與譏諷的自傳體小說《裸體午餐》（*The naked lunch*, 1959）成名。之後出版以同性戀、嗑藥爲主題、風格怪誕奇詭的《軟機器》（*The soft machine*, 1961）等。

⑳切開與摺入。

疇，語言在此甚至可從它應該說話的狀態中解放開來」）⓲。正如傅柯所言，超人遠非現存人類的消失而是概念之轉變：它是一種新形式的降臨，既非大寫神亦非人，但可期待它不會比這兩者更差。

㉑double hélice，細胞染色體中去氧核糖核酸（DNA）的分子結構。在1953年由美國生物學家華生（J. D. Watson）與英國生物學家克拉克（F. H. C. Crick）所共同發現，從此DNA如何承載與複製基因內碼之機制始被世人瞭解，並因此奠立現代分子生物學的基礎。兩人在1962年獲頒諾貝爾生理及醫學獎。

㉒Arthur Rimbaud（1854-1891），法國詩人。作品對後來的象徵主義及超現實主義有極重大影響。著有《煉獄季節》（*Une saison en enfer*, 1873）、《感悟》（*Illuminations*, 1892）等。

⓲《詞與物》，頁395。韓波的信不僅援引語言或文學，而且還有另外兩個面向：未來之人不僅盈溢嶄新語言，還盈溢獸性本身與非具形事物（〈給Paul Demeny的信〉〔“À Paul Demeny”, Pléiade〕，頁255）。

德勒茲/傅柯年表①

1925　1月18日，德勒茲生於巴黎。父親爲工程師。

1926　10月15日，傅柯生於法國中部省城普瓦帝耶(Poitiers)，父親爲當地外科醫生。

1944　德勒茲進入巴黎索邦大學攻讀哲學。指導教授爲阿奇葉・易波利(Alquié Hippolyte)、剛居廉(Georges Canguilhem)、鞏第亞克(Maurice de Gandillac)等。

1946　傅柯進入高等師範學院。兩年後，在此認識任職哲學學監的阿圖塞。傅柯後來分別取得哲學(1948)與心理學(1949)大學文憑，並在黑格爾專家尚・易波利(Jean

①年表中關於德勒茲的部分主要參考Philippe Mengue的《德勒茲或多樣系統》(*Gilles Deleuze ou le système du multiple*, Kimé, 1994)卷尾所附的年譜；傅柯的部分則主要參考了艾瓦德(François Ewald)在《文學雜誌》(*Magazine littéraire*, 第325期, 1994年10月)所作的傅柯著作編年紀。當然，我們也加上最後這幾年間兩位哲學家的新出版品。而關於德勒茲著作、論文、訪談、課堂筆記及其各種語言譯本資料最全面的編年表，可參考下列網站：http://www.imaginet.fr/deleuze。

Hyppolite)指導下研究黑格爾，取得高等研究文憑(D.E.S.)。這段期間，傅柯多次企圖自殺。

1947 德勒茲以英國經驗論哲學家休姆爲論文研究對象，取得高等研究文憑，本論文在1953年以《經驗論與主體性》(*Empirisme et subjectivité*)爲名出版。

1948 德勒茲取得中學哲學教師資格(Agrégation de philosophie)。一直到1957年，陸續在阿米揚(Amiens)、奧爾良(Orléans)與巴黎等地高中任教。

1950 傅柯加入共產黨，但旋即於1952年退出。

1951 傅柯考取中學教師資格(前一年未考取)，成爲高師院心理學學監，並在巴黎規模最大的聖安娜(Sainte-Anne)精神醫院任職心理師。

1952 傅柯前往法國北部工業城里爾(Lille)擔任里爾文學院助教。

1953 德勒茲的《經驗論與主體性》出版。

傅柯接任阿圖塞在高師院位子，並繼續心理學研究，陸續取得巴黎心理學研究院(L'institut de psychologie de Paris)的心理病理學及實驗心理學文憑。一直到《古典時代瘋狂史》爲止的傅柯早期著作都是關於心理學的。而且一直到動身前往突尼西亞(1966)，他在大學的身分都是心理學講師。

1954 傅柯的《心理疾病與性格》(*Maladie mentale et personalité*)出版。並替賓斯汪格(Ludwig Binswanger)的

《夢與存有》(*Rêve et Existence*)法譯本寫序。開始旁聽拉康在聖安娜醫院的早期講座。

1955 傅柯應歷史學家杜美錫(Georges Dumézil)之邀，前往瑞典擔任法國文化館館長，直到1958年。而正是在「瑞典的漫漫長夜」中，傅柯開始撰寫《古典時代瘋狂史》。

1956 8月，**德勒茲於巴黎住所與芳妮·龔玨安**(Fanny Grandjouan)**結婚**。

1957 **德勒茲擔任索邦大學哲學史助教，一直到1960年。**

1958 傅柯與D. Berger合譯Victor Von Weizsacker的《結構的循環》(*Cycle de la Structure*)。離開瑞典，前往華沙，開設法國文化中心。

1959 傅柯倉卒離開波蘭，執掌漢堡的法國研究所。

1960 **德勒茲進入國家科學研究中心**(CNRS)，**一直到1964年。**

傅柯結識德費。完成國家博士論文《瘋狂與非理性：古典時代瘋狂史》(*Folie et déraison. Histoire de la folie à l'âge classique*)，法國最大出版社之一Gallimard出版社拒絕出版，轉由Plon出版社印行(1961)。撰寫副論文〈康德人類學的起源及結構〉("Genès et structure de l' anthroplogie de Kant")，而康德的《實效觀點人類學》(*Anthropologie du point de vue pragmatique*)由傅柯譯爲法文，1964年Vrin出版社印行。受聘爲克萊蒙費宏(Clermont-Ferrand)學院心理學副教授，並在這裡認識哲學家瑟黑(Michel Serres)。

1961 傅柯在索邦大學提交哲學國家博士論文，並在法國文化電台製作「瘋狂與文學史」系列節目。

1962 德勒茲在克萊蒙費宏認識傅柯。出版《尼采與哲學》(*Nietzsche et la philosophie*)。

傅柯當選克萊蒙費宏大學心理系主任。出版《心理疾病與心理學》(*Maladie mentale et psychologie*)，本書是傅柯對《心理疾病與性格》的大幅改寫。

1963 德勒茲出版《康德的批判哲學》(*La philosophie critique de Kant*)。

傅柯成爲《批判》月刊(由巴塔伊〔Georges Bataille〕創刊)的編輯顧問，直到1977年。出版《臨床醫學的誕生：醫學觀看的考古學》、《黑蒙·胡塞》。傅柯在1960年代對當代文學曾做相當系統性的研究並發表不少論文。如，討論巴塔伊的〈越界序言〉("Préface à la transgression")；討論布朗修的〈域外思想〉("La pensée du dehors")；討論克羅梭斯基(Pierre Klossowski)的〈Actéon的散文〉("La prose d'Actéon")等。

1964 德勒茲前往里昂大學任教，一直到1969年。出版《普魯斯特與符號》(*Marcel Proust et les signes*)。

1966 德勒茲出版《柏格森主義》(*Le bergsonisme*)。

傅柯出版《詞與物》，書中宣稱「人已死」，引發論戰，特別是沙特及其陣營(《詞與物》最後以未指名方式批評沙特)與共黨知識分子所組成的人道主義團體對傅柯大加撻伐。傅柯前往突尼西亞，擔任首都突尼西大學哲學系教授，並常常趁機保護當地異議學生免於鎮壓。

1967　德勒茲出版《沙薛·馬索奇導讀》(*Présentation de Sacher-Masoch*)。與傅柯一起擔任法文版《尼采全集》主編，並合寫導論。

1968　德勒茲提交國家博士論文《差異與重複》(*Différence et répétition*)，指導教授為鞏第亞克；副論文為《斯賓諾莎與表達問題》(*Spinoza et le problème de l'expression*)，指導教授為阿奇耶(Ferdinand Alquié)。

5月巴黎學潮時，傅柯在突尼西亞。開始籌劃新的樊仙大學(Paris VIII-Vincennes，巴黎第八大學)哲學系事宜。

1969　德勒茲擔任巴黎第八大學哲學系教授，一直到1987年退休。出版《意義的邏輯》(*Logique du sens*)。認識瓜達希(Félix Guattari)。

傅柯出版《知識考古學》。

1970　德勒茲在《批評》月刊第274期發表〈一位新的考古學者〉，評論傅柯新出版的《知識考古學》(這篇文章經潤飾刪修後，成為本書的第一章)。《普魯斯特與符號》擴增再版。

傅柯繼任其老師易波利的位子，被任命為法蘭西學院「思想系統史」講座教授。翻譯出版《Leo Spitzer的風格研究》。傅柯在《批評》月刊第282期發表〈哲學劇場〉("Theatrum philosophicum"),評論德勒茲的《差異與重複》及《意義的邏輯》。

1971 傅柯出版法蘭西學院就職演說《言說的秩序》(*L'ordre du discours*)。與德費、Jean-marie Domenach及Pierre Vidal-Naquet創立「監獄資訊團體」(G.I.P.)。傅柯積極參與各式涉及司法、醫學、精神醫學、性別等抗爭運動,從此開創一種新型的政治實踐形式,一種將「日常生活問題」政治化的鬥爭方式。

1972 德勒茲與瓜達希出版《反伊底帕斯》(*L'anti-Oedipe*)。德勒茲與傅柯的對談〈知識分子與權力〉("Les intellectuels et le pouvoir")發表於*L'Arc*期刊第49期。

1973 傅柯與沙特等人共同創辦《解放報》(*Libération*)。出版《我,皮耶•希米耶,殺了我的母親、姐妹與兄弟……》(*Moi, Pierre Rivière, ayant égorgé ma mère, ma soeur et mon frère...*)。

1974 傅柯出版《監視與懲罰》。

1975 德勒茲與瓜達希出版《卡夫卡:朝向一種少數文學》(*Kafka. pour une littérature mineure*)。德勒茲在《批評》月刊第343期發表〈非書寫者:一位新的地圖繪製學者〉,評論傅柯的《監視與懲罰》(這篇文章經潤飾刪修後,成爲本書的第二章)。

1976 傅柯出版《知識的意志》作爲六冊《性特質史》的導論

(計劃中的另外五冊爲《肉體與身體》〔*La chair et le corps*〕、《兒童十字軍》〔*La croisade des enfants*〕、《女人、母親與歇斯底里患者》〔*La femme, la mère et l'hystérique*〕、《性變態者》〔*Les pervers*〕、《人口與種族》〔*Population et races*〕)。傅柯爲德勒茲與瓜達希的《反伊底帕斯》英文版寫序。

1977 德勒茲與帕爾內(Claire Parnet)出版《對話錄》(*Dialogues*)。

1978 傅柯發表〈不名譽者的生活〉。兩度前往伊朗觀察「伊朗革命」。

1980 德勒茲與瓜達希出版《千重台》(*Mille plateaux*)。

1981 德勒茲出版《斯賓諾莎:實踐的哲學》(*Spinoza. philosophie pratique*)、《法蘭西斯•培根:感覺的邏輯》(*Francis Bacon. logique de la sensation*)。

1983 德勒茲出版《電影 I:運動—影像》(*Cinéma 1. L'image-mouvement*)。

1984 傅柯出版《快感的享用》與《自我的憂慮》,而同屬於《性特質史》的《肉體的告白》未及完成。6月25日,傅柯因愛滋病猝死於巴黎硝石庫醫院(Hôpital de la Pitié-Salpêtrière)。喪禮中,德勒茲代表唸讀一段甫出版的《快感的享用》序文。

1985 德勒茲出版《電影II:時間—影像》(*Cinéma 2. L'image-temps*)。並在巴黎第八大學講授傅柯。

1986　德勒茲出版《傅柯》(即本書法文書名)。

1987　德勒茲由巴黎第八大學退休。

1988　德勒茲出版《皺摺：萊布尼茲與巴洛克》(*Le pli. Leibniz et le baroque*)。

1990　德勒茲出版《商談》(*Pourparlers*)。

1991　德勒茲與瓜達希出版《何謂哲學?》(*Qu'est-ce que la philosophie?*)。

1992　8月29日，瓜達希因心臟病猝死於巴黎北方的Le Borde療養院。

1993　德勒茲出版《批評與臨床》(*Critique et clinique*)。

1994　傅柯生前在報章雜誌的所有訪談及文章由德費及艾瓦德(François Ewald)集結成四冊《說與寫》(*Dits et Ecrits*)出版。

1995　法國Arte電視台開始播放帕爾内在德勒茲家中對他的訪談：《德勒茲ABC》(*L'abécédaire de Gilles Deleuze*)。

11月4日，德勒茲從巴黎寓所窗口跳樓自殺。

1997　傅柯在法蘭西學院的講座「思想系統史」(1970–1984)筆記陸續出版。第一本爲1975–1976年的課堂筆記《必須捍衛社會》(*Il faut défendre la société*)。

1999　傅柯的第二本課堂筆記《精神異常者》(*Les anormaux, 1974-1975*)出版

虛擬與文學①

德勒茲文學論

楊凱麟

哲學與兩種小說文類

德勒茲並不是一個能夠被系統化論述的哲學家，因此，以「德勒茲文學論」作爲副標題，似乎從一開始就使底下整篇文章陷入一種雙重的尷尬中：首先，是表達(expression)上的。在德勒茲作品中，語言及其挾帶的諸多問題(結構、邏輯、支配性，特別是意義)一直是舉足輕重的先決條件，或者如底下我們將看到的，是一個硝煙瀰漫的戰場：如何避開再現體系的雷池，卻又使語言中迴盪混沌宇宙所共振的單義性(univocité)，正是德勒茲哲學最大的賭注！因此，在他的文本中往往不乏語義曖昧，甚至前後指涉矛盾之處，然而，就某種觀點而言，這些由文字所透露出來的表面不一致或不合邏輯，其實也正以另一種超驗的邏輯閃現著纏祟德勒茲哲學的主要關懷。只是作爲一篇以德

①本文曾發表於《中外文學》第28卷第3期〈法國文學與思想專輯〉(1999年8月)，現經刪修後成爲本書附錄。

勒茲爲書寫對象的文章，該如何傳達出這種「非邏輯」的邏輯呢？是否該遠離這個非邏輯的迷宮，重返語言的再現舞台？或者就暈眩於德勒茲的文字迷障，笨拙且毫無意義地學舌一番？似乎所有評論的困境都來自於此。當然，這還不包括企圖以中文表達法國哲學時，語言中所欠缺的文字氛圍：大部分的詞彙，如事件、流變、系列、能量……，都將失去法文脈絡中的日常性，而成爲一種高深莫測的哲學術語，突兀地孤懸於中文字句之間。

第二層尷尬，則是內容上的。對德勒茲而言，思想既不擁有任何既定的組成元素，也不爲任何既存的系統服務。所有的組織架構(organization)與所有形式的「整體」(Tout)及結構都只是集結於後的次要因子，其並不足以解釋或呈現動態的思想運動。然而，生命中某個不尋常的特異點、一個猝不及防的事件或一句獨特的小說用語，偶爾卻反而能讓我們在某個瞬間瞥見事物的意義(在此，意義具有一種非比尋常與跳脫經驗層次的特性，它不可等同於簡單的意指或語義，而是直指存有所具有的單義性)。簡言之，對德勒茲而言，哲學展現了一種超驗的「虛擬性」(virtualité)，其必須衝決一切常識與情理對思想的束縛，也必須擘畫迥異於經驗的全新視界；所謂的思考，即是去建構一塊塊虛擬的思想平面，讓思想置身其中能暢其所快、恣其所能地交織成一種絕對的運動與絕對的流變。底下，我們便由文學的角度企圖來閃現德勒茲哲學中這個無可再現、無可統整且無可思考的虛擬性。

首先，就由德勒茲最重要著作《差異與重複》的序言進入本文吧！在這篇宣言式的短文中，令人詫異的倒不是其開啓了底下整本書中對「再現體系」的嚴厲舉發與批判基調，也不是德勒茲對自己力有未逮，不能達到理想目標的表面懊惱，而是德勒茲宣稱一本關於哲學的書，必得「一方面是一種獨特的偵探小說，另一方面則是一種科幻小說」的肯定語氣②。德勒茲的哲學似乎不止息地回到這個特殊的場景：思想並不由意志所發動，而是始於一片「發生什麼事?」的慌亂驚呼中。換言之，思考活動產生於**事件**降臨的措手不及中，而概念(哲學思考的最基本單位)與其說是對事件所激起問題的答覆，更不如說是因應特定時空背景下所鋪陳的「問題架構」。事件、問題與概念，哲學書寫彷如一道鎖鏈般糾結著這三個不斷重複變異的物件，在不同的思想間演繹著戲碼各異的推理劇場。然而，就在輪番更迭、層出不窮的諸般事件背後，卻共振著來自混沌宇宙的回響：偶然、機遇、意外與無意識的碰撞貫穿著所有的事件。在這個超驗的場域裡只盈溢著過激的力量、無窮的運動與無限的速度，既沒有「人」，也沒有意識與理性(有意識的思維主體還未降生，自然也不存在被意識指向的客體)。書寫於是應遊走於「割裂我們知識及無知的極點」，既非重複現有知識的陳腔濫調(cliché)，也非童蒙般的胡言囈語，而是就地在語言本身炸開一個通往幽冥的黑洞，聯繫著思考與不可思考(l'impensée)間的無限差距。

②德勒茲，《差異與重複》(*Différence et répétition*, PUF, 1968)，頁3。

似乎在這點上，我們得以理解何以哲學思考回映著科幻小說的趣味。

然而，如果哲學因此指向科幻與偵探小說這兩種文類，並不意味哲學最終將面貌模糊地銷匿於某種文學類別之中(「哲學的終結」)，更非從此便「凡事皆可行」，可以潑皮式地胡搞鬼扯。因爲介於終極的崩潰消亡與乏味的陳腔濫調這兩個極端之間，似乎總還蘊含著其他的可能性，它可能逸出目前對限制的一切思考，或者更確切地說，在所有對極限的思考中總是可能再凹陷出一個難以捉摸的「域外」(dehors)，其並不是在限制之外，也非對限制的「越界」(transgression)，而是閃現於既有的限制內，並總是散射出使一切限制及規範顯得荒謬、突梯及弔詭的莫名力量。

巴特比與蠟樣屈曲症(catalepsie)

在德勒茲的哲學中，這股域外之力往往具體化爲一句小說用語，其僨張於由語言既定的詞義、句構及文法所因襲砌築的藩籬上，讓我們在電光石火的剎那瞥見語言本身的千瘡百孔、疲態盡露。比如在梅爾維爾的小說《謄寫員巴特比》中，小說人物巴特比(Bartleby)所吐出來千篇一律的回應:「我偏好不要」(I would prefer not to)。這句文法正確但顯然不符語法習慣的用語自緘默的巴特比口中冒出後，所有日常對話的和諧性似乎在一瞬間便被其震離原位。巴特比既非要，也非不要，而是偏好不要，「偏好」這個詞它被甩離非A即B的肯定用法中(我偏好A，或偏好B……)，在緊接而來的否定副詞前急遽而痙攣地抽搐與結巴著。在一切可能的對話中，巴特比的執拗答覆並非「我不偏好任何事物」，因爲他並不是虛無地棄絕一切偏好，而是對一切現有的選項都「偏好不要」。換言之，他總是停駐在所有選擇之前，而且對選擇的每次回應，又總是將日常語言往弔詭的極限狀態推進一步。小說中所有的對話及對話的可能性都在巴特比這一點上戛然而止，被抽束爲眞空。當他的雇主要求核對起訴狀時，「我偏好不要」；一起比對幾份手抄本，「我偏好不要」；到隔壁捎個口信，「我偏好不要」……，整個世界至此彷彿凝於巴特比的蠟樣屈曲症前，成爲突如其來、由書寫所逼顯出來的幽默。

正如洪席耶(Jacques Rancière)指出的，德勒茲對《謄寫員巴特比》的解讀很簡約地凝煉了他處理文學作品的慣常模式，亦即捨棄亞里斯多德著重的情節與故事，與所有企圖將敘事視爲象徵的傳統解讀，單純地把作品視爲一句特定用語(formule)的演繹發展③。在此，巴特比鬱結爲他自己的一句用語：既無面孔，也無個性，只是一個不斷重複出現的姿態，一道僵直的

③洪席耶，〈德勒茲，巴特比與文學格式〉("Deleuze, Bartleby et la formule littéraire", in *La chair des mots*)，頁179(可參閱黃建宏在《中外文學》第28卷第3期〔1999年8月〕的譯文)。關於德勒茲對梅爾維爾《謄寫員巴特比》(*Bartleby the scrivener*)的評論，請參閱《批評與臨床》(*Critique et clinique*, Minuit, 1993)，第10章，〈巴特比，或文學用語〉("Bartleby, ou la formule")。

手勢。在巴特比這句奇特的用語前，不僅語言一再被推向它的極限，選擇作爲一個概念也被激化成政治問題。因爲即便存在著自由意志，眞正的選擇也永遠不是自由選擇A或選擇B的權利，而是如齊克果所言，選擇的選擇。由是，巴特比的選擇落在一切選項之外，他選擇了不選擇，因爲在既有的選擇中，他總是偏好另一種(something else)。或者更確切地說，他總是停駐於所有已知的可能性之前，徹底而全面地自日常生活中撤出。因此，如果他終於激怒了所有人，不在於他作了什麼，而在於他什麼都不作，甚至連「選擇」作爲一個正常人的話語及行爲都拒絕。

在談及德萊葉與侯麥的電影時，德勒茲曾指出：「介於選擇與不選擇之間的選擇，將我們引向與域外的絕對關係。」④而正是這種與域外的絕對關係，使巴特比與他獨特的用語凹陷爲小說中最令人費解而神秘的皺摺。巴特比身世不詳也無親無故，既不出門也從不閱讀，到最後連基本的飲食都棄絕，成爲「孤獨唯一的觀衆」，一架徹底決絕的獨身機器(machine célibataire)。弔詭的是，這個在所有選擇前石化的身形，卻以「遊民」(vagrant)的身分被捕入獄，最終連眼皮都未閉合地死去。就這個意義而言，在極端的動與極端的不動之間似乎隱隱連繫著一條看不見的線，不動是爲了能更激烈自由地動(「這太多限制了，不要，我不想成爲書記。」)，而動是爲了尋求終極沈靜的不動

④德勒茲，《電影II：時間—影像》(*Cinéma 2. L'image-temps*, Minuit, 1983)，頁231。

(「什麼！這個拒絕移動的人是遊民或流浪漢？正因爲他不想成爲遊民，才被你們視爲遊民。」)⑤。在動與不動間，巴特比凝重地化爲一句小說用語，極速地飛掠於語言極端的動與行爲極端的不動之間。

由對巴特比分析中，我們已經可以具體而微地瞥見德勒茲典型的文學論述，亦即以一句獨特的小說用語來閃現語言與生命的特異性。但我們卻不該停駐於此，因爲正如剛才所看到的，在巴特比這條怪異絕倫的線中，其實牽引絞扭著二條系列分析的雛形，而德勒茲的文學評論正奠基於上：其中之一，是關於語言、意義(sens)及事件(événement)的系列，另一系列則涉及政治、選擇及流變。

系列一：全新的意義機器

「意義從不曾是原則或源頭，而是產品。它不該被發現、被復原，也不該被再利用，而應該由**全新機器**所生產。」⑥所有的意義都遙指著一套生產的機制，也隱含著特定的運作邏輯，因

⑤梅爾維爾，*Billy Budd, Sailor and other stories*(Penguin Books, London, 1985)，頁93與91。湯恩比曾指出「遊牧民族是那些不欲遷移者。而他們所以遊牧，正因爲他們拒絕離開。」關於動與不動間的弔詭關係，可參考德勒茲對「遊牧」的論述：《千重台》(*Mille plateaux*, Minuit, 1980)，第 12 章，〈西元 1227 年，遊牧論：戰爭機器〉(“1227-Traité de nomadologie: la machine de guerre”)。

⑥德勒茲，《意義的邏輯》(*Logique du sens*, Minuit, 1969)，頁90。

此意義從來不是自明的，它不是現象或事物狀態的直接顯影，而是被包裹在複雜的操作過程中所呈現的「效果」。在〈哲學的直觀〉一文中，柏格森曾對「意義」下了一個相當激進的定義：

> 事實上，凌駕於文字與句子之上總存在某種比句子與文字單純許多之物：意義。它較是**思想的運動**而非被思考中的事物，且較是一種引導(direction)而非運動。……在此，思想經由一個句子(換言之，既存元素的群組)所表達。但它幾乎可以任意截選欲啓始群組的頭幾個元素，只要其餘元素足以配合補足：同一思想可透過不同文字組成的各種句子來完美解譯，只要這些文字間都具備相同的關係。這便是口語形成的過程，也是哲學藉以被建構的程序。哲學家並不由既存的觀念出發，頂多可說他抵達於此。而且當他抵達時，由他的精神活動所串連而成的觀念將甦活一個全新的生命，就像由句子接受了意義的文字，從此不再如過去處於旋風之外。⑦

意義作爲思考運動的迸射，像一陣旋風般席捲一切，所及之處，不僅既存的建制及概念隨之摧枯拉朽，而且「一個全新的生命從此甦活開來」！就這個意義而言，德勒茲把柏格森這段

⑦柏格森，《思想與動態》(*La pensée et le mouvant*, PUF, 1985)，頁133-134。

話推演至底，思考不止不始於既存的觀念，更必須排除由經驗所凝聚且共享的「常識」與「情理」(bon sens)。

在日常生活中，當我們說「大家都知道……」時，我們其實預設了一種共通而普同的認知存在於每個人的心中，因爲「大家都知道」，所以這是牢不可破且毫無疑問的眞理，「大家」便是這個眞理的保證，如果你敢質疑這個「大家都知道」，你便是腦筋有問題，你便是錯的。反過來說，一件事情如果只有你知道，只有你這麼想，那你一定離眞理很遠。常識便是這個「大家都知道」，即使我們在講出常識時不說出這個詞。基本上，常識在一方面假設這個世界上存在一個，而且只有一個大寫的我(Moi)，所有的感知都由這個大寫我的感官出發；另一方面常識則設定了穩定靜止且唯一的客體世界，我們可以隨時由這個世界客觀地檢視大寫我的感知。簡言之，在常識中我們必須再現這個大寫且唯一的我。這個大寫我成爲外在於思想的一個超越判準(transcendence)，所有的思想都必須連結到這個大寫的我，或者都必須套進這個統一的模子中檢驗其眞實性。

至於情理，則是「人同此心，心同此理」。在情理這個判準下，凡事皆須允執厥中，所有的極端都必須被否定，一切差異都必須從表面抹平，公平成爲最重要及最抽象的原則，平庸則是最高的美德。這是屬於中產階級的意識形態，一種將感情混入思考，並以之爲最重要原則的過程。在情理的旗幟下，我們共同分享所有的資源，也共同面對無可避免的死亡，因此每個個體都是平等且無差異的。

常識與情理成爲模塑共同意見的兩條互逆而不可分離的線。常識將一切的感知能力統合在大寫單一(Un)與大寫相同(Même)之中，再現了大寫我；情理則將無差異的平等分配給每個個體，將極端現象劃出於它所圈定的栅欄外以保證圈內的同質性。人們需要一個而且只有一個大寫的我以固定這個混沌的世界，同時也需要無數個同一而且無差異的個體來分配這個大寫的我。如果沒有情理就不可能有常識，反之亦然。這兩者的搭配組裝了一個徹底的再現世界，一個以日常意見及多數(majorité)爲主軸的宇宙⑧。

根據德勒茲，哲學欲建構其超驗的特質，第一步便是得徹底剔除來自經驗且固著於經驗的常識與情理。而每當有人作出「這不合邏輯」、「不可能」等奠基於常識及情理的反應時，其實都是再次援引與再現經驗界中的大寫自我，即便是哲學家也不例外。而正是在這點上，構成德勒茲對康德與笛卡兒的批判主調⑨。

避免一切常識及情理對思考直接或隱含的干涉，與拒斥一切超越性(神、眞理、善、我……)再次豎立於思想之中，是德勒茲夾擊再現體系所採取的兩種策略。然而，什麼才是德勒茲意圖組裝及發動的「全新意義機器」？它透過那種「意義的邏輯」來操作？呈現什麼語言或視覺效果？

---

⑧可參考德勒茲早期著作，特別是《差異與重複》第3章〈思想影像〉("L'image de la pensée")與《意義的邏輯》第12系列〈論弔詭〉("sur le paradoxe")。

一本沒有圖像的書

事實上，我們總是還不夠理解「創新」這個詞所夾帶的龐大摧毀力量。「創新以其起始與再起始的能量永遠駐留於創新的狀態，就如舊有之物自一開始便已是舊有之物，即使需要一點經驗的時間才能體認。」⑩創新的能量來自與舊秩序的決裂，它是一種不能藉由任何中介範本來比較或對照的徹底差異化，也是一種無法透過任何既定原則來預測的純粹偶然。因此，新的意義機器總是流變成不可感知的(devenir-imperceptible)，它不來自經驗中可推論演繹的邏輯，也不遵循線性演化的歷史法則，因爲在新與舊之間橫亙著聚滿偶然與機遇的裂縫，在此，邏輯噤口⑪。一切的創新源自其蘊含的弔詭性(paradoxe)，因此，德勒茲所謂的意義——一種源自全新機器的產品，其實正產生於

---

⑨康德是第一位將「超驗性」引進哲學的思考者，但他最終卻未能實踐自己的這個承諾。這是德勒茲批評康德的重點。可參閱《尼采與哲學》(*Nietzsche et la philosophie*, PUF, 1962)，頁102-108；《意義的邏輯》第15系列〈特異性〉("des singularités")，與Gérard Lebrun的〈超驗及其圖像〉("Le transcendantal et son image")，收錄於《吉勒・德勒茲，哲學生涯》(*Gilles Deleuze. Une vie philosophique*, dir. sous Eric Alliez, Les empêcheurs de penser en rond, Paris, 1998)。而如果康德在《純粹理性批判》中所說的「位居人性的基本目的中最高階的哲學也不能自外於與常識的和諧一致」，啓動了德勒茲的一系列批評，則笛卡兒的名言：「情理是世上最佳的分享物」，在德勒茲眼裡，則成爲笑話一則。參閱《差異與重複》，頁173。

⑩德勒茲，《電影II：時間—影像》，頁177。

非邏輯(alogique)之處；欲探究意義生產的邏輯，便得由逸出邏輯法則的「無意義」(non-sens)著手。由此，我們可以理解作品充滿機鋒、並一再逼顯語言弔詭的英國小說家劉易士•卡洛爾(Lewis Carroll)何以被德勒茲大量引用的原因了。

在卡洛爾的《愛麗絲夢遊仙境》中，愛麗絲瞥見姐姐手裡一本既無圖像亦無對話的書，心裡一直很納悶地自問：「一本沒有圖像也沒有對話的書能作什麼?」不久，愛麗絲便跌進兎子洞裡，展開她目眩神馳、想像橫飛的仙境漫遊。作爲故事的開端，這本令人費解的書似乎已象徵性地爲愛麗絲接下來將面臨的一連串無可預期的事件作了預告：愛麗絲縮小、變大、再縮小、又變得更大……，不斷地從一個狀態到另一個狀態，由一個事件到另一個事件，不僅每一次的變異毫無跡象可循，變異本身也脫離經驗法則的規範，成爲不具任何既存思想圖像，也戢止一切對話，令人張口結舌、目瞪口呆的純粹事件——一本純粹空白、等待時間填滿的書。

經由卡洛爾在語言與事物狀態間往復呈現的諸般弔詭、荒謬與幾近變態(pervers)的幻想，我們搭上通往德勒茲哲學中以「事件」爲主軸的一系列概念群(意義、系列、表面效果、超驗場域、存有單義性、超存有……)⑫。卡洛爾的小說一方面爲德勒茲的思想灌注了近乎詩意的修辭效果，另一方面則帶出了以

⑪「邏輯噤口，而且只有當它閉嘴時才顯得有趣。」參閱德勒茲與瓜達希，《何謂哲學?》(*Qu'est-ce que la philosophie?*, Minuit, 1991)，頁133-137，論及邏輯之處。

「事件」作爲思考核心，摒棄本質式思考的斯多葛學派。

在《意義的邏輯》中，德勒茲大量採用哲學史家柏黑葉(Emile Bréhier)在《古典斯多葛的非實體論》的原創觀點來建構他對事件的概念。根據斯多葛派的主張，「凡存有者皆爲實體(corps)」，而實體間的相遇則產生非實體的屬性(attribut incorporel)。譬如鐵與火的相遇導致熾紅的鐵，但熾紅既不屬於鐵也不屬於火原有的特性，它只產生於兩者遭遇的片刻，是一個由兩者交會所激出的事件，一種只殘留於存有表層的效果，也是一個只中介於火與鐵兩種實體間，可透過語言描述的非實體變動過程。柏黑葉指出，如果柏拉圖及亞里斯多德的哲學展現於思想對一切事物本質的可穿透性上，斯多葛的原創力則來自於他們只對作用物與被作用物間「關係」的關注上⑬。據此，德勒茲認爲斯多葛派開啓了一幅全新的思想圖像，有別於柏拉圖朝本質不斷上升及淨化的驅力，斯多葛派是一種表面及扁平的哲學，因爲事件只暫留於實體與實體相遇所產生的可描述效果上。換言之，事件其實就是存有物相互間產生的關係及其意義。「它有一面貼近事物，另一面則貼近語言的句子。」⑭

作爲一種思考事件的哲學，在某種程度上，德勒茲的思想

⑫法文爲sens、série、effets de surface、champ transcendantal、univocité de l'être、extra-être，散見於德勒茲作品中，特別是《意義的邏輯》。

⑬關於斯多葛派的理論，請參考柏黑葉的《古典斯多葛的非實體論》(*La théorie des incorporels dans l'ancien stoïcisme*, Vrin, 1962)。

⑭德勒茲，《意義的邏輯》，頁34。

其實更受到懷海德對事件與現實思考的影響。但他卻總是不止息地回到文學領域中搜尋例證。除了卡洛爾外，費茲傑羅、勞瑞(Malcolm Lowry)、佩稽(Charles Péguy)、Heinrich von Kleist、Joë Bousquet、貝克特、阿爾拓(Antonin Artaud)、波赫士……等作家似乎都一個個化爲一句特定的文學用語，鑲嵌於德勒茲的文本之中。如因戰爭終生傷殘的法國作家Bousquet的「我的傷口先於我存在，我生下來不過爲了化身爲它」。或梵樂希(Paul Valéry)的「最深邃的，正是皮」⑮。這些凝煉的文學用語彷若尼采的警句(aphorisme)般，各自透過在語法、邏輯、意義或經驗等殊異的層次閃現其弔詭的面貌。然而，如果這些短句能夠如一記閃電般，讓我們在瞬間瞥見共振於所有生命中的混沌場面，似乎正在於它們都各自以一種橫貫全場(transversal)的動態連繫著一個形上學的團塊(bloc)。在此，Bousquet似乎已不只是那個出版過《迻譯死寂》(*Traduit du silence*)，被戰爭撕裂、終身癱瘓的人，而他句子裡的「我」也似乎不只指向他這個敍述者而已，就某種意義而言，Bousquet在德勒茲的文本中已徹底化身爲生命中那道皮開肉綻的巨大傷口，那個我們中的每一個「我」都勢將經歷的永恒事件！而就自這點起，「我」從此銷聲匿跡，每個事件開始回響著生命中共同的巨大能量，但這股摧毀一切也可能自我摧毀的能量卻可能需要一隻費林格逖(L. Ferlinghetti)的瘋狂之眼才能洞悉一切：

---

⑮前揭書，頁20，174。

而它是第四人稱單數的瘋狂之眼
無人能自此發言
而它是第四人稱單數之聲
無人能藉它發言
而無論如何它卻存在
以戴著驢耳紙帽的碩長腦袋與臉龐
與死者瘋亂的長髮
無人談論及此⑯

每個作家在生命的某一時刻似乎都幻化爲這隻「第四人稱之眼」，他們不再是「我」、「你」或「他」，講述的也不再是特屬於某人或某時代的故事，而只是一個不再具自我意識的第四人稱(它?)，一隻觀看生命中純粹事件之眼。

如果柏格森在論及記憶、時間與運動時，是爲了替科學尋思形上學的意義，德勒茲與文學的關係似乎不僅於替文學「建構」某種形上學。因爲透過這些作家簡練卻力道萬鈞的句子，德勒茲彷彿在既有的思想政權中散佈了無數微小卻足以煇裂整體結構的特異例證，而一道道的逃逸路線正是經由這些細碎的裂罅放射而出，並在散射的同時閃現語言經驗的困頓。然而，更進一步而言，這些被德勒茲組裝到文本中的文學用語到底映射出何種獨特的形上學？我們又該如何標定這些文學用語在思

⑯費林格逖，《凝視世界》(*Un regard sur le monde*, Christian Bourgois Editeur, Paris, 1970)，頁111。

想上的地理位置及必要性？我們稍後將再回到這個問題上。

系列二：卡夫卡與不合法群衆

> 許久以前，恩格斯在論及巴爾札克時便已表示，一個作家的偉大，正在於他無法自抑地想勾勒及流淌能摧毀他作品中天主教及專制意符之流，而這也必然是餵哺遙遠的革命機器之流。這正是風格所在，或者不如說是風格的缺失，句法結構與文法的剝奪(asyntaxie et agrammaticalité)：在這個時刻，語言不再由其所說的內容，更非由使其成爲意符者所定義，而是由促使其流淌、滑動及炸裂之物(即欲望)所定義。因爲文學根本就如精神分裂：是一個過程而非目的，是一種生產而非表達。⑰

在談及巴特比獨特的用語時，我們曾指出，德勒茲對文學作品的閱讀方式之一，是持續地深化語義中潛藏的弔詭與非邏輯元素，直到其閃現迴盪於生命中的事件及意義爲止。但我們同時也指出，在巴特比單調怪異的答覆背後，其實透露著一種激烈的政治姿態，一種對現狀的徹底拒絕。而正是由這點開始，德勒茲的文學觀點不再停駐於語義或意義的微分析上，而擴大

⑰德勒茲與瓜達希，《反伊底帕斯》(*L'anti-oedipe*, Minuit, 1972)，頁158-159。

爲語言在國家及種族的版圖繪製學。書寫從此不再是「我手寫我口」，也無關一切日常生活的經驗材料，而是一場戰爭，語言本身便是戰場。因爲「語言從不是用來相信的，而是爲了服從與促使服從。……語言不是生命，它對生命頒佈命令；生命並不說話，它聆聽與等待」⑱。書寫如果有其目的，絕不是爲了成爲作家，而是要自犁滿各式意符及政權的既有語言中創造出另一種語言；不是要完美地表現既有的語言，而是相反的，使其窘促、結巴與口吃，且「將自己的母語說得如外國話一樣」⑲。書寫是生命的一種展現，但不是透過動人的情節或華麗的詞藻來述說，而是經由對語言結構的衝撞，與對它所負載的國家、種族、社會與文化意符周旋，來展現生命的強度。

使用自己的「國語」，卻使「國人」感到完全的陌生及費解，寫作的風格正誕生於此：一種句法結構的莫名缺失。而這正是書寫的弔詭：在語言政權的領域中，透過文法句構的不可能與溝通的不可能，來尋求生命的可能性。由這個觀點出發，德勒茲與瓜達希藉由以德語寫作的捷克猶太作家卡夫卡作爲最極端的例子，將這種想透過書寫，由被徹底「伊底帕斯化」(œdipianisée)的母語解疆域化(déterritorialisation)的企圖，稱爲「少數文學」(littérature mineure)。

---

⑱德勒茲與瓜達希，《千重台》，頁96。

⑲關於「外國話」與「母語」的指涉，常見於德勒茲後期的文學論述之中。可參考《批評與臨床》第1章，〈文學與生命〉("La littérature et la vie")。

相對於建制完備、陣容堅強的多數(歐洲人、白種人、男性、大人……)，少數永遠是不確定的。少數可以指女人、原住民、有色人種、嬰兒……等在權力屈居弱勢的族群，但身爲女人、原住民……所書寫的文學卻不一定就是少數文學。德勒茲所謂的少數並不由數量或能力等固定判準來決定，而是指一股驅力，一種在主流語言或主流文學中不斷想流變爲少數(devenir-mineur)的持續動態。更確切地說，少數文學其實並不是一種特定的文類，因爲它的目的之一正是想脫離一切既定語言模式或文學典型，在一切已成形的範疇(catégorie)中凹陷成難以捉摸的「域外」，讓文學創作弔詭地對立於「文學性」(littérarité)這個範疇。由這個觀點切入，我們便很容易理解爲什麼梅爾維爾會說：「我最珍貴的願望，便是寫出那種人們都認爲失敗的書。」

在〈沈默的話語(關於「文學」的註解)〉中，洪席耶犀利地指出：「文學書寫而且只能書寫給不合法的群衆，這個弔詭的新盟約取代了再現的舞台。文學只存於對其閱讀者的消解，也只存於與它所消解之物的緊密關聯中。」⑳這段話相當精準地勾勒了文學書寫的樣貌，文學的極限已不止於表達形式或敍述內容等外在條件枯竭之處，而在於書寫者本身所能展現的強度及能量。書寫與生命的關聯轉化爲逼近語言極限的一種純粹流變，它奔突於語言之中，並以自己有別於既有句構的持續變異，闢

⑳洪席耶，〈沈默的話語(關於「文學」的註解)〉(“La parole muette. Note sur ‘la littérature’”)，收錄於《批評》(*Critique*)第601-602期，1997年7月-8月，頁497。

拓出新的語言用法與功能，展露其革命與創新的主要特徵。

在這個意義下，少數文學並不停駐於個人或家庭的私領域中，其不斷流變的性格，使書寫打破一切公私疆域的劃分，在每一瞬間都擴大爲與社會、文化或歷史等團塊的接觸與結盟，並在這些配置(agencements)中充分展露其非關個體的強烈政治性。這種政治對於生命各領域的全面性擴張與沾染，在卡夫卡的每部小說中幾乎都以一種相當直接而露骨的方式出現。如《中國的長城》中，特化爲修築工具的官僚機器，一再地將其再生產的網絡扎入人民的生活細節之中；《審判》中不斷膨脹腫大的司法機制，化身成爲康德哲學中不具對象、不在知識範疇的一個純粹而超越的法律形式；《蛻變》的主角從「爸爸—媽媽—我」的家庭結構中流變爲蟲子，成爲一種對伊底帕斯徹底卻令人忍俊不禁的消解……。德勒茲曾一再地指出，少數文學是一種就地使一切私領域政治化的書寫，並從書寫中連結到生死存亡的決斷㉑。

相較於活躍於威瑪，將德國文學推向頂峰的歌德或席勒，僻處布拉格的卡夫卡的困境是可期的：他不可能不以德文書寫，但也不可能重複以歌德作爲象徵的德語文學。然而反過來說，捷克的德語就如美國的黑人英語或台灣的國語般，語言原先所負載及限定的龐大文化意涵與文法結構在當地被解疆域化

㉑德勒茲與瓜達希，《卡夫卡，朝向一種少數文學》(*Kafka. Pour une littérature mineure*, Minuit, 1975)，頁31；與《電影II：時間—影像》，頁284。

了。相對於歌德的美文，卡夫卡的書寫以一種語言及政治意圖上的雙重變異流變爲少數文學。卡夫卡的小說並不是爲了以歌德爲首的德國文學人口所書寫，因爲在他的小說中，或者在所有的少數文學中，都召喚著一群未來的子民，他們尚未降生，但文學卻不斷地朝向他們。「書寫，爲那些尚未降臨的人民……」㉒

何謂虛擬(virtuel)？㉓

在少數文學與多數文學的頡頏中，疆域的概念不斷地被消解與重建。文學本身就如一顆水晶般，書寫不是爲了進入已固化的晶體(既有的文學範型)之中，而是要自現有的晶面上重新結晶，在當下文化、政治、社會、種族、性別……等交錯而成的語言介面上凝煉新的晶面。我們認爲這種將流變觀念引入文學思考的企圖，架構了德勒茲主要的文學觀。而在文學作品中

㉒德勒茲，《批評與臨床》，頁15。

㉓法文virtuel(英文virtual)這個詞用來指稱以能量狀態而非具體行動存在之物，源自拉丁文virtus，常見於中世紀士林哲學對耶穌聖體的探究文章之中。中文對這個詞的用法因資訊科技的關係，常單義地指向一種以合成影像爲主的模擬技術：虛擬實境。然而我們可以相當肯定地指出，當德勒茲使用virtuel這個字時(對立於「當下」，actuel)，既非關眞實的「虛」構，亦非現實的模「擬」。virtuel不僅是現實的一部分，而且每個現實的「當下」都不過是virtuel的某一化身(incarnation)。本文爲考量中文的可讀性且不喪失virtuel在法文的一般性或科技性意義，仍譯爲「虛擬」。但無論如何，virtuel在德勒茲哲學中絕無任何中文「虛」及「擬」的意涵，切勿望文生義。

尋獵一種對生命、事件與意義的超驗靈視，則綜合了德勒茲的閱讀模式。一方面，是創作時的極變與極動，另一方面，則是閱讀時的單義(univocité)與不動；前者以差異作爲基調，後者則透過重複不斷地去而復返；一個是差異的重複，另一個則是重複的差異。這兩條系列纏扭夾繞，在德勒茲的作品中鋪衍成文學的平面。

然而，我們的分析不能驟然地在此畫下句點，因爲德勒茲的文學論述並不是憑空揑塑而成，在這一系列獨特論述的背後其實呼應著支撐起德勒茲思想的筋絡骨架。更確切地說，儘管文學(就如電影、繪畫或音樂)在德勒茲哲學中佔有不容忽視的地位，但它其實並非德勒茲眞正思考的對象，而是反過來，文學被拿來作爲哲學思考過程中某些獨特的例證，而特定作家的用語只不過是這個思想的現實化身(incarnation)。類似的關係，我們也可以相當清楚地在德勒茲論述電影的文本中看到。在《電影II：時間—影像》的最後一節，德勒茲小心翼翼地再次強調：「電影理論並不是『關乎』電影，而是關乎電影所激起的概念。」㉔在此，「概念」這個詞必須以德勒茲哲學中最強烈的意義來看待，才能理解這句話的重要意涵。根據德勒茲與瓜達希在《何謂哲學?》中著名的定義，「哲學是一門涉及概念**創造**的學科。」㉕哲學關乎概念，而概念由事物狀態(états de choses)挑起的問題所激起。然而，在經驗界的事物狀態與超驗的概念間，自古以來

㉔德勒茲，《電影II：時間—影像》，頁365。
㉕德勒茲與瓜達希，《何謂哲學?》，頁10。

即敞開著烽火遍野的形上學戰場。簡言之，如何彌合或撕裂知識與經驗間的差距，已成爲一個兵戎相接的肉搏場域。在《純粹理性批判》的序言裡，康德便已相當清楚地指出這點，並且企圖透過對理性疆域的劃定，來調和理性主義與經驗主義間的衝突。但我們稍早亦提及康德在形上學的這個哥白尼革命，亦即引進「超驗」概念的企圖，最終在德勒茲的眼裡仍然因爲將超驗性混淆於可能性與常識的範疇中而功虧一簣。就這個觀點而言，德勒茲似乎升高了火線的溫度。因爲概念雖然提取自事物的狀態，但兩者間卻不具任何擬仿或相同的性質，也毫無柏拉圖思想中，原本與摹本間的複製關係。確切地說，在事物狀態與概念間，不涉及任何由再現體系（同一、相同、相仿、否定、對立、常識、情理……）所營造的關係或邏輯。思考必須由混沌的事物狀態中提取一種虛擬性（virtualité）形構成概念㉖，反過來說，每個「當下」（actuel）的事物狀態其實都是特定概念所具有虛擬性的具體化。這個觀點形構了德勒茲思想中最複雜難解的問題核心：概念與事物狀態的唯一關係，是純粹的差異。正是在這點上，「虛擬」成爲理解德勒茲最關鍵的詞彙之一。

在德勒茲死後改版爲口袋本的《對話錄》中，增錄了一篇文章，很短，只有6頁，題爲「當下與虛擬」。在這篇短文中，德勒茲首次直接卻抽象無比地面對「虛擬」這個在他作品中的關鍵詞彙：

㉖類似的句子或想法，在德勒茲作品中曾多次出現，較重要的段落爲《差異與重複》頁357之後；《何謂哲學?》頁147-152。

> 沒有任何物體是純粹當下的，所有當下都纏繞著一團虛擬影像的雲霧。這團雲霧自或遠或近的共存迴圈中湧現，虛擬影像則散發與奔馳於上。如是，每顆當下的微粒以不同次序射散及吸收或遠或近處的虛擬。所謂虛擬，是由於其散射與吸收、創生與毀滅發生於比可思考的最短連續時間更短的時距內，而且這段極短促時距將虛擬保持在一種不確定或無法決斷的原則之中。所有當下都纏繞著不斷更新的虛擬性迴圈，每個迴圈都散射出另一迴圈，且所有迴圈都圍繞與反應著當下。㉗

所有事物都可以剖分為虛擬與當下兩個部分，粗略而言，當下指涉一切事物的目前狀態，亦即我們在每一瞬間所感受的知覺或經驗，而虛擬則是促使當下出現的能量。對德勒茲而言，這兩者都是**眞實的**(réel)。

事實上，想藉由這篇最後的文本來理解虛擬的涵意是不可能的。因為儘管德勒茲到死前才以此為題發表了一篇短文，但虛擬並不是新創的概念：在《柏格森主義》中，這個詞便已大量地使用於柏格森哲學中(特別是《物質與記憶》)所構思的記憶或純粹過去；在《差異與重複》與《何謂哲學?》中，虛擬性是哲學概念有別於經驗常識的主要建構元素；在《意義的邏輯》，

㉗德勒茲與帕爾內(C. Parnet)，《對話錄》(*Dialogues*, Flammarion, Paris, 1977)，頁179。

虛擬代表語言作爲一個整體(totalité)最重要的特徵；到了晚期關於電影的兩冊論述，虛擬與時間—影像已結合成密不可分的一組龐大概念群。或許我們必須先暫時拋開吸附於德勒茲文本中令人目眩神馳、但卻抽象無比的表達方式，才可能走出這個虛擬的文字迷宮。

我們已經指出，虛擬是德勒茲企圖用以消解「再現體系」的主要概念之一，因此，使用連繫動詞(copule，如：虛擬「是」……，或虛擬「好像」、「等同」、「成爲」……)的句構，從文字落筆的那一刻起，便都已喪失語言本身所擁有的某種有效性。虛擬非關邏輯，因爲只有當下才符合邏輯，或者確切地說，虛擬的邏輯是另一種：一種不協調的協調，「每種能力間都僅以暴力來相互溝通，從而凸顯其與整體間的差異與分歧。」㉘差異在此已經不具任何被動與否定的意指，而是以一種暴力的勢態直貫而下，一切表面的同都在這個徹底的異前碎爲齏粉。那麼，如果如此，一個系統且結構化的虛擬理論如何可能呢？或者，在差異與分歧的「暴力」之前，虛擬該如何被述說呢？

儂希(Jean-Luc Nancy)在最近的一篇文章中曾明白表示：「德勒茲的哲學是一種虛擬哲學。」㉙但他卻基於一種簡單的對應，引入電腦影像的「虛擬眞實」來作爲整篇文章的註脚，這似乎是對德勒茲思想的一個誤解。事實上，德勒茲以理論與實

㉘德勒茲，《差異與重複》，頁190。

㉙儂希，〈思想的德勒茲式皺褶〉(“Pli deleuzien de la pensée”)，收錄於《吉勒·德勒茲，哲學生涯》，頁118。

踐兩個層次來操作虛擬這個概念。首先，他認爲概念的形成，並不是透過經驗的線性積累或凝聚，而是取決於時空中的「特異點」(point singulier)。透過一個特異點，我們可以知悉某一段特定曲線的變異趨向，可以洞悉一系列流變的動態，這是微分基本的原理與功能。而對德勒茲而言，生命中的特異點，其實正是一個個的事件！因爲每個事件都爆發自無數股力量的猛烈撞擊，而蟄伏於生命中的意義只有在這道由強度所激出的強光中，才可能瞬間被瞥見。在此，概念不再來自經驗中的普遍原理或不悖反原則，而是搭載於充滿意外且不可預期的事件之上，並自其所拋射的特異點中由本質論中歧出，直接攀升至超驗場域。就這個觀點而言，德勒茲的《意義的邏輯》與《差異與重複》幾乎可視爲有關特異點(事件)理論的兩本重要著作。

這是爲什麼德勒茲會說:「虛擬絕對無法獨立於將其切割與劃分於內在性平面的特異性。」㉚現在我們似乎可以比較清楚地回頭來談德勒茲在《電影II：時間—影像》卷尾的那一段聲明了。電影、文學、繪畫，甚至尼采、斯賓諾莎、萊布尼茲或傅柯等，德勒茲曾以專著談論的領域或哲學家，其重要性不在於他們眞實的面貌爲何，也不涉及特定領域的闢拓或深化，眞正被德勒茲關注且進一步加以操弄的最主要理由在於：這是否足以構成一個獨特的例證？能否作爲一個決定流變的特異點？文學只有在符合這個最基本的條件下，才成爲被引用並思索的對

㉚德勒茲與帕爾內，《對話錄》，頁180。

象。這也是爲什麼德勒茲所引用的文學作者或文學觀點往往與正統文學史大異其趣的原因了。巴迻梧(Alain Badiou)因此指出:「所有這些例證的價值在於能激起概念,然而被激起**者**與激起它的能量毫無任何相似之處。歸根究柢,概念從不曾是對某物的概念,因爲它們僅透過其運動,而非其賦予思考之物與一開始的具體例證產生連繫。」㉛文學在德勒茲的文本中僅扮演著激起概念的具體例證,一個閃現特異點的事件。而其所激起的概念,正如我們稍早已看到的,沿著意義與流變這兩條主要系列貫穿了德勒茲思想的內在性平面,織構了關於文學的思想圖像。因此,在德勒茲文本中所引用的文學用語,只有在不斷地回返到這個最基本的思想圖像上並由此重新出發,才能贖回特屬於這句用語的脈絡意義。

結論:普魯斯特與虛擬影像

事件與概念間形構了一種微妙的辯證關係。所謂的「事件」,其組成的第一要素非關內容,更無關影響的廣度,而在其出乎意料、令人措手不及的唐突性。所有的事件都不是伴隨平靜、理性與意志(volonté)降生,而是在一片「發生什麼事?」的驚呼與錯愕中猝然就臨。事件開始於所有邏輯與常識終止之處,而思想,根據德勒茲,則啓動於與事件遭遇(rencontre)之時。概

㉛巴迻梧,《德勒茲,存有的喧嘩》(*Deleuze. La clameur de l'Etre*, Hachette, Paris, 1997),頁29。

念的形成因而總是在事件發生**之後**，而事件作爲追索流變的特異點，也總是架構概念的唯一礎石。然而，概念雖由不受意志控制的事件所激起，但並不是關於此特定事件的概念，因爲所有事件都只不過是映射出混沌與流變之點，思考如果有其目的，正是藉由這些意外之點來閃現混沌的一個切面。德勒茲所謂的概念虛擬性，意即在此。而也正是在這點上，他將自己的哲學稱爲「超驗的經驗論」(empirisme transcendantal)。

在時間永恆的軸線上，事件不是已經過去，便是尚未降臨，因此，在《意義的邏輯》中，斯多葛的智者化爲一道等待的身形，準備靜觀朝過去與未來不斷延異歧出、且不屬於特定人事的永恆事件。同樣的身形，在德勒茲其他作品中，有時幻化爲梅爾維爾小說中，在茫茫大海裡緝獵神秘白鯨的亞夏船長(Achab)，有時成爲波赫士筆下，賭城巴比倫中孤注一擲的尼采式賭徒，而在費茲傑羅或勞瑞的小說中，則乾脆一頭栽進酒精與藥物的極限之中，企圖以肉身直接坐化。

事件詭譎難測的性格，正在於一切生滅都發生於時間之中。而時間，如柏格森所言，「是阻止整體(tout)在一瞬間被給予之物。」㉜概念因而總是片段的(fragmentaire)，碎裂於時間空洞的形式之中。然而，如果時間中不斷變異演化的特徵使得一個預先而普同的整體意像一再地被偶然與意外所抹去，並不意味一個總是「集結於後」的整體不再可能。這樣的整體彷如在時間

㉜柏格森，《思想與動態》，頁102。

中的結晶，每個晶面都凝固著當下各方力量拉鋸角力的痕跡，水晶本身則完成於無數晶面在時間之中的錯結增生。在此，作爲範本的唯一整體並不預先存在，因爲整體只產生於最後，它是一個效果，來自於由所有碎片所共同描繪的虛擬影像上。在藝術創作上，這個「事後整體」正是每個作者對所有可能世界的獨特觀點(point de vue)，亦即其風格所在。德勒茲在談及普魯斯特的創作觀時，曾對這種碎片與整體、事前的非自主行爲與事後的多元性效果所演繹辯證的關係作了極爲精采的評論，他說:「藝術作品是一個涉及統一與整體的問題，但其既無邏輯亦無組織。換言之，這樣的統一與整體既非由一個已遺失統一性或已破碎整體的片段所預設，也非由這些片段邏輯的發展或組織性的演化所形構或預示。」㉝於是，我們看到一個不具組織的整體或毫無邏輯的統一，而一切的理型(Logos)都來自於「事後」。

在《普魯斯特與符號》結尾，德勒茲勾勒了一個意象鮮明的思想圖像：思想就如伺機等待於蛛網中心的蜘蛛般，不斷偵測著由網上傳來的振動，同時也不斷地以蛛網在枝枒間連結、擴張。文學對德勒茲而言，無疑的是這個世界傳來的無數振動之一，而正是由這些振動開始，德勒茲描繪了一個關於混沌宇宙的虛擬影像，影像中暴走著諸般事件與意義所構成的流變，也爬竄著無數力量與強度角力後的裂口。文學，無非「生命在

㉝德勒茲，《普魯斯特與符號》(*Proust et les signes*, PUF, 1970)，頁196–197。

語言中的經過(passage)……」㉞

㉞德勒茲，《批評與臨床》，頁16。

國家圖書館出版品預行編目資料

德勒茲論傅柯 / 吉勒・德勒茲(Gilles Deleuze)著 ; 楊凱麟譯. -- 初版. -- 臺北市 : 麥田出版 : 城邦文化發行, 2000〔民 89〕
面 ; 公分. --（麥田人文；32）
譯自：Foucault
ISBN 957-708-942-9（平裝）

1. 傅柯(Foucault, Michel) – 學術思想 – 哲學

146.79 88017186

廣　告　回　郵
北區郵政管理局登記證
北台字第 10158 號
免　貼　郵　票

城邦文化事業(股)公司

100 台北市信義路二段 213 號 11 樓

請沿虛線摺下裝訂，謝謝！

文 學 · 歷 史 · 人 文 · 軍 事 · 生 活

編號：RH1032　　書名：德勒茲論傅柯

讀者回函卡

謝謝您購買我們出版的書。請將讀者回函卡填好寄回，我們將不定期寄上城邦集團最新的出版資訊。

姓名：＿＿＿＿＿＿＿＿ 電子信箱：＿＿＿＿＿＿＿＿

聯絡地址：□ □ □ ＿＿＿＿＿＿＿＿

＿＿＿＿＿＿＿＿＿＿＿＿＿＿＿＿

電話：（公）＿＿＿＿＿＿＿＿（宅）＿＿＿＿＿＿＿＿

身分證字號：＿＿＿＿＿＿＿＿ (此即您的讀者編號)

生日：＿＿年＿＿月＿＿日 性別： □ 男 □ 女

職業： □ 軍警 □公教 □ 學生 □ 傳播業

□ 製造業 □ 金融業 □ 資訊業 □ 銷售業

□ 其他 ＿＿＿＿＿＿

教育程度：□ 碩士及以上 □大學 □專科 □ 高中

□ 國中及以下

購買方式： □ 書店 □ 郵購 □ 其他 ＿＿＿＿＿＿

喜歡閱讀的種類： □ 文學 □ 商業 □ 軍事 □ 歷史

□ 旅遊 □ 藝術 □ 科學 □ 推理 □ 傳記

□ 生活、勵志 □ 教育、心理

□ 其他 ＿＿＿＿＿＿

您從何處得知本書的消息？（可複選）

□ 書店 □ 報章雜誌 □ 廣播 □ 電視

□ 書訊 □ 親友 □ 其他 ＿＿＿＿＿＿

本書優點：□ 內容符合期待 □ 文筆流暢 □ 具實用性

（可複選）□ 版面、圖片、字體安排適當 □ 其他 ＿＿＿＿

本書缺點：□ 內容不符合期待 □ 文筆欠佳 □ 內容平平

(可複選) □ 觀念保守 □ 版面、圖片、字體安排不易閱讀

□ 價格偏高 □ 其他 ＿＿＿＿＿＿

您對我們的建議：

＿＿＿＿＿＿＿＿＿＿＿＿＿＿＿＿